Günter Tolar

Saddlers Testament

Roman

Für Gerald

Geschrieben: 9.1.2024 – 10.1.2025

© 2025 Günter Tolar
Verlag: BoD · Books on Demand GmbH,
Überseering 33, 22297 Hamburg, bod@bod.de
Druck: Libri Plureos GmbH, Friedensallee 273,
22763 Hamburg
ISBN: 978-3-8192-2528-4

1. Jugend und Krieg

Sie waren vier Brüder. Adolf, Leopold, Josef und der Jüngste, einer der zwei Helden unserer Geschichte, Ludwig. Ihre Heimat war Wels. Der Vater Ignaz war aus dem 1. Weltkrieg einbeinig zurückgekommen und konnte seinen Beruf als Eisengießer nicht mehr ausüben. Er erhielt eine kleine Rente, sah keinen Sinn mehr in seinem Leben und verfiel immer mehr in alles Mögliche, vor allem in die Sinnlosigkeit seines Daseins. 1919, im Geburtsjahr seines vierten Sohnes - Ludwig - starb er. Die Mutter Maria hat dann allein die Familie über Wasser gehalten, wobei der Wegfall ihres Mannes ihr Leben erleichterte. Da war ein Esser weniger. Und er war kein leichter Pflegefall, physisch wie psychisch. Sie starb 1929, als Ludwig 10 Jahre alt war. Der Älteste, Adolf war damals 18 und stand schon im Beruf. Der Zweite, Leopold war zwei Jahre jünger, der Dritte, Josef weitere zwei Jahre. Die Straße, in der sie wohnten, sie trug den schönen Namen Rosenauerstraße, war dem Verfall preisgegeben. Dort wohnten sie in einer armseligen Souterrain-Wohnung. Eigentlich konnte man das gar nicht Wohnung nennen. Es war ein großer Raum, der mit einer dünnen Wand geteilt war. Diese Trennwand war nur ein Holzgestell, das mit einem dicken geblümten Papier überzogen war. Wenn man sich dagegen gelehnt hätte, wäre man durchgebrochen. Zwei Drittel des Raumes waren Wohnraum und Küchenecke, ein Drittel, das hinter der Wand diente als Schlafstelle. Von Wand zu Wand reichte ein Brettergestell, auf dem einige Matratzen, Kopfpolster und Decken lagen. Die vier Burschen und die Mutter schliefen nebeneinander, bis 1919 auch der Vater, den sie allerdings immer öfter baten, draußen auf dem Sofa zu schlafen, weil er unter seinen Phantomschmerzen oft sehr laut stöhnte. Die Mutter ruhte etwas abgesondert in einer Ecke. Wenn sie am nächsten Tag früh aufstehen musste, schlief sie nach dem Tod ihres Mannes draußen im Wohnraum auf dem großen

Sofa, um die Buben nicht aufzuwecken, wenn sie aufbrechen musste. Ihr Beruf als Waschfrau verlangte ein sehr frühes Aufstehen.

Die Bildungswege der Burschen waren höchst unterschiedlich und den wenigen Möglichkeiten, die sich Menschen wie ihnen boten, angepasst. Adolf ging bis zu seinem 18. Lebensjahr immerhin ins Gymnasium. Die Mutter konnte ihre Armut nachweisen, so bekam Adolf einen Freiplatz in der gebührenpflichtigen Schule. Leopold besuchte bis zu seinem 14. Lebensjahr die Bürgerschule, anschließend machte er eine Lehre als Verkäufer in einem Herrenmodegeschäft. Josef – Pepi genannt – absolvierte die achtklassige Volksschule und ging anschließend in eine damals noch sehr neue Lehre als Kraftfahrzeug-Mechaniker. Als die Mutter starb, war Adolf schon stellvertretender Fahrdienstleiter bei der Eisenbahn, den BBÖ, wie sich die Bundesbahnen Österreichs abkürzten. Er war der Hauptverdiener in der Vier-Männer-Familie. Leopold war schon Gewand-Verkäufer, auch er trug finanziell etwas bei. Pepi half mit seinem Lehrgeld. Ludwig, der Jüngste mit zehn Jahren musste durchgefüttert werden. Die Frau Ramseder, die im oberen Stockwerk, also genau genommen im etwas höheren Parterre wohnte und ebenfalls Kriegswitwe war, kochte manchmal für sie, das heißt, sie bekamen das, was bei Ramseders übrig blieb. Ludwig machte nach der Bürgerschule eine Lehre als Sattler, wo er lernte, Sättel, Zaumzeug, Kummet und anderes Fahrgeschirr wie Zügel und Riemen herzustellen. Die Brüder lachten ihn immer ein wenig aus wegen seiner eigenartigen Berufswahl. Mit 18 Jahren war er ausgelernter Sattler. In seiner ersten Zeit reparierte er zumeist kaputtes Zaumzeug, tauschte Sattelpolster aus, fettete Riemen ein, durfte aber auch schon den einen oder den anderen Sattel herstellen. Da nicht nur die Bauern, sondern auch das Militär und die Polizei Pferde hatten, war ziemlich viel zu tun. Er war zufrieden, ein Sattler mit Leib und Seele.

Die Brüder gingen bald ihre eigenen Wege und lebten sich auseinander. Adolf heiratete eine Beate, Leopold eine Emilie, Pepi eine Marianne, nur Ludwig war noch solo und wohnte nun allein in der Souterrain-Wohnung. Die anderen schufen sich eigene Domizile.

Im Jahr 1938 marschierten die Deutschen in Österreich ein, Österreich durfte es nicht mehr geben. Ostmark hießen sie jetzt.

Im Jahr 1939 wurden die Wege der Brüder gewaltsam getrennt. Sie wurden vom damals schon deutschen Militär eingezogen. Jeder der vier kam in eine andere Waffengattung. Ludwig hatte, so sagten die anderen, das große Los gezogen, weil er die Pferde der Parteibonzen zu betreuen hatte. Vorerst. Dem Drängen, für seine Freistellung vom Militärdienst Parteimitglied zu werden, hielt er stand. Anfang 1944 musste auch er an die Front, weil den Deutschen im Krieg die Luft auszugehen begann. Er kämpft zuerst irgendwo bei Orel in Russland, dann wurden sie in die Normandie verlegt, wo er bei der Invasion durch die Alliierten in amerikanische Gefangenschaft geriet. Sie waren immerhin mehr als 100.000 Männer. Jeder Kriegsgefangene erhielt sofort nach seiner Gefangennahme eine Postkarte, auf der er seinen Angehörigen Angaben über seinen Gesundheitszustand, aber nicht über seinen Aufenthaltsort machen durfte. Da Ludwig gar nicht wusste, wem er schreiben sollte, vergaß er die Postkarte. Den Kontakt zu seinen Brüdern hatte er verloren. Lediglich im Jahr 1943 erreichte ihn – noch in der Rosenauerstraße - eine Feldpostkarte von seinem ältesten Bruder Adolf, der aber nicht zu entnehmen war, wo er sich befand und wie es ihm geht. Die Karte besagte nur, dass Adolf noch lebte, jedenfalls an dem Tag, als er sie schrieb. Leopold und Pepi waren irgendwo.

Ludwig landete in einem der sogenannten Rheinwiesenlager in Deutschland. Der amerikanische Name dieser Lager – es gab mehrere - war Prisoner of War Temporary Enclosure, PWTE. Er kam in das Lager Bad Kreuznach, das am Rand der Stadt lag, unterhalb des sogenannten Galgenberges, deshalb hatte es auch den makabren Namen Lager Galgenberg. Die Kriegsgefangenen mussten ihre soldatische Feldausrüstung, auch Zelte und Decken abgeben, nur die bis zur Unkenntlichkeit dreckigen Uniformen durften oder mussten sie anbehalten. Mit der Bewachung der Lager war die 106. Infantry Division des amerikanischen Heers beauftragt, die mit der Leitung der Lager völlig überfordert war. Die Organisation überließen sie notgedrungen den deutschen Gefangenen, die interne Verwaltung der Lager und die Posten als Lagerleiter, Lagerpolizei, Ärzte, Köche, Arbeitskommandos etc. waren von Deutschen besetzt.

Ludwigs bemerkte erst jetzt, als er zur Ruhe gleichsam gezwungen war, dass die kurze Zeit seines militärischen Einsatzes ihm traumatische Erlebnisse beschert hatte. Bilder von grässlich zerfetzten Leichen verfolgen ihn, weit aufgerissene tote Augen, die gellenden Schreie der Verwundeten und das langsam leiser werdende Stöhnen der Sterbenden kriegte er nicht aus dem Sinn. Mit quälendem Schaudern malte er sich in schlaflosen Nächten aus, wie er das alles, was er gesehen hatte, daheim abarbeiten, vielleicht sogar vergessen wollte. Und daheim? In dieses Loch, in dem er aufgewachsen war, wollte er nicht mehr zurück. Er konnte sich das sogenannte normale Leben in seiner alten Umgebung nicht mehr vorstellen. Seine Brüder hatten schon eigene Familien, eigene Wohnungen, ein eigenes Leben, wenn sie überhaupt überlebt hatten. Wer weiß, welche Gräuel ihn daheim erwarteten. Vielleicht waren sie alle tot. Eines wurde ihm immer klarer, er wollte überall hin, nur nicht mehr heim. Er hatte Angst vor daheim.

Es sprach sich im Lager herum, dass die Amerikaner deutsche Gefangene nach Amerika verlegten. Angeblich füllten sie die Nachschub-Transportschiffe auf der Rückfahrt mit Gefangenen, um Leerfahrten zu vermeiden. Auch Ludwig hörte davon. Er hoffte inständig, mit einem dieser Transporte nach Amerika verlegt zu werden. Dort würde er sicher einen Weg finden, ein neues Leben zu beginnen. Aber wie wollte er das anstellen? Zu den Transporten konnte man sich nicht melden, da wurde man wahllos wie ein Vieh einfach hineingetrieben. Da die Lagerleiter notgedrungen alle Deutsche waren, musste er sich bemühen, irgendwie in die Nähe der Amerikaner zu gelangen. Er übte ein wenig sein dürftiges Englisch und suchte nach einer Möglichkeit, mit einem von den Amis ins Gespräch zu kommen. Die Fraternisierung mit den Gefangenen war den Amerikanern aber verboten, wie sollte er da ein Gespräch beginnen?

Doch dann geschah etwas. War es ein Zufall? Ludwig wusste es nicht. Er suchte eine Latrine auf. Während er noch schiss, tauchte ein amerikanischer Soldat, sichtlich einer der höheren auf und befahl in kaum gebrochenem Deutsch, Ludwig solle sich im Lagerkommando melden, und zwar um Punkt 4 Uhr PM. Der Diensthabende würde ihn weiterführen. So schnell er aufgetaucht war, so schnell verschwand der Amerikaner auch wieder. Ludwig hatte noch gar nicht ausgeschissen.

Wieder zurück in seinem Quartier legte er sich auf die leise knarrende Pritsche und versuchte, das eben Erlebte zu ordnen. Er sollte sich im Lagerkommando melden. Offenbar bei den Amerikanern. Gut. Der Diensthabende würde ihn weiterführen. Wohin? Und wozu? Was hatte das zu bedeuten? Wenn jemand anderer gerade scheißen gewesen wäre, hätte es dann den getroffen? Oder war Ludwig gezielt derjenige, der sich melden sollte. Es war zwei Uhr, das grausige Mittagessen hatte er schon hinter sich – und zum Teil auch schon unter sich in der Latrine abgeliefert. Er verspürte eine leise Angst. Was geschah, wenn er nicht hinging? Dass er nicht verstanden habe, konnte er nicht als Ausrede gebrauchen, der Ami hatte deutsch gesprochen und Ludwig hatte genickt.

Fast hätte er das tägliche Antreten um drei Uhr versäumt. In größeren Blocks standen sie stramm, vor jedem Block stand ein Ami und brüllte irgendwas. Dann ging er weg, die Gefangenen aber mussten noch stehen bleiben. Nach etwa zehn Minuten kam der Ami wieder und brüllte „Abtreten!", worauf sie wieder in ihre Quartiere wanderten. Ludwig aber war in Gedanken noch voll bei vier Uhr. Er überlegte, was er zu der geheimnisvollen Audienz anziehen solle, und musste achselzuckend grinsen, denn er hätte über seine ziemlich desolate deutsche Uniform nur den noch desolateren Mantel anziehen können, was sein Aussehen auch nicht verbessert hätte. Er musste schließlich nicht imponieren, er war ein Gefangener, der noch immer die Uniform trug, die er bei seinem letzten Einsatz getragen hatte. Einzig die Unterwäsche war gewaschen worden, für die Zwischenzeit bekamen sie hellgraue Boxerhosen.

Um zehn Minuten vor vier Uhr machte sich Ludwig auf den Weg. Er hatte jetzt Angst und schaute sich um, als würde er alles zum letzten Mal sehen. Der Sitz des amerikanischen Lagerkommandanten war eine niedrige Baracke mit einer Türe als Eingang, die aussah wie eine Wohnungstüre. Als er um die Ecke wanderte und sich der Türe näherte, kam, bevor er sie noch erreicht hatte, ein Soldat heraus. Ein fescher Kerl, fand Ludwig, der allerdings selbst auch sehr fesch war. Der Soldat winkte und zerrte ihn wie einen Delinquenten zu einer Nebenbaracke und hinein in einen Vorraum. Zwei Türen waren zu sehen. Der Soldat zeigte auf die rechte und deutete, Ludwig möge anklopfen. Dabei lächelte er ein wenig und ging wiegenden Schrittes wieder hinaus. Ludwig war in eine Art Fatalismus gefallen. Nun war er schon einmal da, die Vorgänge waren seltsam, aber er hatte keine andere Wahl. Er klopfte.

„Come in!", erklang von drinnen.

Ludwig ging hinein und sah sich dem hinter einem kleinen Schreibtisch sitzenden Offizier von der Latrine gegenüber, der ihm, so schien es Ludwig, mit gespannter Erwartung entgegen schaute. Ludwig sah ihn jetzt genauer. Er mochte etwa 30 Jahre alt sein, hatte ein sympathisches rundes Gesicht und den amerikanischen Bürstenhaarschnitt. Zwei Sessel und ein kleines rundes Tischchen bildeten so etwas wie eine Sitzgarnitur. Links war noch eine Tür, die wohl in das Zimmer führte, dem die linke Türe des Vorraums gehörte. Ludwig las auf dem Namensschild auf der Uniform Colonel, den Namen konnte er nicht lesen. Der Colonel stand auf und deutete Ludwig auf einem der Sessel Platz zu nehmen. Jetzt sah Ludwig, dass er etwa gleich groß war wie er und sehr schlank, fast schlaksig. Er setzte sich auf den einen Sessel, der Colonel auf den anderen.

Die folgende Unterhaltung war ein Sprachgemisch aus deutsch und englisch. Der Colonel sprach leidlich deutsch, Ludwig ein wenig englisch.

„Schön, dass Sie gekommen sind", begann der Colonel, wie Ludwig meinte, etwas schüchtern. Und per Sie, soweit das im Englischen erkennbar war. You. Das war nach dem ihn hereinführenden Soldaten nun schon der zweite auffallend fesche Mann, dem Ludwig begegnete.

Seine Antwort aber war sehr sachlich: „Sie haben es mir befohlen."

Lächelnd schüttelte der Colonel den Kopf. „Befohlen! Wie das klingt. Ich habe Sie gebeten, mich zu besuchen."

Ludwig aber blieb trocken: „Bei der Latrine. Ich mit hinuntergelassener Hose."

Die Antwort war verblüffend: „Dort war die einzige Möglichkeit, unbeobachtet mit Ihnen zu sprechen."

„Sie haben mir einen Befehl erteilt, das können Sie auch beobachtet tun. Sie sind der Boss."

Der Colonel wand sich: „Sie wissen schon, dass das, was wir hier tun, verboten ist."

„Ihnen ist es verboten, sich zu fraternisieren. Ich bin unschuldig. Sie haben mich hierher beordert – hier bin ich. Befehlsgemäß."

Der Verlauf des Gesprächs passte dem Colonel sichtlich nicht. Er war sogar leicht verärgert: „Können Sie nicht versuchen, Befehl und Gehorchen wegzulassen?"

„Sie sind ein feindlicher Offizier, ich bin Ihr Gefangener. Sagen Sie mir, wie ich mit Ihnen reden soll."

Ludwig wunderte sich über sich selbst, aber er hatte den deutlichen Eindruck, die Oberhand zu haben. Was wollte der Typ von ihm!

Der Colonel schlug einen anderen Ton an: „Nehmen wir einmal an, Sie sind ein Mensch und ich bin ein Mensch. Ganz einfach."

„Sie wissen genau, beim Militär kommt der Rang vor dem Menschen. Ich habe keinen Rang."

„Und ich lege meinen hiermit ab. Sind Sie jetzt zufrieden?"

Ludwig atmete tief durch: „Ok, Mister…"

„Cameron, Steve Cameron. Und Sie, Herr …"

„Sie haben mich doch auf der Liste …"

„Bitte geben Sie das Spiel auf. Herr …"

„Gismayer. Ludwig Gismayer."

Der Colonel seufzte erleichtert: „Ok, Ludwig."

Ludwig war noch immer mutig: „Ok, - - Steve!"

„Na also", stellte der Offizier fest, als hätte er das erreicht, was er erreichen wollte.

Ganz begriff Ludwig die neue Situation nicht. Er zögerte: „Ok – Steve, warum hast du mich hierher – „

„Gebeten!", ergänzte der Colonel.

„Ok. Warum?"

„Vielleicht", der Ami zögerte, dann nahm er sich einen Anlauf, „weil ich angesichts dieses Krieges hin und wieder auch was Gutes tun möchte."

Jetzt war Ludwig überrascht: „Mir? Ausgerechnet mir?"

„Ja, ausgerechnet dir!" Der Colonel sagte das sehr fest, seht bestimmt.

Ludwig sah seine Oberhand schwinden.

Vorsichtig sondierte er: „Ausgerechnet. Hast du dir mich ausgesucht? Wir sind hier im Lager einige Tausend Mann …"

„Und?"

„Naja …"

Pause. Die beiden schauten einander abwartend und ein wenig kontrollierend an.

Der Colonel brach das Schweigen: „Hast du einen Wunsch?"

„Was?", klang es entsetzt.

„Du wirst doch einen Wunsch haben."

„Ja. Ich will raus hier."

Der Colonel nickte verständnisvoll: „Nach Hause."

Ludwig erschrak. Genau das wollte er nicht. Er wollte wo anders hin.

Jetzt lag die Unsicherheit aufseiten des Amis: „Nicht nach Hause? Wo anders hin?"

Ludwig hatte Angst, sich lächerlich zu machen: „Nach Amerika."

Das Staunen des Colonels war groß: „Nach Amerika?"

Er schüttelte ratlos den Kopf: „Und wie stellst du dir das vor?"

„Na mit einem dieser Schiffstransporte, die ihr dauernd hinüberschickt."

„Du bist gut informiert. Und drüben?"

Ludwig zuckte hilflos mit den Achseln.

Der Colonel verstand: „Willst du abhauen."

Sich der Sinnlosigkeit bewusst nickte Ludwig. Wahrscheinlich hatte er jetzt sowieso alles verdorben.

Der Colonel antwortete sehr ruhig: „Das mit einem Transport ist gar nicht so einfach."

Ludwig nickte hoffnungslos ergeben.

„Lass mich ausreden! Vielleicht gibt es einen Weg."

Das Lächeln des Colonels, als er das sagte, fand Ludwig höchst eigenartig.

Der Ami stand auf und bat seinen Gefangenen: „Komm mit Ludwig. Ich zeige dir was."

Ludwig stand auf. Der Colonel ging auf die Seitentüre zu, bat Ludwig, hineinzugehen, Ludwig ging hinein, der Colonel folgte ihm, schloss die Türe, drehte Ludwig zu sich her und küsste ihn auf den Mund.

Ludwig war starr vor Schreck und wehrte sich nicht. Aus den Augenwinkeln sah er nur ein großes Doppelbett. Ein Liebesnest? Ein perverses?

Der Colonel löste langsam den Kuss und zeigte sofort Verständnis: „Nicht alles auf einmal. Kommst du morgen um Punkt vier Uhr wieder? Dann weiß ich vielleicht einen Weg, wie du nach Amerika kommst. Jetzt geh! Du kannst gleich die direkte Türe benützen."

Ludwig ging wortlos, das feuchte Gefühl auf seinen Lippen trug er mit sich. Draußen wartete grinsend der Soldat, der ihn hergebracht hatte, sagte „Sorry" und packte Ludwig, als wollte er ihn abführen. Vor der Hauptbaracke war kein Mensch zu sehen. Er ließ Ludwig los, gab ihm einen leichten Stoß und murmelte „Go! Tomorrow!"

Ludwig hatte in seinem Hirn einiges zu klären. Steve – er nannte ihn in seinem Gedanken schon so – wollte Liebe mit ihm machen. Sex. Als Kaufpreis für Amerika? Was war das jetzt? Erpressung? Ehrliche Wunscherfüllung für ein bisschen Liebe? Ein bisschen Liebe? Ludwig war nicht homosexuell. Er wusste auch gar nicht, was und wie es die Homosexuellen trieben, wenn sie Sex machten. Irgendwer hatte einmal von Hinten gesprochen. Das andere kannte er, seine zwei Freundinnen, die er bisher hatte, hatten ihn mit ihrem Mund befriedigt. Seine derzeitigen Sexgelüste erledigte er mit gelegentlichem Selbermachen. Und jetzt das! Steve Cameron. Colonel der US-Army. Ein Warmer. Und wenn Ludwig sich ihm zur Verfügung stellte, dann … Ja, was dann? Der Ami hatte alle Möglichkeiten offen. Zuerst benützte er Ludwig, und dann vergaß er ihn. Das war die Variante, wenn Ludwig von einem anderen Menschen schlecht dachte. Vielleicht aber war Steve – schon wieder nannte er ihn so – ein guter Mensch, ein ehrlicher. Amerika. Ludwig wusste nicht ein und aus. Den Abendfraß überlebte er, er legte sich bald schlafen, die zehn anderen in seinem Quartier waren ihm sowieso egal. Amerika überwog, er schlief gut.

Der nächste Tag war noch immer voll von Gedanken. Amerika. Steve Cameron. Ludwig Gismayer. Er war 26 Jahre alt. Steve schätzte er auf knapp 30. Er war ein fescher Kerl. Braune Haare, soweit Ludwig es bei dem Kurz-Haarschnitt ausnehmen konnte, braune Augen, gleich groß wie Ludwig, etwa 1,80, sie waren auf gleicher Höhe gewesen beim Kuss. Der Kuss. Das war nicht ein Busserl, das war ein richtiger Schlecker wie mit der – den Namen der Freundin hatte er vergessen. Ludwig erschrak, er taxierte Steve genauso, wie er ein Mädchen taxiert hätte. Er schüttelte sich. Innerlich. Aber warum schüttelte er sich? Was war denn schon dabei, wenn er mit Steve – ja was? - Sex? Liebe machte? Liebe? Das war zu viel verlangt. Sex? Ja. Wenn es sein musste. Amerika. In seinem Quartier, die zwei auf Platz neun und zehn in der Ecke schlüpften immer zueinander, wenn das große Licht ausgeschaltet war und nur das Nachtlicht brannte. Ludwig hatte sie gesehen, wie sie verkehrt aufeinander lagen. Eine Freundin hatte das die 69er-Stellung genannt. Er hatte aber auch den Neuner auf dem Zehner sitzen und wippen gesehen. Wie ungeniert die es miteinander trieben! Aber niemand beachtete sie. Das finale Keuchen unterdrückten sie, obwohl das gar nicht notwendig gewesen wäre, denn wenn einige von den anderen onanierten stöhnten sie ja auch, wenn es ihnen kam. Ludwig musste aufpassen, es war Vormittag und er war erregt. Sehr sogar. So sehr, dass er sehr stark sein musste, um nicht Hand an sich zu legen. Aber das ging denn doch nicht. Was zum Teufel machte ihn so geil? Steve? Nein, Amerika. Aber der Weg nach Amerika führte über Steve. Über Steve, Ludwigs Fantasie drohte zu entgleisen. Über Steve? Oder unter Steve?

Sein Denken wurde unterbrochen, er musste sich in die Schlange einreihen, den Mittagsfraß zu holen. Dann hatte er eine Stunde Küchendienst, er musste die Fressnäpfe in dreckiges Wasser tunken, was die Deutschen Abwasch nannten. Die Küchenchefs waren alles Deutsche, weil die Amis die niedrigen Arbeiten von den Gefangenen verrichten ließen. Lassen mussten, hatte er wo gehört, weil sie nicht genügend Personal hatten. Um drei hatten sie Antreten. Und um vier… Wenn der nette Steve ihm Amerika nur vorgaukelte, um den dummen Ludwig zum Sex zu kriegen? Ludwig fasste einen Entschluss. Er wollte abwarten. Für Amerika war das, was Steve von ihm wollte, ein niedriger Preis. Das konnte er sich gerade noch leisten.

Um vier – dasselbe Spiel wie gestern. Der Diensthabende geleitete ihn wie einen Häftling in die andere Baracke. Der Soldat wackelte ein wenig mit dem Hintern, Ludwig dachte, warum nimmt sich Steve nicht den Burschen? Ein wenig Herzklopfen hatte er schon, als er nach Steves „Come in" das Büro betrat. Steve strahlte über das ganze Gesicht, sprang auf und gab Ludwig einen kurzen Begrüßungskuss. Er trug nicht die strenge Uniform von gestern, sondern war im Hemd, das er vorne drei Knöpfe weit offen hatte und eine zart muskulöse unbehaarte Brust zeigte.

Ludwig leistete sich sogar ein wenig Humor. Er salutierte und meldete: „Prisoner Gismayer meldet sich zum Dienst!"

Steve lachte: „Dienst? Es soll dir nichts Schlimmeres passieren."

Er hängte sich bei Ludwig ein und zog ihn ins Nachbarzimmer. „Auf ins Brautgemach!", flüsterte er fröhlich. Im Zimmer setzte Steve sich sogleich auf den Bettrand, zog den stehenden Ludwig zu sich, sodass er mit seinem Gesicht auf gleicher Höhe war wie Ludwigs Unterleib. Er nestelte an Ludwigs dreckiger Uniformhose herum, und lachte:

„Mit deutschen Uniformen kenne ich mich nicht aus. Hilf mir!" Ludwig fand sich in der seltsamen Situation, für seine Demütigung selbst aktiv werden zu müssen. Als er mit der Uniformhose bei den Knien in seiner hellgrauen amerikanischen Boxerhose dastand, wurde ihm heiß. Steve zog die Hose langsam hinunter, stöhnte auf, als er erblickte, was da auftauchte und, wie Ludwig erstaunt feststellte, sehr bereit war. Dann hatte Steve plötzlich ein feuchtes Tuch in der Hand, mit dem er Ludwigs mittlerweile sehr angewachsenes Ding reinigte. Steve hatte sein eigenes ausgepackt, das steil nach oben stand, und besorgte es sich selbst, während er Ludwig oral bediente. Der war, wie man bei ihm daheim sagte, überstandig und warnte stöhnend: „Vorsicht, ich komme gleich!"

„Ich auch", verkündete Steve und arbeitete sofort weiter an Ludwigs Erlösung, die gleichzeitig mit Steves Entladung erfolgte.

Schreckstarre war in Ludwig. Was kommt jetzt?

Nichts kam. Steve sagte nur: „Danke. Du warst sensationell."

Ludwig nickte. Er erinnerte sich, dass auch seine Freundinnen sehr zufrieden mit ihm waren.

„Und du hast es genauso nötig gehabt wie ich!"

Ludwig nickte wieder und löste sich langsam. Noch immer stand er gleichsam im Freien, die Hose bei den Knien.

„Zieh dir die Hose hinauf, dass du nicht hinfällst", lachte der Colonel.

Ludwig schämte sich. Die Situation war ihm jetzt plötzlich peinlich.

Steve aber hatte das Kommando: „Wasserleitung haben wir keine. Komm!"

Er stand auf und führte Ludwig zu einem blechernen Waschtisch mit einem Lavoir. Daneben stand ein großer Krug mit Wasser. Ein Waschlappen hing auf einem Handtuchhalter, und ein Handtuch, das eher ein Geschirrtuch war. Steve schüttete Wasser in das Lavoir. Sie wuschen jeder liebevoll den anderen, dabei sah Ludwig, dass Steve beschnitten war.

„Bist du ein Jud?", fragte er.

Der Colonel klärte ihn auf, dass in Amerika die Männer fast alle beschnitten seien. „Und Jude bin ich nicht", vervollständigte er die Auskunft.

Während sie sich restaurierten, fragte Steve: „Wenn ich Jude wäre, hättest du dich dann geweigert?"

„Ist mir sowas von wurscht", knurrte Ludwig.

„Was ist wurscht?"

Ludwig lächelte: „Ach so. Egal."

„Du bist doch Deutscher."

„Erstens bin ich Österreicher und zweitens ist nicht jeder von uns gegen Juden."

„Aha", nickte der Colonel, „wurscht nennt man das."

Jetzt lachten sie beide und gingen wieder nach nebenan in das Büro, wo sie sich in die Sitzecke setzten.

„Was zu trinken?", bot der Gastgeber an und ergänzte heiter anzüglich: „Ich muss nämlich was hinunterspülen!"

Ludwig lächelte auch und bekam einen roten Kopf.

Während Steve aus einer unteren Lade seines Schreibtisches eine Flasche Whisky und zwei Wassergläser holte, sagte er fast liebevoll: „Ich finde es schön, dass einer mit 20 Jahren noch erröten kann!"

„26", korrigierte Steve.

„Entschuldige, ich habe das Datum in deiner Akte gesehen, aber nicht nachgerechnet."

„Bist du jetzt enttäuscht?", fragte Ludwig, der gleichzeitig vermerkte, dass Steve sich mit seiner Akte beschäftigt hatte. War das ein gutes Zeichen?

Der Colonel schaute Ludwig sehr lieb an: „Enttäuscht? Nach dem, was wir gerade erlebt haben, bin ich nicht enttäuscht, sondern voller Hoffnung."

Er hatte mittlerweile je drei cm hoch in jedes Glas eingeschenkt.

„Leider warm, Eis habe ich nicht. Cheers!"

Ludwig nahm sein Glas und sagte: „Prost!"

Steve stutzte kurz, dann tranken sie jeder einen Schluck.

Ludwig fasste Mut: „Ich bin auch voller Hoffnung."

Der Colonel nickte: „Ich weiß. Amerika. Ich habe Verbindung aufgenommen mit dem zuständigen Officer. Es schaut gut aus. Er sondiert noch, wie wir dich rauskriegen."

Dann lächelte Steve: „Aber es wird einige Zeit dauern. Du musst mich also noch ein wenig ertragen."

So schlimm wars gar nicht, dachte Ludwig. Er nickte: „Ich bin dir sehr dankbar."

Der Colonel wurde sachlich, als er fragte: „Dann bis morgen? Um vier?

Ludwig nickte.

Das ging so etwa drei Wochen, auch Samstag. Aber nicht am Sonntag. Religiöse Gründe, die Steve nicht näher erklärte, erlaubten ihm Sex am Sonntag nicht. Ludwig war nicht böse über die Pause. Ihre sexuellen Aktivitäten verliefen so, dass Ludwig dabei nicht beschädigt wurde. Er musste Steve von hinten hinein, aber der wollte das nie von Ludwig, wofür der sehr dankbar war, denn er konnte sich beim besten Willen nicht vorstellen, wie es wäre, wenn ihm ein Mann von hinten eindränge. Steve nannte auch hygienische Gründe. Klar. Sie hatten sich auf einer Latrine kennengelernt. Und Amerika?

2. Nach Amerika

Eines Tages im kalten und nassen November teilte ihm Colonel Steve Cameron strahlend mit: „Am 8. Dezember startest du in Liverpool."

Ludwig war perplex: „Nach Amerika?"

„Nach New York."

„Und warum Liverpool? Das ist doch in England."

„Einer von den Liberty-Frachtern, die Nachschub aus den USA bringen und leer zurückfahren müssten. Daher benützen wir sie auf der Rückfahrt für Gefangenentransporte."

Das wusste Ludwig schon, aber jetzt klang es so bedrohlich, er erschrak sichtlich.

Steve sagte mit einer hilflosen Geste: „Noch bist du Deutscher in amerikanischer Kriegsgefangenschaft. Anders kann ich dir nicht helfen."

„Und wie komme ich nach Liverpool?"

„Mit einem Gefangenentransport."

„Mit anderen Gefangenen?"

„Ja. Ich sagte es schon, anders gehts nicht."

„Und wenn ich in New York ankomme?"

„Das ist alles genau festgelegt. Tu einfach, was die dort wollen. Es bleibt dir sowieso nichts anderes übrig."

Jetzt, da die Erfüllung seines Wunsches sich anschickte, real zu werden, hatte Ludwig plötzlich Angst: „Und dann?"

„Ich finde einen Weg. Was bist du von Beruf?"

„Sattler."

Steve notierte auf dem vor ihm liegenden Akt: „Saddler. Das wird nicht schwer sein."

Ludwig wunderte sich, weil Steve so viel Optimismus ausstrahlte: „Also ich weiß nicht …"

„Ludwig, dann bist du in den USA. Dort findet sich ein Weg."

In der folgenden Woche war Ludwig hauptsächlich damit beschäftigt, seine Angst in Zuversicht umzudenken.

Anfang Dezember überraschte Steve nach dem Sex den sich eben waschenden Ludwig: „Jetzt heißt es Abschied nehmen. Heute ist Samstag, morgen, Sonntag sehen wir uns nicht. Am Montag startet dein Transport nach Liverpool."

Ludwig wunderte sich: „Du bist so fröhlich! Ich habe nur Angst."

Der Colonel beruhigte: „Der Krieg ist demnächst zu Ende. Wir sehen uns in den USA wieder."

Steve gab Ludwig seine USA-Adresse und seine dortige Telefonnummer. „Seattle. Melde dich auf jeden Fall. Wo ich dich finde, weiß ich ja, ich habe deine Akte."

Jetzt sprang der Colonel auf Steve zu, umarmte ihn und weinte in seine Schulter hinein. Dann stieß er Ludwig zur Türe hinaus und schlug sie hinter ihm zu.

Der abführende Diensthabende sagte nur: „Finish", führte seinen Gefangenen wie immer ab und entließ ihn dann mit: „Bye, bye, darling!"

Am Morgen des 8. Dezember wurde Ludwig aufgefordert, zusammenzupacken und sich auf den Appellplatz zu begeben. Er hatte schlecht geschlafen. Albträume quälten ihn, die Schiffsreise, Amerika, die Sprachschwierigkeiten, alles flog durcheinander und verflocht sich, verknäuelte sich. Sehr müde schulterte er in der Frühe den Sack mit seinen paar Habseligkeiten. Die anderen Quartierinsassen ignorierten ihn. Kein Abschied. Er wanderte auf den großen Platz, auf dem zwei mit Plachen bespannte Lkws warteten. Es war nasskalt, die Kälte zog sich schon jetzt in seine Uniform hinein. Immerhin hatte er wenigstens noch den Mantel. Etwa 50 oder 60 andere deutsche Soldaten warteten schon, sie mussten in einer langen Reihe antreten. Ein Ami-Offizier verlas von einer Liste die Namen, der jeweils Aufgerufene musste mit Yes antworten. Ludwig verstand vorerst seinen Namen nicht, Gismayer sprach der Officer Scheismeidscha aus, am Vornamen Ludwig erkannte er sich und brüllte schnell

sein Yes. In zwei Gruppen wurden sie in die zwei Lkws mit Längs-
bänken gesetzt und ab ging die Fahrt.

Von Bad Kreuznach fuhren sie etwa sieben Stunden lang mit zwei
streng bewachten Pinkelpausen in den Hafen von Ostende. Dort wurden sie in eines der Landungsboote getrieben, das kein Dach und
keine Sitze hatte, wie eine Schachtel ohne Deckel. Es war sehr eng,
sie setzten sich auf den Boden, die Wand entlang, dicht aneinander-
gedrängt, sodass sie einander ein wenig wärmten. Keiner redete, sie
zogen dahin wie stumme Zombies. Ludwigs Hoffnung war einem
Fatalismus gewichen, es war ihm alles egal.

Die Überfahrt nach Dover dauerte über zwei Stunden. Einige Gefangene mussten sich übergeben. Drüben angekommen wurden sie von
Bord und in ein Gebäude getrieben, das im Untergeschoss einen großen Saal hatte, in dem Pritschen standen. Vorerst aber wurden sie
durch einen Nebenraum geleitet, in dem es Erdäpfeleintopf und Wasser gab. Die Toiletten waren nur für die Notdurft eingerichtet, Waschen war nicht möglich. Ludwigs Fatalismus verhalf ihm zu einem
guten Schlaf. In aller Herrgottsfrühe wurden sie durch gebrüllte Befehle geweckt, bekamen im Nebenraum jeder einen Becher mit einer
Flüssigkeit, die die Farbe von Kaffee hatte, aber wie Tee schmeckte.
Egal, es war warm. Dazu aßen sie etwas, das in Ludwigs Augen wie
ein Krapfen aussah, aber salzig schmeckte. Egal, er hatte was im Magen. Wieder warteten zwei Plachen-Lkws, diesmal englischer Herkunft, wieder wurden sie namentlich aufgerufen, wieder erklommen
sie die Lkws und setzten sich auf die Längsbänke. Alles wiederholte
sich. Sie waren wieder etwa sieben Stunden unterwegs, hatten zwei
Stopps für Pinkeln unter Bewachung, irgendwann am Nachmittag endete die Reise und sie wurden wieder hinausgetrieben. Ludwig sah,
dass sie jetzt eindeutig in einem Hafen angelangt waren. Liverpool.
Vermutete er. Einer von seinen Sitznachbarn bestätigte: „Det is
Liverpool." Woher er es wusste, war nicht klar, denn nirgends war
eine Tafel oder Aufschrift zu sehen. Die Unterkunft war zum Unterschied von der vorigen – Ludwig hatte schon vergessen, wo das war
– komfortabel. In dem großen Turnsaal standen zwar auch nur

ausreichend Pritschen, aber der Saal war geheizt, sie konnten sich von ihrer Kleidung etwas erleichtern. Ludwig zog Mantel und Jacke aus. Dabei stellte er fest, dass er stank wie ein Büffel. Aber Waschgelegenheit war auch hier keine. Das Essen war noch etwas grauslicher als das vorige, Ludwig vermutete, dass es sich um eine Art gekochte Rüben handelte, dazu ein Stück Brot, für das man gute Zähne brauchte. Aber auch hier schlief er gut. Das Frühstück bestand aus Tee und einer Scheibe Brot, das von gestern übriggeblieben sein dürfte, denn es war noch ein wenig härter. Nach abermaligem Verlesen ihrer Namen wurden sie auf eine Mole hinausgeleitet. Dort wartete die Überraschung, denn eine große Zahl deutscher Soldaten war schon da. Sie waren wohl mit anderen Transporten aus anderen Lagern gekommen. Das Schiff, mit dem sie reisen sollten, war ein Frachter. Die Ladeflächen unter Deck waren in mehrere Räume für jeweils etwa 80 bis 100 Mann unterteilt. Wie viele Räume und wie viele Gefangene sie insgesamt waren, wusste Ludwig nicht. Seine Gruppe wurde in einen der Räume eingewiesen, wieder erwarteten sie Pritschen, hier allerdings mussten sie sich für längere Zeit einnisten.

Ludwig erinnerte sich später mit Schaudern an diese Reise. Es war sehr eng. Die Pritschen waren teilweise übereinandergestapelt wie Stockbetten. Die vorhandenen Toiletten und Waschgelegenheiten waren meist überlastet, es gab lange Warteschlangen, manche Kameraden schissen sich während des Wartens schon an. Das Wachpersonal passte sehr auf und desinfizierte immer wieder alles, um die Ausbreitung von Krankheiten zu vermeiden. Die Ernährung war sehr einfach, sie bestand aus Eintöpfen, Konservenfleisch, Brot und Erdäpfeln. Da aufgrund der Kriegslage nicht klar war, wie lang die Reise dauern würde, musste die Nahrung gestreckt und das Trinkwasser rationiert werden. Etwa jeden dritten Tag durften sie streng bewacht ein wenig an Deck, um frische Luft zu bekommen. Ludwig fand die strenge Bewachung reichlich überflüssig – wohin hätten sie denn flüchten sollen? Die Wetterbedingungen waren zumeist schlecht. Das Schiff schaukelte, einige übergaben sich, aber das Wachpersonal sorgte immer sofort für halbwegs Reinlichkeit. Vermutlich hatten auch sie Angst vor dem Ausbruch von Krankheiten. Unter Deck war die Luft entsetzlich schlecht, Zigarettenrauch, Schweiß und der Duft der Toiletten und der Desinfektionsmittel ergaben eine grausige Mischung. Einige Mitreisende rasteten aus. Sie hatten Angst wegen der möglichen deutschen U-Boot-Angriffe.

Aber was blieb den Gefangenen übrig? Sie mussten es aushalten. Ludwig hatte jedes Zeitgefühl verloren. Erst nach seiner Ankunft in den USA stellte er fest, dass die Überfahrt 21 Tage gedauert hatte. 21 Tage in der Hölle. Ludwig wurde viele Jahre später noch schlecht, wenn die Erinnerung zumeist in der Nacht in ihm auftauchte.

Das einzig Positive, das er von dieser Horror-Reise mitbrachte, waren gute Englischkenntnisse. Sein Pritschennachbar hatte ein Lehrbuch für das amerikanische Englisch, das sie fleißig studierten und alle Übungen machten, indem sie sich gegenseitig abfragten. Sie hatten sogar Gemeinsames gefunden. Der Pritschennachbar war Englischlehrer im Gymnasium im oberösterreichischen Freistadt, allerdings musste auch er das amerikanische Englisch erst lernen. Ludwig erzählte ihm, dass er gelernter Sattler sei. Der Professor freute sich und sagte, er reite sehr gern. Wenn sie allerdings in ihrer Situation an Amerika dachten, dämpfte sich ihre Freude wieder.

Mit Erleichterung stellte er fest, dass in New York alles etwas freundlicher herging. Ludwig präzisierte später seine Wahrnehmungen, es ging sachlicher her, einfach korrekt. Sie wurden von Militärpersonal empfangen, von dem sogar manche ein wenig Deutsch konnten. Die militärischen Ausdrücke waren ihnen geläufig, die Befehle und ein paar Fachausdrücke. Bevor sie noch registriert wurden, schickte man sie in eine Art chemische Reinigung, Desinfektion und Entlausung. Zu dem Zweck wurden ihre Kopfhaare abgeschoren, auch die Achselhaare und die Schamhaare mussten weg. Ihre Identifikationsnummern brachten die Gefangenen mit, sie blieben auch in Amerika gleich. Die anschließende medizinische Untersuchung glich der wie bei einer Musterung. Sie mussten sich nackt ausziehen, wurden abgehorcht, abgetastet, in die Eier wurden ihnen gegriffen und den After inspizierten sie. Ihre Uniformen und ihre gesamte Unterwäsche wurden ihnen abgenommen und vermutlich verbrannt. Sie bekamen eine Art Einheitskleidung, bestehend aus einer Jacke und einer Hose in der Farbe Olivgrün. Alles war aus sehr robusten Stoffen. Feste Schuhe, einfache Unterwäsche, Socken, Hygieneartikel – Seife, Zahnbürste und Rasierer. Auch Winterkleidung war vorgesehen. Und eine Kopfbedeckung. Alles in allem fand Ludwig die Ausrüstung zufriedenstellend. Auf jedem Kleidungsstück waren die Buchstaben PW (Prisoner of War) aufgedruckt, sogar auf den Unterhosen und Socken.

Das dauerte ganze vier Tage, an denen sie zwar auch auf Pritschen, aber gut und geheizt untergebracht waren. Auch die Verpflegung war ausreichend, Ludwig schmeckte manches sogar. Am fünften Tag begann das, worauf Ludwig besonders neugierig war, die Aufteilung in Lager. Nach welchem Schlüssel oder nach welchen Kriterien die Gefangenen in welches Lager geschickt wurden, konnte er nicht erkennen. Es hatte aber den Anschein, dass da kein Plan dahintersteckte, sondern dass ganz einfach die verschiedenen Lager gleichmäßig gefüllt wurden.

Ludwig kam erst sehr spät dran. Es war alles wie bei den anderen. Er wurde aufgerufen, nach seinem Beruf gefragt – Saddler – und dann zugeteilt.

Da aber kam die Abweichung: Ein beisitzender Officer sagte plötzlich: „Just a moment!", und schob das vor ihm liegende Papier zu dem zuteilenden Beamten. Der schaute kurz, wackelte mit dem Kopf, schaute Ludwig, wie der meinte erstaunt an und sagte: „Fort Lawton!", gab Ludwig das Zuweisungspapier und murmelte noch „An intervention." Ludwig verstand nicht und sagte ein typisch österreichisches „Ha?". Der Beamte sagte etwas lauter „An order!", wobei er mit dem Zeigefinger nach oben deutete. Mit „Good luck!", deutete er ihm weiterzugehen. Ludwig hatte sich die Worte order und good luck gemerkt und fragte den Englischprofessor, der irgendwohin nach Texas eingeteilt war, was die beiden Worte genau bedeuteten. „Eine

Anordnung und viel Glück", lautete die Übersetzung. Der Professor fügte noch an. „Oder: hast a Massel gehabt."

„Massel?"

„Hast Glück gehabt."

Dann hakte der Professor aber doch nach: „Hast du einen Anschieber in Amerika?"

Ludwig verstand nicht sofort.

„Ich meine einen, der dir eine Sonderbehandlung verschafft?"

Colonel Steve Cameron. Der warme amerikanische Gespiele aus Bad Kreuznach fiel ihm ein, sein Latrinenfreund. Dort wird sich ein Weg finden, hatte er gesagt. Und wo du bist, weiß ich ja. Sollte Steve einen so starken Einfluss haben? Der Officer hatte bei Order nach oben gedeutet. Steht ein Colonel über – ja wem? Ludwig wusste nicht, welchen Rang das Empfangspersonal hatte. Steve war sicher noch in Europa. Wie auch immer, Ludwig tappte im Dunkeln und hoffte nur, dass diese Sonderbehandlung, wie der Professor es genannt hatte, nichts Negatives bedeutete. Sonderbehandlung hatte bei den Deutschen nämlich nichts Gutes verheißen.

Mit noch etwa 20 anderen wurde Ludwig unter Bewachung in einem Armee-Bus zu einem Bahnhof gebracht, dort wurden sie, immer streng bewacht, in einen Zug gesetzt. Fort Lawton lag an der Westküste, es ging also quer durch ganz Amerika. Die Reise dauerte vier Tage. Sie mussten nicht umsteigen, sondern wurden immer an einen anderen Zug angehängt. Nach der Ankunft in Seattle stiegen sie um in einen Armee-Bus und wurden in das Lager gebracht.

Seattle? Ludwig erinnerte sich, Colonel Steve Cameron lebte in der Stadt, wenn er da war. Aber er war sicher noch in Europa. Etwa acht Meilen waren es vom Lager bis nach Seattle. Ludwig begann sich an die hier üblichen Meilen zu gewöhnen. Schließlich wollte er ein guter Amerikaner werden. Aber vorerst war er nur Gefangener, deutscher auch noch dazu. Fort Lawton war ein ehemaliger Militärstützpunkt, daher waren die Unterkünfte recht komfortabel. Maximal 10 Gefangene hausten in einem Zimmer, die Pritschen waren bequem, und vor allem die sanitären Anlagen waren nach langer Zeit total in

Ordnung. Verpflegung, Unterkunft, medizinische Versorgung und sogar Freizeitaktivitäten und eine Grundversorgung, die – so interpretierte es Ludwig später – genau den Regeln der Genfer Konvention entsprachen. Und sie mussten arbeiten. Für Ludwig als Saddler hatten sie keine Verwendung, er musste den Garten betreuen, sowohl den Gemüsegarten als auch den Garten, der für die Freigänge vorgesehen war, ebenso das Sportgelände und die dortigen Kabinen und Duschen. Als Lohn erhielten sie Lagergeld, mit dem sie in den Lagerläden einkaufen konnten. Ludwig liebte Schokolade …

Sein Fazit: Es ging ihm gut, er war in Amerika, aber er war nicht frei. Ende Mai 1945, der Krieg war seit drei Wochen mit der Kapitulation Deutschlands beendet, drohte neues Ungemach. Es sprach sich im Lager herum, dass die Gefangenen nach und nach repatriiert werden sollten, was so viel hieß wie nach Hause geschickt. In Ludwig keimte Verzweiflung auf. Die ganze Tortur, Transporte, Schifffahrt, Kälte, Nässe, grausiges Essen, ganz abgesehen davon, mehrere Wochen lang ungewaschen leben zu müssen – das alles sollte umsonst gewesen sein? Steve hatte ihn da hineingeritten, der schwule Colonel, dem er für Sex zur Verfügung stehen musste. Ludwig graute, wenn er an seine schwule Epoche dachte, die nichts anderes als Erpressung war. Und er Trottel war darauf hineingefallen. Er hätte doch ahnen müssen, dass sich ein amerikanischer Offizier einen feschen Burschen aussuchte, um seine Sexualität bedienen zu können. Allerdings hatte es Steve geschafft, ihn nach Amerika zu bringen. Und der Wink von oben, den der aufteilende Officer angedeutet hatte? War das Steve? Fort Lawton lag wie gesagt nur acht Meilen von Seattle entfernt. Und Steves Adresse, die er ihm gegeben hatte, lag in Seattle. Er hatte auch eine Telefonnummer, aber Briefe schreiben war möglich, telefonieren nicht. Einen Brief wollte er nicht schreiben, dazu reichte sein Englisch nicht aus. Sprechen ging, aber schreiben …

Wieder vergingen einige Wochen, als Ludwig drankam. Er wurde außer der Reihe in ein Büro gebeten, klopfte an – und es wurde ihm heiß. „Come in!" Die Stimme. Ludwig trat ein und sah sich Steve gegenüber.

„Endlich", rief der Colonel, sprang auf Ludwig zu, umarmte ihn und küsste ihn. Ludwig reagierte wie beim ersten Mal in Bad Kreuznach, er war starr und wehrte sich nicht.

Steve schüttelte ihn ungeduldig: „Na? Freust du dich nicht? Komm tu mit!" und küsste ihn wieder. Aber Ludwig kam ihm nur halbherzig entgegen.

Steve bemerkte das und meinte: „Na klar! Nach dem, was du alles durchgemacht hast, muss sich der Krampf erst lösen."

Ludwig nickte und musste sich gar nicht bemühen, einen gedrückten Eindruck zu machen.

„Mein armer Ludwig!", sagte Steve und er hatte Tränen in den Augen. „Aber das wird sich jetzt schnell alles ändern."

Langsam fasste Ludwig Fuß: „Was soll sich ändern? Ich bin Gefangener und werde nach Hause zurückgeschickt. Ihr Amerikaner seid eben sehr korrekt!"

Steve lachte: „Sei ganz beruhigt. Ich habe dich übernommen."

Misstrauisch fragte Ludwig: „Übernommen? Was heißt das?"

Jetzt platzte die Bombe: „Du bist frei. Aber ich habe die Verantwortung über dich. Du wohnst bei mir."

Atemlosigkeit herrschte in Ludwig: „Und wo werde ich arbeiten?"

„Zuerst bekommst du eine vorläufige Arbeitserlaubnis, die dann, wenn du einen Job hast, in eine unbefristete übergeht."

Ludwig starrte seinen Wohltäter an: „Und wann …?

„Morgen hole ich dich ab."

3. Frei in Amerika

Ludwig war perplex. So einfach ging das in Amerika, wenn man Beziehungen hat. Fast wie daheim. Morgen würde er frei sein. Frei in Amerika. Und er durfte arbeiten. Und wohnen konnte er bei Steve. Hier begann Ludwig, nachdenklich zu werden. Bei Steve wohnen hieß wohl auch, mit ihm schlafen. Das würde aber auf Dauer nicht funktionieren. Schon wieder war er in der Situation gelandet, die er aus Bad Kreuznach kannte: Er musste mitspielen, ob er wollte oder nicht. Er wollte in Amerika Fuß fassen. Im Lager hatte er gehört, dass sie in Amerika, besonders im Westen die Homosexuellen gleichsam in den Untergrund zwangen. Wenn es aufkam, war einer erledigt. Ludwig kam sich schlecht vor, als er da eine Chance witterte. Aber vielleicht ließ sich alles in Wohlgefallen lösen. Die Hoffnung …

Ludwig hatte neutrale Bekleidung bekommen, ohne die Buchstaben PW. Die Autofahrt aus dem Lager führte durch drei Kontrollpunkte, die sie mit Steves Buick anstandslos passierten.

Nach dem dritten Checkpoint sagte Steve strahlend: „So! Jetzt bist du frei."

Ludwig schämte sich seiner Tränen und sagte gar nichts. Er war überwältigt. Wenn er jetzt aus dem Auto sprang … Steve streichelte ihn am Oberschenkel: „Nicht weinen: Du hast ja mich!"

In Ludwig überschlugen sich die Stimmungen. Freude, er war frei, Angst vor dem Leben mit Steve, sein neues Leben, von dem er geträumt hatte, musste jetzt in die Realität umgesetzt werden. Was immer er dachte, er brauchte Steve. Und Steve hätte ihm einfach ein guter, sein bester Freund sein können, wenn da nicht dieser gottverdammte Sex gewesen wäre. Oder Liebe. Liebe war es wohl auf Steves Seite. Noch schlimmer. Enttäuschte Liebe ist etwas ganz Arges, das wusste Ludwig. Seine zweite Beziehung endete damit, dass sie sich einem anderen zuwandte. Ludwigs Schmerz war unerträglich gewesen. Wie immer er sich befreien wollte, er musste Steve irgendwann diesen Schmerz zufügen.

Vor einem schmucken Appartementhaus im Stadtteil Capitol Hill parkte Steve seinen Buick schwungvoll und gekonnt ein. Die Haustüre war unversperrt. Sie gingen in den 1. Stock, auf dem zwei Appartements lagen. Das linke sperrte Steve auf. Galant sagte er: „Du gestattest, dass ich vorausgehe. Oder soll ich dich über die Schwelle tragen?"

Sie lachten beide, wenn auch aus unterschiedlichen Gründen, ließen das Hochzeitszeremoniell aber bleiben. Das Appartement war sehr geräumig. Ein großes Vorzimmer mit Kleiderhaken, Schirmständer und Schuhablage, dann kam die Küche mit einem Herd, einem großen Kühlschrank, vielen Laden und Türen und einem kleinen Esstisch mit zwei Sesseln. „Der Frühstückstisch", verkündete Steve.

Eine direkte Verbindung führte zu dem großen Wohnzimmer mit einer ausladenden Couch-Landschaft, die mit einigen Polstern belegt war. Ein Barschrank. Eine schmale, aber voll belegte Bücherwand. Eine Kommode oder Anrichte mit einem großen Radio. Ein Zimmer mit einem Esstisch für sechs Personen. Das Bad mit Wanne und Dusche, das Klo getrennt. Und das Schlafzimmer. „Unsere Lustwiese", strahlte Steve, „aber wir wollen nicht sofort …, richte dich erst einmal ein. Ich schlafe immer rechts." Ludwigs Beklemmung meldete sich leise. Aber Steve wollte ja nicht sofort … Es gab dann noch ein kleineres Zimmer, Ludwig hätte es Kabinett genannt.

„Das Gästezimmer. Zwei Personen, mehr Gäste schaffen wir nicht." Sie lachten wieder ihr unterschiedliches Lachen. Zwischen Vorzimmer und Schlafzimmer war etwas, das Ludwig so nicht kannte: ein begehbarer Schrank. Links und rechts waren Stangen wie in einem Kleidergeschäft mit Kleiderbügeln aller Formate. Zwei Schränke waren da, Steve öffnete einen davon: „Das ist deiner. Da kannst du gleich alles einräumen, was du mitgebracht hast."

Ludwig hatte in seinem Sack aber nur eine komplette Garnitur Unterwäsche, das Englischbuch und – sonst nichts. „Dafür brauche ich nicht einmal ein Regal", seufzte er.

Die Dinge nahmen ihren Lauf. Steve hatte sich Urlaub genommen und war der Boss, Ludwig musste ihm demütig folgen. Sie kauften einige Kleidung für ihn, Wäsche, Hygieneartikel, was man halt für ein Leben zu zweit brauchte. Als sie in zwei Tagen immer mit dem Buick alles erledigt hatten, trat Steve vor Ludwig hin und stellte fest: „So. Jetzt bist du komplett. Jetzt bist du eingezogen. Jetzt sind wir beisammen. Und wenn dich jemand fragt, du bist mein Neffe. Das ist wichtig!"

Das hieß: Sex. Dieselben Prozeduren wie im deutschen Lager. Ludwig hatte vor allem die Angst, dass Steve, da ja nun hygienische Einschränkungen wegfielen, ihm hinten hineinwollte. Einmal fragte Steve: „Willst du …?"

Ludwig formulierte seine Ablehnung so, dass sie nicht schroff klang, sondern wie ein Entgegenkommen seinerseits: „Nein. Wir lassen es, wie es ist."

War Steve jetzt auch erleichtert? Wie auch immer, Hauptsache sein Anus – an dieses anständige Wort erinnerte er sich aus der Schule – blieb verschont.

Das Wort Arbeit traute sich Steve nicht anzusprechen, aber irgendwann musste er eigenes Geld verdienen.

Aber da war noch etwas. Ludwig entdeckte in einer Lade einige Fotos, auf denen Steve mit einem jungen Mann zu sehen war. Er fragte Steve nicht danach. Der musste aber doch bemerkt haben, dass Ludwig die Bilder gesehen hatte. Vielleicht hatte er sie in der falschen Reihenfolge zurückgelegt.

„Hast du die Fotos gesehen?", fragte er und öffnete die bewusste Lade.

Ludwig hielt sich kurz: „Ja. – Wer ist der nette Bursche?"

Sofort musste er erkennen, dass er da etwas Unangenehmes berührt hatte.

Steve setzte sich neben Ludwig auf die Couch und legte seinen Arm um ihn.

„Das war Bill."

Ludwig fragte noch ahnungslos: „War?"

Steve nickte. Ludwig sah die Tränen.

Vorsichtig fragte er noch einmal: „War?“

Steve erzählte mit mühsam gebändigter Stimme: „Bill ist wie ich 1914 geboren. Mit 18 haben wir beide den Militärdienst abgeleistet. 1939 war Bill gerade mit seinem Jura-Studium fertig. Wir waren beide 25 Jahre alt, da haben sie uns zum Militär eingezogen. Ich kam in die Reserve, Bill wurde nach Pearl Harbour geschickt. Du weißt wahrscheinlich, dass im Dezember 1941 die Japaner Pearl Harbour überfallen haben. Über 2000 Soldaten sind gefallen. Bill war einer davon.“

Steve konnte nicht mehr weiterreden. Er war erstarrt. Auch Ludwig war zutiefst betroffen. Er hatte von der Katastrophe in Pearl Harbour gehört. Amerika war deshalb in den Krieg eingetreten. Es fiel ihm nichts anderes ein, als Steve fest an sich zu drücken. Bill durfte nur 27 Jahre alt werden. Ludwig war auch gerade 27. Er lebte. Er hatte den Krieg überlebt. Und nun hatte er Bills Nachfolge angetreten. Er seufzte. Es war alles so schwierig.

Steves Eltern kündigten ihren Besuch an. Ludwig fragte, was er da zu erwarten habe.

„Den Bill haben sie sehr gern gehabt. Sie haben ihn mir immer ein wenig als Vorbild vorgehalten.“

„Warum?“

Steve wurde etwas verlegen: „Naja, ich habe begonnen, Amerikanistik zu studieren.“

„Was studiert man da?“

„Da lerne ich alles über die Literatur, Sprache und Kultur der Vereinigten Staaten.“

„Und was wird man dann?“

„Lehrer in einer Highschool. Oder Forscher. “

Ludwig nickte: „Und das war deinen Eltern zu wenig?“

Steve hob die Achseln: „Bill sollte Anwalt werden. Da verdient man auf jeden Fall wesentlich mehr.“

„Schauen deine Eltern so sehr auf Geld?“

Steve lachte: „Meine Ma hat viel geerbt, Daddy hat eine Baufirma, die gut läuft. Es wird viel gebaut bei uns."

„Naja", meinte Ludwig lächelnd, „da passt natürlich ein Literat nicht ganz dazu. Ein Anwalt schon."

„Wegen ihrer Nachfolge müssen sie sich keine Sorgen machen. Mein um zwei Jahre älterer Bruder Andy hat Hoch- und Tiefbau studiert. Er wird die Firma übernehmen."

„Na also."

Steve wackelte mit dem Kopf: „Die Firma hat noch eine zweite Sparte, die Ma gehört, Innenarchitektur. Die sollte ich einmal übernehmen."

„Das wäre doch was!", staunte Ludwig.

„Ich soll mein ganzes Leben lang Möbel bauen?"

Ludwig konnte sich Schlimmeres vorstellen und zuckte die Achseln. Etwas interessierte ihn schon noch: „Und dein Bruder? Hat – Familie?"

„Ja ", lachte Steve, „du meinst, ob er auch schwul ist. Nein, er ist gut verheiratet und hat zwei Kinder, einen Buben, Arthur und ein Mädchen Mabel. Also der Fortbestand der Familie ist gesichert."

„Und wie willst du mich deiner Familie vorstellen? Mit einem Sattler werden sie sicher keine Freude haben."

„Mach dir keine Sorgen, Daddy hat einen großen Respekt vor Handwerkern und Ma reitet gern."

Nach diesen Vorbereitungen kamen die Eltern. Daddy, er hieß Marvin, war ein kräftiger, leicht korpulenter, großer Mann, das Bild von einem Boss. Wenn er sprach, hatte Ludwig den Eindruck, als würde er einen Befehl erteilen. Das alles kam aber charmant und freundlich. Ma, ihr Name war Maggie, war eine Dame, etwas aufgedonnert, ziemlich hochtoupierte, grau melierte Haare, sie war etwas kleiner als ihr Mann und strahlte eine Art strenger Mütterlichkeit aus. Ludwig verstand sich sofort mit beiden sehr gut, vor allem die Ma schien ihn zu mögen. Während Daddy und Steve sich etwas zurückgezogen hatten, weil sie familieninterne Dinge besprachen, widmete sich Ma Ludwig. Sie erfuhr, dass er Österreicher war. Sie war schon zweimal in Wien, wovon sie ganz begeistert war. Ludwig war noch nie in Wien, konnte das aber verbergen. Sie kamen auf Steve zu sprechen, den schweren Schlag mit Bill, das von der Familienlinie abweichende Studium – und sein Privatleben.

„Steve ist ein gescheiter Bursche. Die einzige Angst, die ich habe, ist seine Homosexualität. Wenn die auffliegt, entlassen sie ihn beim Militär. Unehrenhaft! Ludwig, pass bitte auf. Auch du als Ausländer verlierst alle Rechte. Also bitte! Andere Frage: Was bist du von Beruf?"

„Sattler", antwortete Ludwig, „Saddler."

„Interessant. Und wo arbeitest du?"

Es war Ludwig peinlich: „Ich habe zwar eine vorläufige Arbeitserlaubnis, aber noch keinen Job."

Jetzt wurde Ma aufgeregt und rief: „Stevie, wieso hast du deinem Ludwig noch keinen Job verschafft? In meinem Reitklub suchen sie solche wie ihn."

„Schwule?"

Ma wurde resolut: „Du weißt, dass ich das Wort nicht hören will. Nein, wir suchen einen Saddler. Ich gebe ihm die Karte vom Klub. Und beruf' dich auf mich, Maggie Cameron. Ich schreib's dir auf."

„Danke", antwortete Ludwig mit mühsam zurückgehaltener schreiender Begeisterung, „das merke ich mir."

Die Eltern fuhren wieder heim und wünschten dem Paar alles Gute. Ma ermahnte Ludwig leise, aber eindringlich: „Bitte aufpassen!"

Ludwig bemerkte, dass Steve keine wirkliche Freude damit hatte, dass ihm die Ma einen Job vermitteln wollte. Ludwig bat Steve, ihn dort hinzufahren. Aber er verschob es immer wieder mit ziemlich fadenscheinigen Ausflüchten.

Als Steve einmal wieder in seinem Dienst war, der von 8 – 14 Uhr dauerte, fasste sich Ludwig einen Mut und beschloss, den Reitklub allein aufzusuchen. Ein wenig Geld hatte er. Er packte seine Papiere, sein Ausbildungszeugnis, seinen Meisterbrief und seine vorläufige Arbeitserlaubnis zusammen, suchte ein Taxi, fand eines sehr schnell und nannte dem Driver den Zielort: Bride Trails State Park. Der

Driver wusste, wo das war. Die Fahrt ging über den Lake Washington und dauerte eine knappe halbe Stunde, dann stand Ludwig vor der hölzernen Firmentafel, suchte sich den Weg zur Rezeption, fragte die dort amtierende junge Frau nach dem Personalbüro, personal office, und berief sich auf Mrs. Maggie Cameron. Nach Nennung des Namens griff die Dame sofort zum Telefon, Ludwig verstand nicht, was sie sagte, jedenfalls wurde er sofort weitergegeben in ein Büro, in dem ihn ein knorriger Mann in Reitkleidung hinter seinem Schreibtisch stehend erwartete. Nach einigen kurzen Begrüßungsworten griff der Mann, der sich Matt irgendwas nannte, nach einem auf seinem Schreibtisch liegenden Papier und fragte: „Sind Sie Mister Ladwig Scheismeidscha?"

Den Namen muss ich ändern, schoss Ludwig durch den Kopf. Vollends erstaunt aber war er, dass er hier schon bekannt war.

„Ja.", antwortete er. Er verkniff es sich, den Namen auszubessern. „Ich bin Ludwig!"

„Ludwig. Maggie Cameron hat Sie schon angekündigt", sagte er.

„Sie ist eine große Sponsorin unseres Klubs. Sie sind also Saddler?"

Ludwig packte seine Papiere aus und legte sie auf den Schreibtisch.

Erst jetzt bat Matt Ludwig, Platz zu nehmen.

Er sah sich die Papiere an: „Ah, Austria. Ich war in Wien. Krieau. Freudenau. Tolle Pferdeevents."

Wieder war es Ludwig fast peinlich, noch nicht in Wien gewesen zu sein.

Jetzt kamen die entscheidenden Fragen: „Wann können Sie anfangen?"

Ludwig stockte fast der Atem: „Sofort."

„Haben Sie eine Wohnmöglichkeit?"

„Ich wohne bei einem Freund. Vorübergehend."

„Wollen Sie hier wohnen?"

Ludwig musste seine Atemlosigkeit mühsam unterdrücken: „Könnte ich denn hier wohnen?"

„Unsere Personalzimmer sind mit eigener Dusche und eigenem Klo eingerichtet. Wie in einem Hotel, nur einfacher."

Ludwig war sprachlos, er glotzte nur verdattert.

Matt schaute von seinen Papieren auf: „Passt etwas nicht?"

Schnell beteuerte Ludwig: „Nein, nein, alles ok. Ich freue mich nur so sehr!"

Sie einigten sich auf die Entlohnung, die Ludwig recht großzügig fand. Er musste noch einige Formulare ausfüllen und unterschreiben, dann war er Vertragsangestellter.

„Am kommenden Ersten können Sie anfangen."

Der kommende Erste war der kommende Montag. Heute war Mittwoch. Also in vier Tagen. Rein prophylaktisch fragte Ludwig: „Und wann kann ich einziehen?"

Matt schaute in auf einem Plan nach: „Jederzeit. Auch sofort."

Ludwig hatte das Taxi warten lassen und fuhr zurück ins Appartement. In seinem heimatlichen Jargon ausgedrückt kam jetzt der Moment, wo der Aff' ins Wasser springt. Er musste sich von Steve lösen. Er musste ihm sagen, dass er nicht schwul sei und irgendwann in sein eigenes Sexualleben zurückkehren müsse. Dass er den von seiner Mutter vermittelten Job bekommen habe und in dem Klub auch wohnen werde.

Genau das sagte er Steve noch am selben Nachmittag. Er gab sich große Mühe, seine Freude nicht zu zeigen, obwohl er sich tatsächlich sehr freute. Jetzt begann sein freies Leben in Amerika. Der Traum …

Starr hörte Steve zu und sagte vorerst kein Wort.

Dann aber kam es doch, sehr leise: „Ich habe es geahnt. Ich habe es gespürt. Du hast mich nur gebraucht, um nach Amerika zu kommen. Du hast mir deine Zuneigung vorgespielt, du hast deine sexuelle Bereitschaft als Kaufpreis missbraucht. Ich könnte auch sagen, du hast mich hineingelegt. Ziemlich mies, findest du nicht?"

Jetzt sah sich Ludwig gezwungen, sich zu verteidigen und, wenn es sein musste, auch anzugreifen: „Ich erinnere dich daran, dass du mich bei der Latrine angesprochen hast. Ich war ein Kriegsgefangener, ich wusste nicht, was passiert, wenn ich mich weigere. Ja, als wir es dann miteinander trieben …"

33

Steve zuckte leicht zusammen, aber Ludwig war in Fahrt.

„… Ja, Steve, es war für mich ein Sex, den ich so nicht wollte. Ein wenig fühlte ich mich erpresst, ein wenig hat es mir Freude gemacht, dass es dir taugt. Ich gebe zu, dass mir bald der Gedanke kam, ob du mir nicht nach Amerika helfen könntest."

Steve nickte: „Du hast mich benützt."

„Ja, und dafür habe ich dir deinen Sex ermöglicht, der nicht meiner war."

„Du hast auch …"

„Ich bin nicht aus Holz."

Nun wurde Steve gehässig: „Und wenn ich dir einen Strich durch die Rechnung mache?"

Ludwig wurde jetzt auch schärfer: „Was heißt das."

Steve zögerte: „Naja, dass wir alles rückgängig machen. Du hast mich schließlich unter Vorspiegelung falscher Tatsachen missbraucht. Und ich leugne alles."

Jetzt wurde Ludwig wütend: „Willst du es wirklich darauf ankommen lassen? Dann erzähle ich von dem großen Muttermal auf deiner linken Arschbacke. Steve, du hast einen Kriegsgefangenen gezwungen, dir für deine Homosexualität zur Verfügung zu stehen. Wenn ich das erzähle …"

„Hör auf!", rief Steve.

Aber Ludwig ließ nicht locker: „Unehrenhafte Entlassung wegen Homosexualität!"

„Du bist gut informiert", seufzte Steve und es sah aus, als würde er resignieren.

Als nichts mehr von Steve kam, versuchte Ludwig einzulenken: „Steve, das ist eine völlig verfahrene Situation, kriegsbedingt, und die müssen wir jetzt entwirren. Es geht nicht anders. Für dich und für mich. Bitte hab Verständnis."

Leise sagte Steve: „Für dich habe ich ja Verständnis. Aber wer hat Verständnis für mich?"

Da wusste Ludwig keinen Rat.

Steve übernahm die Initiative: „Wann fängst du an?"

„Montag."

„Noch vier Tage", flüsterte Steve mit geschlossenen Augen.

Aber es kam noch härter: „Ich kann sofort im Klub einziehen."

„Du willst so schnell wie möglich weg."

„Ich will so schnell wie möglich zu meinem Job."

Steve nickte: „Ich fahre dich hin."

Das wollte Ludwig nicht.

Er begann sofort zusammenzupacken.

Wenigstens eine Nacht noch, dachte Steve, sagte es aber nicht, denn Ludwig war schon auf der Reise.

„Die Sachen, die du mir gekauft hast, lasse ich da."

„Nein", sagte Steve bitter, „nimm alles mit. Alles. Ich will durch nichts an dich erinnert werden."

So viel war es ja nicht, Ludwig stopfte alles in zwei große Müllsäcke und stellte sie vor die Appartementtüre. Dann ging er noch einmal zurück. Steve saß noch immer sehr aufrecht auf der Couch. Ludwig ging langsam zu ihm hin, beugte sich zu ihm, um ihm einen Kuss zu geben. Steve aber holte aus und gab Ludwig eine ziemlich schallende Ohrfeige.

Ludwig richtete sich auf und schaute Steve mitleidig an: „Siehst du, es gibt doch jemand, der für dich Verständnis hat. Mich! Lebe wohl, Steve. Und danke für alles."

Bevor nun auch Ludwig in Rührung ausbrach, rannte er aus dem Appartement, schnappte seine zwei Säcke und floh aus dem Haus.

Ludwig bezog sein Quartier. Es war ein schönes Zimmer. Matt hatte gesagt, wie in einem Hotel, nur einfacher, das stimmte. Es war ein großer heller Raum mit einem Bett, einer Sitzgarnitur mit zwei Fauteuils und einer Couch, einem geräumigen Schrank, einem kleinen Schreibtisch und schöner Aussicht auf den Wald hinter dem Haus. Bad und Klo waren getrennt. Ludwig gefiel alles sehr gut. Als er seine wenigen Sachen eingeräumt hatte, setzte er sich auf die Couch – und wurde traurig. Wegen Steve. Seine Traurigkeit erinnerte ihn an etwas, das er vor dem Krieg einmal schwach, einmal fürchterlich gefühlt hatte: Liebeskummer. Schnell wies er den Gedanken von sich, schaffte es aber nicht. Die Zuneigung zu Steve saß zu tief in ihm drinnen. Nicht der Sex war es, der ihn in diese Grube warf, nein, es war die tiefe Zuneigung zu einem Menschen, der Hoffnungen in ihn gesetzt hatte, und den Ludwig enttäuschte. Enttäuschen musste. Oder sein Leben lang lügen. Alles hätte so wunderbar gepasst. Er wäre auch nicht böse gewesen, wenn Steve vielleicht einen anderen Partner gefunden hätte. Das wäre sogar die humanste Art der Befreiung für Ludwig gewesen. Aber da war die Liebe, die in verletzlicher Dünnhäutigkeit nur auf Steves Seite war. Sein konnte. Schwul ist man, schwul kann man nicht werden. Ein bisschen schwul gibt es nicht. Bi? Ja. Ludwig hatte schon davon gehört. Aber er war nicht bi. Und ein Leben mit einem gelogenen Sex war undenkbar. Vorbei. Hinter ihm war der Krieg, hinter ihm war Steve. Er hatte nur eine Richtung: die Flucht nach vorne. Flucht. Die Antriebskraft seiner Flucht musste er nützen.

Sofort sprang er auf und begann, sich einen Überblick über die Gegebenheiten im Klub zu machen. Matt stellte den Neuen der Belegschaft vor und sagte auch gleich, dass Ludwig der Boss der Pferde-Truppe sein würde. Der Saddler. Sie waren insgesamt sieben Stallburschen, Ludwig war der einzige gelernte Sattler. Jetzt wusste er auch, warum sie ihn so dringend gebraucht hatten. Ein wenig wunderte es ihn schon, dass sie in Amerika, genauer im Raum Seattle keinen Saddler fanden. Er hatte einen Gehilfen, Alex hieß er, er war auch kein Gelernter, aber Ludwig bemerkte bald, dass er sehr gut war. Er arbeitete schon zwei Jahre im Klub, war verheiratet, hatte eine Tochter und fuhr jeden Abend nach Hause. Die Kollegen erkannten schnell, dass sie es in Ludwig mit einem Fachmann zu tun hatten. Sie freundeten sich sehr bald mit ihm an und akzeptierten den Neuen reibungslos als Boss. Die zu betreuenden Kunden waren in zwei Klassen geteilt. Da waren Stallungen, in denen betuchte Bürger ihre Pferde einstellten. Sie kündigten einen Tag vorher an, wann sie am nächsten Tag auszureiten wünschten. Zu den eingestellten Pferden gehörten auch Zaumzeug und Sättel, die jeweils einer Person zugeordnet waren. Zu jedem dieser besonderen Gäste gab es auch eine Liste der Annehmlichkeiten, die sie wünschten. Was nicht direkt die Pferde und Sättel betraf, wurde vom gastronomischen Servicepersonal erledigt. Sie hatten aber auch etwa 50 Klub-eigene Pferde, die man mieten konnte. Diese Tagesmieter waren sozusagen die zweite Klasse. Sie wurden hauptsächlich von Alex betreut. Matt, der die Einteilung und die Disposition betreute, bat Ludwig, besonders auf die erste Klasse zu schauen. Die Konkurrenz sei groß, die finanzkräftigen Kunden mussten gehalten werden. Ludwig gefiel das mit der Klasse nicht, er wollte sie einfach Gruppen nennen, setzte sich aber nicht durch. Matt machte geltend, dass vor allem die Betuchten darauf Wert legten, die erste Klasse zu sein.

Nach etwa drei Wochen trat das ein, wovor sich Ludwig gefürchtet hatte: Maggie Cameron kündigte sich an. Für morgen. Ludwig wollte zuerst Alex bitten, die Dame für ihn zu übernehmen. Der aber warnte, sie wisse, dass Alex nur für die Mieter zuständig war, und würde Fragen stellen. Es blieb Ludwig nichts anderes übrig, als sich ihr zu stellen.

Ein Chevrolet mit Chauffeur brachte sie. In Reitjacke, Reithosen, Reithelm und glänzenden Stiefeln kam sie in den Stall gestapft, um Rosy, ihre Stute zu begrüßen. Dort wartete schon Ludwig auf sie.

Sie rief erfreut: „Ludwig! Steve hat mir erzählt, dass du den Job bekommen hast. Gefällt es dir hier?"

Ludwig stellte die Frage: „Wie geht es Steve?"

Ernst antwortete sie: „Du weißt, wie er ist."

Sie schaute sich um und vermied sichtlich jedes verratende Wort.

Dann zuckte sie die Achseln: „Wie soll es ihm schon gehen? Anfangs war er am Boden zerstört und hat geheult wie ein Mädchen."

Schnell schaute sie sich wieder um, aber es war niemand da.

Ludwig war bewegt: „Es tut mir so leid …"

Hart fiel sie ihm ins Wort: „Du musst dich nicht entschuldigen. Er hat mir alles erzählt, von der Latrine bis zum Schluss. Du – bist nicht – wie er. Es ist dein gutes Recht, in dein normales Leben zurückzukehren. That's it, no more!"

Sie wandte sich ihrem Pferd zu: „So, jetzt wollen wir Rosy nicht warten lassen. Hast du alles richtig eingestellt? Nicht dass ich vom Gaul falle."

Ludwig hatte sich genau an die Angaben auf der Cameron-Liste gehalten. Er führte das Pferd hinaus vor den Stall, Maggie stieg schwungvoll ohne Hilfe auf und sagte noch: „Matt kennt meine Runde. Wenn ich in eineinhalb Stunde nicht zurück bin …"

Sie ritt los.

Die Rituale spielten sich ein. Ludwig, hier ausgesprochen Ladwig wurde bald zum Laddy. Er war die Seele vor allem der ersten Klasse. Seine Geduld ließ ihn so manche Launen der Betuchten ertragen. Auch sein Gehilfe Alex und die Stallburschen profitierten von Laddys umsichtiger Führung. Sie waren sehr zufrieden mit den reichlichen Trinkgeldern, die sie erhielten. Matt, der Boss, war ebenfalls stolz auf seine Leute. Der Klub gehörte einer Investorengruppe, deren Mitglieder zwar nie zu sehen waren, die aber schriftlich ihre hohe Zufriedenheit kundtaten. Nach einem Jahr bekamen alle Mitarbeiter eine Gehaltserhöhung, ohne sie gefordert zu haben.

Ludwig war gut unterwegs. Auch sein Privatleben begann sich zu formen. In der PR-Abteilung des Klubs arbeitete eine junge Frau, mit der er sich sogar auf Deutsch unterhalten konnte. Sie war eine Jüdin und mit ihrer Familie 1938 aus Linz in Österreich vor den Nazis geflüchtet. Ihr Name war ursprünglich Gisela Hochreiter. Da der Vorname immer als Scheisela ausgesprochen wurde, änderte sie ihn auf Ursula und wurde seither immer Jussy genannt. Sie war zwei Jahre jünger als Ludwig und ausgesprochen hübsch. Sie wurde sogar schon als Model für die PR des Klubs verwendet. Nach Amerika war sie mit ihren Eltern gekommen und wohnte in dem Haus, das sie gekauft hatten, ganz in der Nähe, verbrachte aber immer mehr Nächte in Ludwigs Quartier. Matt ließ ungefragt ein Doppelbett aufstellen. Bald sprach es sich herum, Jussy und Laddy wurden ein Paar. Der Club richtete eine sehr schöne Hochzeit aus. Bei der Gelegenheit änderten sie den für die Amerikaner schwer aussprechbaren

Familiennamen Hochreiter in Highrider, Ludwig beschloss, diesen Namen anzunehmen. Ursula und Ludwig Highrider also. Ende des Jahres 1946 gaben sie einander das Ja-Wort. Nach strengen Regeln war es auch an der Zeit, denn Jussy war bereits schwanger. Sie hatten vor, sich nach einer geeigneten Wohnung umzuschauen.

4.Nach Hollywood

Doch auch jetzt hatte das Schicksal eine überraschende Wende bereit. Einer der Reitkunden war C.B.Miller, ein Österreicher, der daheim in Wien eine Filmproduktion gehabt hatte, die er, wie er erzählte, rechtzeitig verkaufte. Schon 1934 war er nach Amerika übersiedelt. Er erzählte über sich gerne den alten Kalauer. Er hieß eigentlich Müller. Aber er hat sich in Amerika einen Namen gemacht, jetzt hieß er Miller. Alle lachten. In Amerikas Filmproduktionen, vor allem in Hollywood, waren damals schon einige Österreicher tätig. Miller fand Anschluss und baute schon nach einem Jahr seine eigene Firma auf. Die Mill-Movie spezialisierte sich nach und nach auf Westernfilme, Cowboy-Filme. Da hatte er viel mit Pferden zu tun und Sätteln und Steigbügeln und Zaumzeug. Er bot Ludwig eines Tages, als sie ein Gläschen Whisky tranken, an, doch nach Hollywood zu gehen. Er brauche für die Betreuung der Reitpferde, die in den Filmen arbeiteten, dringend einen Saddler.

Ludwig schüttelte den Kopf und wandte ein: „In Hollywood habt ihr doch sicher genügend Saddler."

„Aber keinen von deiner Qualität, Laddy", erklärte Miller, „nicht einmal annähernd."

Der Filmmogul unterfütterte sein Angebot mit einem fürstlichen Einkommen und einer Villa. Ludwig bat um einen Tag Bedenkzeit, er müsse das mit seiner schwangeren Frau besprechen.

„Mit ihr habe ich schon geredet", winkte Miller ab, „sie ist begeistert. Und sie ist hübsch. Vielleicht ist da sogar eine kleine Filmrolle drinnen. Für den Anfang."

Ludwig redete mit seiner Jussy, es stimmte, sie war, wie Miller gesagt hatte, begeistert.

Als er Matt mit dem Ansinnen konfrontierte, strahlte der: „Laddy, hast du ein Glück! Mr. Miller hat es mir erzählt, dass er dich haben will. Ich verliere zwar den besten Mann, den ich jemals hatte, aber so ein Angebot kannst du nicht ablehnen."

Die junge Familie übersiedelte Anfang 1947 nach Hollywood. Obwohl das Angebot fantastisch war, fiel Ludwig der Abschied vom Reitklub schwer. Hier hatte das begonnen, wovon er immer geträumt hatte, die Freiheit in Amerika. Und hier war auch die Last auf seinem Gewissen verankert: Steve.

Sie bezogen eine Villa in Beverly Hills und bemerkten bald, dass sie einige prominente Nachbarn hatten. John Wayne, Roy Rogers und Gene Autry. Die anderen Stars, die Ludwig nach und nach kennenlernte, waren Randolph Scott, Alan Ladd und Joel McCrea. Barbara Stanwyck, Jane Russell und Maureen O'Hara schlossen Saddler-Laddy bald in ihr Herz.

Die Arbeit war für Ludwig völlig neu. In jeder Western-Produktion war eine Abteilung nur mit der Horse-Dispo beschäftigt. Bis zu 100 Pferde mussten pro Produktion gesattelt werden. Ludwig, Laddy musste sich um die Ausrüstung der Hauptdarsteller kümmern. Jeder hatte andere Wünsche, was den Sattel, die Steigbügel und vor allem die Beschaffenheit der Zügel betraf. Wenn einer einen ganzen Tag auf dem Pferd sitzen musste, dann konnten zu scharfe oder zu harte, kantige Zügel einem schon Schwielen in die Hände reiben. Also mussten manche Zügel gefüttert werden, damit sich der Star nicht seine zarten Händchen verschandelte. Besonders heikel waren die Damensättel. Wenn eine Darstellerin ein etwas pompöseres Kleid anhatte, dann musste verhindert werden, dass sie abrutschte. Und die Hintern der Damen waren auch nicht alle gleich. Ludwig musste Maßarbeit leisten, wobei das Maßnehmen bei den Star-Damen für ihn besonders lustig war, er machte es immer selbst.

Alle liebten sie Horse-Laddy, auch Mr. Miller, der immer wieder stolz betonte: „Ja, ja, wir Österreicher. Wenn sie uns nicht hätten in Hollywood …"

Im Herbst 1947 vergrößerte sich die Familie Highrider. Ein Sohn erblickte das Licht der Welt, wenn auch mitten in der Nacht. Sie nannten ihn Ludwig.

Hier beginnt die Geschichte von Ludwig dem II.

5. Ludwig der II.

Er war ein gesundes Kind, seine Geburt ging ohne Komplikationen vonstatten. Mit der Mutter allerdings geschahen einige Veränderungen. Sie staunte das Wesen an, das sie neun Monate im Bauch getragen hatte und das ihre Figur ramponiert hatte. Übergroß war ihre Freude nicht. Der Vater war stolz: „Bei uns daheim ist es ein großer Erfolg für eine Familie, wenn sie einen Stammhalter bekommt." Ursula schwieg mürrisch.

Sie setzte sofort nach dem Ereignis alles daran, ihre alte Figur wieder herzustellen, verweigerte auch das Stillen des Buben. Sofort verlangte sie, dass ein Kindermädchen engagiert werden solle. Ihr Gatte folgte ihrem Wunsch. So ziemlich die gesamte Babypflege musste Mrs. Hobbs übernehmen. Missis Mattiwilda Hobbs war eine etwa 25-jährige schwarze, dicke, überall runde Urmutter. Ihr Augenrollen war zum Fürchten und wenn sie mit ihrer dunklen Stimme etwas anschaffte, dann hatte das zu geschehen. Sogar Ludwig, ab nun der I., beugte sich oft ihren Anordnungen. Ursula allerdings entglitt ihr. Mrs. Hobbs war der festen Meinung, Jussy sei durch und durch ein schlechter Mensch. Ihre Bemühungen, die Mutter für ihr Kind zu interessieren, fruchteten nichts. Dazu kam, dass Ursula Highrider auf ihr ungestümes Drängen von C.B. Miller eine kleine Filmrolle zugeschanzt bekam, die ihr in den Kopf stieg. Bald sah sie sich als der große kommende Star, besuchte ein halbseidenes Actors-Studio, in dem sie an die falschen Leute geriet. Mrs. Hobbs hielt sie von dem Kind möglichst fern, was die Mutter aber gar nicht störte, weil sie sich so ihrer Weiterbildung ungehindert widmen konnte. Die Weiterbildung bestand hauptsächlich aus Alkohol und Drogen. Ludwig der I. war viel unterwegs, ihm entging das Ausmaß ihrer Veränderung. Sein Sohn, den er abgöttisch liebte, war bei Mrs. Hobbs in besten Händen. Sie hielt Haus und Hof in vorbildlicher Ordnung, sie mochte ihren Chef sehr, achtete ihn, bewunderte ihn, und das Kind liebte sie, als wäre es ihr eigenes. Ludwig der II. sagte bald Mummy zu ihr. Von seiner echten Mutter bekam der Kleine wenig zu sehen, und wenn sie einmal da war, empfand er sie als Fremde. Sie gab sich auch nicht die geringste Mühe, die Zuneigung ihres Sohnes zu erringen.

Ihr Gatte erkannte nach und nach die sich entwickelnde Katastrophe und war froh, dass der Bub ein gutes Zuhause und eine Mummy hatte. Ludwig sah seine ganze Zukunft in dem Buben verkörpert. Er sprach mit ihm nur deutsch, weil er, wie er sagte, die Heimat nicht vergessen oder gar verlernen wollte. Und er wollte seinem Sohn den Klang der Heimat seines Vaters mitteilen. Kurz, Ludwig der II. wuchs zweisprachig auf, was ihm wie jedem Kind keine Mühe machte.

Eines Tages rief Mr. Miller Ludwig den I. zu sich ins Büro. Nach einigen freundlichen Worten wurde Miller ernst: „Laddy, da gibt es ein Problem. Deine Frau war gestern bei mir. Sie wollte Geld und eine Adresse.“

Ludwig war entsetzt: „Geld? Und wofür eine Adresse?“

„Einen Arzt“, antwortete Miller und präzisierte: „Für eine Abtreibung.“

Das nahm Ludwig fast den Atem. Aschfahl stotterte er: „Und warum kommt sie damit nicht zu mir?“

„Weil das Kind, das sie abtreiben will, nicht von dir ist.“

Jetzt war es heraus, brutal, aber klar.

„Entschuldige“, sagte Miller, „aber ich will nicht herumreden. Wenn du die Scheidung willst, stelle ich dir einen Anwalt zur Verfügung. Auf Firmenkosten. Ich will keine unsauberen Sachen in der Firma.“

Noch immer war Ludwig nicht ganz bei sich. „Hast du ihr das Geld gegeben?“

„Nein. Geld für eine Abtreibung, damit mache ich mich strafbar. Aber du kannst ihr im Zug der Scheidung eine Abfindung zukommen lassen, mit der sie dann machen kann, was sie will. Das sollte aber bald sein, weil man mit einer Abtreibung nicht ewig warten kann. Das wird dann lebensgefährlich."

Ludwig war im Augenblick so weit, dass ihm das egal war: „Und woher bekommt sie die Adresse?"

„Das geht dich nichts an", sagte Miller schroff. „Ich will, dass du das so schnell wie möglich in Ordnung bringst. Mit Mrs. Hobbs hast du eine hervorragende Ersatzmutter."

Die Scheidung ging reibungslos über die Bühne. Da sie sich vorerst sträubte, bekam Jussy einen Anwalt zugeteilt. Die beiden Juristen handelten die Sache aus, trugen sie dem Richter vor, der die Scheidung anstandslos vollzog. Sie bekam eine große Abfindung, mit der sie letzten Endes zufriedengestellt war. Ludwig musste sich noch einige Nebenbemerkungen wie Scheißkerl, Scheiß-Österreicher anhören. Der Richter wies sie zurecht und meinte, ihr ihrer Lage solle sie besser das Maul halten und froh sein über das viele Geld.

Ludwig der I. war nun gleichsam Allein-Erzieher seines Sohnes. Die Mutter war wunderbar ersetzt durch die tatkräftige Mattiwilda Hobbs, die den beiden Ludwigs lebenslange Treue schwor.

Während sich sein Vater Ludwig sehr erfolgreich seinen Geschäften widmete, wuchs der Sohn Ludwig zu einem sehr hübschen Buben heran. Seine Mummy war eine gute Erzieherin. Sie brachte ihm mit genau dosierter Strenge alle Grundregeln bei, ansonsten ließ sie ihm seine Freiheit, beobachtete ihn aber genau. Sie legte ihren ganzen Stolz in die Erziehung und achtete darauf, dass der Kontakt zu seinem Vater nicht abriss. Sie hielt sehr viel von den Charaktereigenschaften Ludwig des I. und sah mit Freude, dass ihm der II. sehr ähnlich wurde.

Die Western-Filme boomten nach wie vor, es war also viel zu tun. Ludwig delegierte aber nach und nach die direkten Kontakte mit dem Lederzeug. Er konnte das auch beruhigt tun, denn er hatte eine Sattler-Schule aufgemacht, die sehr gut frequentiert war und hervorragende Fachkräfte lieferte. Ludwig Highrider war in der Branche ein angesehener Mann. Nach und nach kaufte er andere Sattler-Firmen auf, ließ sie aber weiter ihre eigene Klientel betreuen. So stattete Ludwig gleichsam indirekt auch Filme von anderen Produktionsfirmen mit Sätteln und Zaumzeug aus. Sein Chef C.B. Miller sah das gern, wuchs damit doch auch sein Einfluss auf die Produktionen der Konkurrenz.

Ludwig der II. ging währenddessen einen exquisiten Bildungsweg. In Burbank, wo Hollywood seine Studios hat, besuchte er die sechs Klassen der Elementary-School ab seinem fünften Lebensjahr. Hier lernte er Grundkenntnisse in Mathematik, Lesen, Schreiben, Naturwissenschaften und Sozialkunde. Er lernte das alles wirklich. Mrs. Hobbs brachte ihn an jedem Schultag mit dem Volkswagen Käfer, den ihr der I. gekauft hatte, zur Schule und holte ihn auch wieder ab. Eine Fahrerlaubnis hatte ihr Vater Ludwig mithilfe von C.B.Miller besorgt. Den Sitz in dem VW musste sie ganz nach hinten stellen, um mit ihrer Leibesfülle Platz zu haben. Der II. saß immer auf dem rechten Rücksitz. Die Mummy erwies sich als eine gute Co-Lehrerin, sie ging mit dem Schüler immer alles durch, machte mit ihm die Aufgaben und wunderte sich, was die alles lernen mussten. Sie benützte Ludwigs Schule auch zu ihrer eigenen Bildung. Und da diese Übungsstunden immer sehr lustig waren, lernte Ludwig der II. sozusagen mit Vergnügen, was ihn von seinen Mitschülern unterschied, die die Schule eher als Belastung empfanden. Mit seinem sehr zufriedenen Vater redete er noch immer nur deutsch. Auch Mrs. Hobbs sprach bald leidlich die, wie sie sagte, sehr schwer zu erlernende Sprache.

Von Ursula hörten sie nichts mehr. Mrs. Hobbs allerdings hatte einiges zu Ohren bekommen, erzählte es aber ihrem Chef nicht. Das Gerücht besagte, die Abtreibung habe nicht funktioniert oder es war zu spät gewesen. Ob das Kind geboren wurde, wusste ihre Tratsch-Quelle nicht.

Ludwig der I. richtete sich in der sehr geräumigen Villa ein Büro ein, in dem er allerdings nur selten zu finden war, weil seine Baustellen, wie er sie nannte, immer wieder seine Anwesenheit erforderten. Er war zu einer Art Legende geworden, alle wollten den berühmten Mr.

Highrider persönlich kennenlernen. Er war mittlerweile 30 Jahre alt und ein sehr fescher, schlanker, sportlicher Mann, von dem sowohl die Frauen als auch manche Männer schwärmten. Er hatte immer wieder kurze Affären, die er in einem Hotel auslebte, in dem er ein kleines Dauer-Appartement gemietet hatte. Er wollte um keinen Preis eine feste Beziehung eingehen. Zuerst die eigenartige Sache mit Steve, dann die katastrophale Ehe mit Ursula – er hatte derzeit genug von den Zwängen des ehelichen Beisammenseins. Seine sexuellen Bedürfnisse wurden ausreichend befriedigt. Er legte aber darauf Wert, keine Prostituierten zu mieten. In Hollywood gab es genügend – auch verheiratete – Frauen, die mit dem feschen Ladwig – so hieß er noch immer – gerne ins Bett gingen. Mehr wollte er nicht, weil er nicht mehr brauchte. Es führte sein Privatleben nach seinem Geschäftsprinzip: Was ich nicht brauche, muss ich auch nicht wollen und schon gar nicht haben. Die Gefahr, dass einer der Ehemänner der Damen, mit denen sich Ludwig traf, die geheime Liaison entdeckte und vielleicht sogar durchdrehte, war nicht gegeben, weil auch die anderen Männer ihre Seitensprünge hatten und so gleichsam ein Gleichgewicht der gelebten Unmoral herrschte.

Einmal rief ein Regisseur, mit dessen Angetrauter Ludwig erst unlängst einige Nächte – es waren ja eigentlich nur Abende, denn die Damen blieben nie die ganze Nacht – intim war Ludwig an, sie müssten dringend sprechen. „Wir müssen reden", drückte sich der Regisseur aus. Der Ton klang nicht gut. Ludwigs leise Befürchtung wurde jedoch schnell zerstreut. Der Regisseur erklärte ihm, er wisse von der Affäre mit seiner Frau. Und jetzt kam die Überraschung: Er sei ja so dankbar, denn seine Frau sei jetzt viel ausgeglichener und er werde sich hüten, die Sache etwa gar auffliegen zu lassen. Er endete mit dem seltsamen Satz: „Es ist ein richtiges Vergnügen geworden, sie zu lieben."

Das war der einzige Vorfall, der hätte schiefgehen können. Es gab keine weiteren Störungen. Im Gegenteil. Die Geschäfte liefen ihren ruhigen Gang. Der Boom der Western-Filme nahm allerdings in den frühen 1960er-Jahren ab. Es kamen die Kriegsfilme auf, bei denen wesentlich weniger Pferde gebraucht wurden. Aber Ludwig der I. hatte seine Geschäftsfelder längst auf Luxus-Reitklubs ausgedehnt. Das Film-Sattler-Gewerbe betrieb er weiter, es war jedoch nicht mehr die Haupteinnahmequelle. Ludwigs mittlerweile angehäuftem Reichtum taten diese Veränderungen nicht weh, weil er sehr elastisch und rechtzeitig reagierte. Sein guter Name beim Film freilich öffnete ihm immer wieder Türen.

In dem Jahr, in dem er seinen 40. Geburtstag feierte, ereignete sich etwas, das Ludwig sehr zum Nachdenken brachte. In seiner Auto-werkstatt sprach ihn ein älterer Mechaniker auf Deutsch an: „Ent-schuldigen Sie, mein Name ist Linninger. Mr. Highrider, ich habe gehört, Sie sind eigentlich Österreicher?"
Ludwig bejahte: „Seit 1945 in den USA."
„Und Sie haben drüben Gismayer geheißen?"
Wieder bejahte Ludwig.
„Ich habe nämlich in Wels eine Werkstatt gehabt. Da war Ende der 20er-Jahre ein Lehrling, der hat auch Gismayer geheißen. Josef Gis-mayer, glaube ich, ja, Pepi haben wir zu ihm gesagt. Sind Sie mit dem verwandt?"
Ludwig war zutiefst getroffen. Seit Jahren hatte er nie an seine Brü-der gedacht. Sie gehörten zu dem Teil seines Lebens, von dem er sich losgelöst hatte. Genau genommen sagte er sich, er sei durch die Ereignisse von diesem Teil seines Lebens losgelöst worden. Eine Amputation hatte der Krieg an ihm vorgenommen. Er musste nicht ein neues Leben beginnen, er musste überhaupt von vorne zu leben beginnen. Der Krieg und die anschließende Gefangenschaft waren sein Tod gewesen, den er nur physisch überlebt hatte. Ein Überleben, das er nur schaffte, wenn er den Blick starr und unerbittlich, sogar panisch nach vorne richtete. Die von dem Mechaniker losgetretene Erinnerung warf ihn brutal zurück in die Zeit vor seiner Geburt nach dem Krieg. Der Stoß erschütterte ihn bis ins tiefste Innerste.
„Ja, der Pepi ist ein Bruder. Er hat nach den acht Klassen Volks-schule eine KFZ-Lehre gemacht. Das war bei Ihnen?"

Der Mechaniker nickte: „Ja. Und er war gar nicht schlecht."
Gegen seinen Willen stellte Ludwig doch die Frage: „Wissen Sie, was aus ihm geworden ist?"
„Nein. Ich weiß nur, dass er aus Wels weggezogen ist."
Es schien Ludwig, dass der Mechaniker etwas erstaunt war, wie wenig oder eigentlich gar nichts er über seine eigene Verwandtschaft wusste, was ihn zu einer, wenn auch gelogenen Erklärung drängte: „Wir haben uns aus den Augen verloren. Und ich lebe mit meiner Familie in Unfrieden."
Ludwig schämte sich, seine Leute so zu verleugnen. Im Markus-Evangelium steht der Satz, der Ludwig in der Volksschule so sehr beeindruckt hatte: Und Jesus sprach zu ihm: Wahrlich, ich sage dir: Heute, in dieser Nacht, ehe denn der Hahn zweimal kräht, wirst du mich dreimal verleugnen. Genauso schäbig kam er sich vor. Der nette Mechaniker hatte ihn weit, weit, zu weit zurückgeworfen. Ludwig wollte das Gespräch beenden. Der Mechaniker aber redete weiter: „Da waren ja, glaube ich, noch ein paar Gismayer-Brüder. Ich habe nur von einem gehört, dass er mit der Polizei in Schwierigkeiten gekommen ist. Aber was rede ich da, geht mich ja nichts an."
„Danke", lenkte Ludwig ab, mühsam seine Atemnot unterdrückend, „ist mein Wagen fertig?"

Der 40. Geburtstag war verdorben. Das Gespräch mit dem Mechaniker ging ihm nicht aus dem Kopf. Und er bemerkte auch, dass sein Gewissen so sehr wachgerüttelt war, dass seine beruflichen Entscheidungen darunter zu leiden begannen. Er war unkonzentriert.
Sein mittlerweile väterlicher Freund C.B. Miller riet ihm, einen Therapeuten aufzusuchen.
„Der putzt dir das im Handumdrehen weg!"
Im Handumdrehen ging es nicht. Ludwig erzählte dem Therapeuten seine ganze Geschichte. Dann dauerte es immerhin zehn Sitzungen, bis sie zu dieser Conclusio kamen: „Sie müssen sich keinen Vorwurf machen. Die Ereignisse, in denen Ihre Familie auseinandergerissen wurde, haben in vielen Menschen irreparable Schäden angerichtet.

Da ist so vieles passiert, das nicht rückgängig zu machen ist, sondern nur durch neue, vorwärtsschauende Initiativen niedergewalzt werden kann. Sie haben genau das Richtige getan. Sie haben ein schreckliches Leben hinter sich gelassen und sich mit viel Kraft und Ausdauer ein neues Leben aufgebaut. Dazu hatten Sie das Recht, ja sogar die Verpflichtung der neuen Zeit gegenüber. Und Ihrem Kind gegenüber rate ich Ihnen: Lassen Sie das Vergangene ruhen. Sie haben sich nichts zuschulden kommen lassen, Sie haben das Recht, ein sauberes Gewissen zu haben."

Ludwig war besänftigt. Allerdings fiel ihm einer seiner Grundsätze ein: Was du nicht in einem Satz sagen kannst, musst du überdenken. Der Therapeut hatte für Ludwigs Rechtfertigung viele Sätze gebraucht. Seine drei Brüder waren ihm nun einmal ins Gedächtnis gerufen. Aber was brachte es, wenn er sie jetzt suchte? Nichts. Er warf sich noch mehr auf seine Arbeit und beschloss, nur Gegenwart und Zukunft im Auge zu behalten. Mrs. Hobbs war noch immer für Heim und Herd mustergültig zuständig. Die Zukunft schien ihm sicher und die Gegenwart machte ihm sogar viel Freude.

Sein Sohn war die Ursache dafür. Sein Werdegang führte über die Junior High School, anschließend in die High-School. Im dritten High-School-Jahr bemerkte Mrs. Hobbs, dass ihr Schützling in seinem Schlafzimmer das Bettzeug immer glattstrich, was er vorher nie getan hatte. Bald aber kam sie auf das drauf, was sie schon geahnt hatte. Das Zimmer des II. war auch durch eine Hintertüre zu erreichen. Ein Blick in den Schlüsselkasten zeigte ihr, dass von den zwei Schlüsseln zur Hintertüre einer fehlte. Sie wollte dem jungen Mann nicht den Eindruck vermitteln, dass sie ihm nachspionierte, sondern fragte ihn möglichst harmlos und doch geradheraus: „Ludwig, hast du eigentlich eine Freundin?"

Der so Überfallene stotterte zuerst ein wenig herum: „Warum? Wie kommst du darauf?"

Mrs. Hobbs schaute ihn lächelnd so lang an, bis er sagte: „Ja."

„Hast du Sex mir ihr?"

Ludwig bekam einen roten Kopf.

Die Mummy fuhr resolut fort: „Du bist 16 Jahre alt. Zu was hat man als 16-Jähriger denn eine Freundin?"

Jetzt musste II. sogar lachen: „Du weißt doch sowieso alles."

„Liebst du sie?"

Ludwig zuckte die Achseln: „Ich habe Sex mit ihr."

Ein paar Tage später bemerkte Ludwig der I., dass zwischen dem II. und Mrs. Hobbs irgendein heiteres Geheimnis schwebte. Er wollte sich vor der Frau aber nicht bloßstellen und fragte daher seinen Sohn: „Was ist das mit Mrs. Hobbs und dir? Verheimlicht ihr mir was?"

Der II. entschloss sich zur Wahrheit: „Ich habe eine Freundin und sie hat es bemerkt."

Der I. wurde sofort strenger Vater: „Aha. Und wieso weiß ich das nicht?"

„Weil sie durch die Hintertür kommt."

„Aha. Willst du sie mir nicht einmal vorstellen?"

Ludwig der II. schaute sehr unschuldig drein: „Papa, ich habe nur Sex mit ihr. Sonst nichts."

„Du weißt aber schon", setzte der Vater beunruhigt an, „dass du da …"

„Papa", unterbrach ihn sein Sohn, „du musst mich nicht aufklären. Das hat die Mummy schon erledigt."

Gott sei Dank, dachte der I., aber er sagte: „Habe ich in diesem Haus gar nichts mehr zu reden?"

Lächelnd antwortete der Sohn: „Nein, Papa, in diesem Fall nicht."

Ein warmes Gefühl tiefer Zufriedenheit breitete sich im Vater aus. Sein Sohn wusste, was er tut, selbstbewusst und klar. Das gefiel ihm so gut, dass er den Tränen nahe war.

Einige weitere Dates wurden nur zwischen dem Junior und Mrs. Hobbs organisatorisch abgewickelt. Die Mummy sorgte dafür, dass immer genügend Kondome da waren.

Die Highschool schloss Ludwig der II. mit 18 Jahren und mit vorzüglichem Erfolg ab.

Vater Ludwigs Freude war groß und sie brachte ihn auf eine Idee: Er wollte seinem Sohn zum 18. Geburtstag eine Reise nach Österreich schenken. Als er das dem jungen Herrn mitteilte, war der von der Idee sofort begeistert und schwärmte sogleich von Wien.

„Naja", wandte der Vater ein, der selbst noch nie in Wien gewesen war, „wenigstens Wels müssen wir auch mitnehmen."

„Was ist Wels?", fragte der Filius.

Ein Schwall von Erinnerungen fiel über den Vater her. Sehr nachdenklich kam die Erklärung: „Wels ist eine Stadt in Oberösterreich. Oberösterreich ist ein Distrikt von Österreich. Und Wels ist die Stadt, in der ich geboren, aufgewachsen, in die Schule gegangen bin und meinen Beruf gelernt habe."

„Und dann?", fragte der II. und er bemerkte seines Vaters Ernst.

„Dann bin ich zum Militär eingezogen worden."

„Zum österreichischen."

„Nein zum deutschen."

„Ah ja", nickte der II., „Hitler, die Nazis."

Ludwig der I. erzählte seinem Sohn, gleichsam als Einführung zur bevorstehenden Reise, skizziert seinen Lebensweg. Lehre als Sattler mit Meisterprüfung,1939 zum Militär, 1944 an die Front in der Normandie, amerikanische Kriegsgefangenschaft. Das Kapitel Steve überprang er. 1945 Transport nach Amerika, wieder Gefangenenlager in der Nähe von Seattle, auch hier musste er Steve umschiffen, Engagement als Sattler in einem Reitstall in Seattle, Mr. Miller war dort Kunde und holte ihn nach Hollywood.

„Und hier bin ich."

Ludwig der II. strahlte: „Und hier sind wir! Papa, ich bewundere dich. Danke, dass du mir das erzählt hast. Du bist ein Held."

Der Vater seufzte, weil er sich unter einem Helden etwas anderes vorstellte. Seine drei Brüder hatte er verschwiegen. Dabei war es durchaus möglich, dass die eine oder die andere Begegnung in Wels bevorstand. Die Reise barg ein Risiko. In Ludwig dem I. aber festigte sich der Gedanke, dass er das Risiko eingehen musste. Er musste. Er setzte sich damit einer Ungewissheit aus, die er normalerweise vermied. Es zog ihn nach Wels, egal, was passieren mochte. Er wollte es wissen – aber was wollte er wissen?

Gleich nach Ferienbeginn im Sommer 1965 traten sie die Reise an. Eine Boeing 707 der TWA verfrachtete sie, selbstverständlich 1. Klasse von Los Angeles nach Chicago. Umsteigen. Mit einer DC8 der Air France ging es nach Paris. Von Paris mit einer DC9 der AUA nach Wien. Für beide Ludwigs war es der erste Wienbesuch. Mr. C.B. Miller hatte seine alten Wien-Beziehungen spielen lassen. Am Flughafen erwartete sie eine gemietete Limousine, die sie in das – ebenfalls von Miller vorbestellte – Hotel Bristol brachte. Das Hotel liegt direkt neben der Wiener Staatsoper auf der Ringstraße. Ein Opernbesuch war aber nicht möglich, da die Staatsoper bis September Sommerpause hatte. Aber das tat den beiden nicht weh, denn beide hatten kein gesteigertes Interesse an Opern – und Konzerten, auch Musikverein und Konzerthaus machten Sommerpause. Das Hotel organisierte ihnen einige private Stadtführungen und Stadtrundfahrten. Das Wetter war hochsommerlich, sie wurden in einem offenen Cabriolet chauffiert. Der Chauffeur, der gleichzeitig der Fremdenführer war, standesgemäß mit Uniform und Kappe, staunte nicht wenig, als er seine Englischkenntnisse wieder einpacken konnte, weil die beiden amerikanischen Gäste perfekt Deutsch sprachen. Der Vater kannte ja die historischen österreichischen Stilrichtungen aus Wels. Der Sohn aber war überwältigt von dem stilistischen Reichtum. Es war bis dato aus Los Angeles nicht hinausgekommen, wo es weder Gotik noch Barock noch Rokoko gibt. Er kam aus dem Staunen nicht heraus, weil diese wundersamen Stile ja auch die Geschichte der Stadt erzählten. Gotik stammte aus einer anderen Zeit als das Barock. Die Museen beeindruckten ihn tief, auch hier waren die Stilrichtungen vieler Jahrhunderte zu sehen, die ihm Geschichten erzählten. Sie besuchten die Schlösser, in denen Kaiser und große Feldherren gewohnt hatten, die vielen Palais, alles strahlte einen Reichtum aus, der allerdings in der Geschichte verankert war. Im heutigen Österreich konnte sich kein noch so reicher

Mensch solche Bauwerke leisten. Ludwig der II. lernte den hohen Wert der Geschichte kennen und bewundern. Er war aber auch ein wenig traurig: „Das alles ist doch vorbei, oder? Das ist doch alles gewesen. Was ist heute? Ist deine Heimat ein einziges Museum?"

Sein Vater gab ihm recht, erklärte aber: „Heute ist Österreich ein kleines, modernes Land. Aber bis 1918 war Österreich nach damaligen Begriffen eine Weltmacht – und Wien war die Hauptstadt eines riesigen Reiches, in dem viele Sprachen gesprochen wurden. Tschechen, Böhmen, Ungarn, Slowaken, Slowenen, Serben und noch viele andere Völker waren in dem Staat vereinigt. 1918 mit dem Ende des 1. Weltkrieges war das alles explodiert. Österreich hat den Krieg verloren, alle Länder wurden abgetrennt und machten sich selbstständig. Das klein gewordene Rest-Österreich wurde eine Republik."

„Bis dann Hitler kam", nickte der Sohn. „Und den Krieg begonnen hat, an dessen Ende du nach Amerika gekommen bist."

So kann man es auch sehen, dachte der Vater.

Mit der Bahn fuhren sie nach Wels in Oberösterreich. Da war nichts von Miller organisiert. Sie nahmen sich ein Taxi und mieteten sich im Hotel Greif ein. Der Vater betrat das Haus mit Ehrfurcht, in seiner Jugend war das Greif ein für die Klasse, aus der er kam, unerreichbarer Tempel.

„Nur für eine Nacht?", fragte der Sohn erstaunt.

„Länger brauchen wir nicht. In eine Stunde hast du alles gesehen. Wenn es überhaupt noch was zu sehen gibt."

Ludwig der I. führte seinen Sohn zu Fuß vorbei am Ledererturm zum Volksgarten. An dessen linker Außenseite lag eine schmale Gasse, die Rosenauerstraße, in der einige armselige Häuser standen, die offenbar nicht mehr bewohnt und zum Abriss bereit waren. In eines der Häuser, das mit der Nummer 12, führte der Vater den Sohn hinein, aber nicht ins Parterre oder nach oben in den 1. Stock – mehr hatte das Haus ja nicht - sondern nach unten in das Souterrain, in den Keller. Der Raum, in dem Ludwig der I. aufgewachsen war, war jetzt leer. Nichts erinnerte mehr an die einstige Behausung. Ludwig der I. allerdings stellte sich im Geiste das Bild zusammen. Er ging in die

Ecke, in der er geschlafen hatte und schloss kurz die Augen. Sein Sohn beobachtete den Vater stumm. Die zwei Fenster waren oben unter der Decke. Wenn jemand draußen vorbeiging, sah man nur seine Füße. Aber es ging niemand vorbei. Die Gasse war tot. Der Raum muffelte vor Feuchtigkeit. Beide Ludwigs waren jetzt still. Der Sohn allerdings wollte sich vorsichtig vergewissern, weil er es nicht glaubte: „Hier bist du aufgewachsen?"
Der Vater nickte nur.
„Mit der Mutter?
Der Vater nickte.
„Und der Vater?"
„Ist aus dem Krieg mit nur einem Bein zurückgekommen."
Ludwig erstarrte: „Was war er beruflich?"
„Eisengießer. Nach dem Krieg nichts mehr. Armseliger Rentner."
„Also du, dein kaputter Vater und deine Mutter."
Dem Vater war das Verhör unangenehm, dennoch sagte er es: „Und meine drei Brüder."
Der Junior staunte: „Drei Brüder! Älter? Jünger?"
„Älter. Ich war der Jüngste."
Der Sohn hörte das zum ersten Mal. Eine innere Stimme sagte ihm, jetzt vielleicht nicht weiter zu fragen.
Er wechselte vorsichtig das Thema: „Wie lange hast du hier gewohnt?"
„Bis ich 18 Jahre alt war."
„So alt wie ich jetzt bin."
Der I. nickte wieder und kämpfte mit den Tränen. Sein Sohn sah das und umarmte den Vater: „Jetzt ahne ich erst, was für einen weiten Weg du gehen musstest! Ich bewundere dich, Papa."

Als sie wieder im Hotel waren und Geselchtes, Grießknödel und Sauerkraut mit großem Appetit verputzten, traute sich der Junior aber doch zu fragen: „Und was ist mit deinen Brüdern? Werde ich die auch einmal kennenlernen?"

Der Senior - sein schlechtes Gewissen war aktiviert - antwortete schroff: „Nicht jetzt!"

Der Ton klang abschließend. Der II. nickte nur und aß weiter. Er nahm sich vor, der Sache einmal auf den Grund zu gehen. Aber nicht jetzt.

Am nächsten Vormittag fuhren sie mit der Bahn wieder nach Wien. Des Vaters Krampf löste sich, er fand wieder in sein heutiges Leben zurück. Für einen Sattler war ein Besuch der Spanischen Hofreitschule Pflicht. Der II. war begeistert und stieß seinen Vater an: „Wäre das nicht ein Job für dich?"

Der Vater winkte lachend ab: „Da wäre ich ein österreichischer Beamter. Wenig Geld, aber pensionsberechtigt. Da hätte ich ja gleich hierbleiben können."

Aber er wollte seinem II. unbedingt noch den Prater zeigen. Sie fuhren mit dem Riesenrad und genossen es, im Autodrom einmal so richtig mit ihren Autos zusammenstoßen zu dürfen. Die Hochschaubahn mieden sie, weil sie beide schon beim Zuschauen Angst bekamen. Das Tobogan aber rutschten sie mutig hinunter. Abschließend gingen sie in den Biergarten namens Schweizerhaus, aßen eine der dort berühmten Stelzen, die auch Schweinshaxen genannt werden und tranken jeder zwei Krügerln von dem köstlichen Budweiser Bier. Die eine Woche war schnell vorüber. Der Vater kannte keinen Urlaub, er war es nicht gewöhnt, so lange nichts zu arbeiten, es drängte ihn wieder heim. Ludwig der II. war, wie er sagte, kopfmüde von den vielen Eindrücken, die er empfangen hatte.

Als sie wieder daheim waren, fragte Mrs. Hobbs den Junior: „Na, wie hat es dir gefallen in good old Europe?"

Ludwig der II. antwortete: „Ich habe noch nirgends so gut gegessen!"

Der Vater musste lachen und dachte für sich, der Bub ist halt schon ein richtiger Amerikaner.

Und er war heilfroh, dass der Besuch in Wels ohne unliebsame Begegnungen stattfand. Heilfroh? Ludwig wollte es so. Es war aber nicht so. Ganz tief in ihm glomm ein kleiner Schmerz.

In Wels hatte doch jemand etwas wahrgenommen. Ein Rezeptionist im Hotel Greif, der Herr Hans sagte ein paar Tage später, als gerade nichts zu tun war zu seinem Kollegen, dem Herrn Franz: „Erinnerst du dich an die zwei Amerikaner?"

Der Herr Franz erinnerte sich vor allem an das gute Trinkgeld, das er von dem Älteren bekommen, seinem Kollegen aber verschwiegen hatte.

Der Herr Hans sinnierte weiter: „Also der Ältere hat eine verdammte Ähnlichkeit mit einem von den Gismayer-Buben gehabt."

Der Herrn Franz war ratlos: „Gismayer? Wer soll denn das sein?"

„Arme Leut'", erklärte der Herr Hans, „irgendwo beim Volksgarten haben sie gewohnt. Mit der Mutter und dem einbeinigen Vater."

„Und wieso kennst du die?"

„Einer von denen ist mit meinem Buben in die Schule gegangen."

Der Herr Franz hakte nach: „Und du glaubst, einer von den zwei Amis war einer von denen?"

„Der Ältere hat ihm jedenfalls sehr ähnlich geschaut. Sehr ähnlich!"

Der Herr Franz dachte nach und nickte: „Jetzt, wo du's sagst. Sie haben ja auch deutsch geredet. Und der Ältere hat ein bissel unseren Dialekt gehabt."

Jetzt war Herr Hans sicher: „Dann war er's. Wahrscheinlich. Ich komm nur nicht drauf, welcher. Ich glaube, der Ludwig. Der Wickerl. Der ist mit dem meinen in die Schule gegangen."

Gleich drauf aber schränkte der Herr Hans selbst wieder ein: „Aber der Ludwig kann es nicht gewesen sein. Der war im Krieg in Frankreich, wie die Alliierten gelandet sind. Das war das letzte, was man von ihm gehört hat. Der ist gefallen."

Jetzt zweifelte der Herr Franz: „Oder in Amerika."

Der Herr Hans nickte: „Oder in Amerika."

Der Herr Franz schränkte ein: „Also ein bissel komisch ist die Sache schon."

Sie taten das Naheliegende, sie schauten im Gästebuch nach und fanden auf den ersten Blick nur den Namen Highrider, auf den zweiten

Blick aber stießen sie auf Ludwig, zweimal, auch der junge, offenbar der Sohn, hieß so.

„Das ist er!", sagte der Herr Hans. „Ludwig heißt normalerweise kein Amerikaner."

Der Herr Franz argwöhnte: „Warum versteckt er sich hinter einem falschen Namen?"

„Naja, falsch kann er nicht sein, er hat ja seinen Pass hergegeben. Beide. Er wird den Namen geändert haben. Als Gismayer kommt man in Amerika nicht weit."

Jetzt insistierte der Herr Franz: „Warum hast du ihn nicht gefragt?"

„Weil ich erst draufgekommen bin, wie sie schon abgereist waren."

„Du hast schon immer eine lange Leitung gehabt."

Die beiden schwiegen ratlos.

Der Herr Franz gab keine Ruhe: „Du hast gesagt, einer von denen. Gibts da mehrere?"

„Ich glaube, sie waren insgesamt drei oder vier Brüder."

Der Herr Franz schüttelte den Kopf: „Du glaubst. Und wo sind die anderen?"

„Keine Ahnung. Alle weg von da."

Damit war die Sache für die beiden erledigt. Was hätten sie auch tun sollen?

Ludwig der II. inskribierte in der UCLA, der University of California Los Angeles. Ein Universitätsstudium war für Bewohner des Staates Kalifornien weitgehend gebührenfrei. Die Bildungspolitik Kaliforniens ermöglichte das durch den ‚Master Plan for Higher Education', der 1960 beschlossen wurde. Verwaltungskosten allerdings fielen schon an, etwa 300 Dollar pro Jahr, also eine sehr moderate Summe. Er studierte das Fach Wirtschaftswissenschaften, fragte sich aber bald, ob er nicht besser etwas Praxisnäheres studieren sollte. Der II. sah sich selbst eher als ein Mann der Tat, er wollte ein Macher werden wie sein Vater.

Aber gerade Ludwig der I. hatte da seine Zweifel.

„Ich habe eine Sattlerlehre gemacht. Ich bin Sattlermeister. Das war damals schon ein eher seltener Beruf, darum waren meine Chancen, immer ein Job zu finden, gut."

Der Sohn stimmte ihm zu: „Ja, du hast angepackt. Du hast gesehen, was du tust. Du hast sichtbare Ergebnisse erzeugt. Mit deinem Wissen. Und mit deinen Händen."

„Du hast schon recht", stimmte jetzt vorerst auch der I. zu, „aber die Zeiten haben sich geändert. Wir haben eine große Firma. Ich bin an meinen Grenzen angelangt und habe Angst, den Überblick zu verlieren. Und ich habe Angst davor, mich mit der Firma Leuten anvertrauen zu müssen, die mich dann hineinlegen."

„Warum bist du so misstrauisch?", fragte der II. „Du hast doch alles im Griff."

Der I. wackelte mit dem Kopf, er hatte seine Zweifel: „Der Mr. Miller hat mich auch gewarnt. Was du in deiner Firma aus den Augen verlierst, kann ein freies Feld werden für Leute, die hinter deinem Rücken für sich arbeiten."

„Kann, hat Miller gesagt, kann!", wandte der Sohn ein.

Ludwig der I. hob den Zeigefinger: „Genau. Kann! Muss nicht sein. Aber kann sein! In dem Moment, in dem eine Möglichkeit besteht, findet sich auch jemand, der sie ausnützt."

„Vertraust du deinen Leuten nicht?"

„Doch! Ich vertraue ihnen. Weil ich noch den Überblick habe. Noch. Aber es gibt den alten Spruch: Vertrauen ist gut, Kontrolle ist besser."

„Na also!"

„Und wenn ich die Kontrolle verliere? Ich habe dir gesagt, ich bin an meiner Grenze angelangt."

Ludwig der II. schwieg.

Der Vater redete ihm gut zu: „Du willst doch, dass ich dir einmal eine gesunde Firma übergebe. Mit der du auch expandieren kannst. Aber dazu brauchst du das Wissen, das du jetzt lernst. Und darum, das ist meiner langen Rede kurzer Sinn, möchte ich, dass du dein Studium fertigmachst. Ich ersuche dich. Ich bitte dich."

Was den Sohn am meisten beeindruckte, war die realistische Diagnose, die ihm sein Vater lieferte. Diese Klarheit, diese brutale Selbsteinschätzung – und die Hoffnung, die er in seinen Filius setzte. Er baute auf ihn. Ludwig der II. erkannte, dass er vielleicht sogar ein Teil des Plans von Ludwig dem I. war.

Er fügte sich und machte das Studium.

„Mit dem Studium kannst du ja auch einmal in die Politik gehen", schwärmte der Vater.

Der Sohn konterte: „Du bist der berühmte Highrider und kennst Gott und die Welt. Geh doch du in die Politik. Ich kann dich dann beraten."

Ludwig der I. freute sich immer, wenn sein Sohn Pläne machte.

Zum Thema Planung gehört für den I. aber auch so etwas wie eine Familie. Er selbst hatte zwar keine, aber den Sohn hätte er schon gerne als Familienvater gesehen. Auf eine diesbezügliche Frage antwortete der II.: „Derzeit will ich keine Familie. Auf keinen Fall. Ich will zuerst meinen eigenen Weg so weit gehen, bis ich sagen kann: jetzt!"

Dem hatte der Vater nichts hinzuzufügen.

Die Geschäfte liefen, die Firma florierte. Ludwig galt als vorsichtiger, konservativer Unternehmer. Selbst wenn er einmal etwas riskierte, war es immer kalkuliert. Ludwig bezeichnete sich selbst scherzhaft als einen Mann, der seine Hose mit Gürtel und Hosenträgern trug. Die Highriders waren angesehen und wurden reich.

Ludwig der II. studierte im Zeitplan und schloss 1969 mit dem Bachelor sein Studium ab.

Ludwig der I. war erst 50 Jahre alt und dachte noch nicht daran, sich aus dem Geschäft zurückzuziehen. Aber er dehnte seinen eigenen Ehrgeiz auf seinen Sohn aus.

Sie saßen jeder auf seinem gewohnten Platz im Wohnzimmer, der Vater in seinem Lederfauteuil mit sehr hoher Lehne und der Möglichkeit, ihn bis zu einer fast ganz flachen Liege zu kippen, der Sohn lehnte schief in einer Ecke der Couch, umgeben von einigen

Polstern. Der Vater hatte sein Ledermöbel mit einer Decke belegt, weil er auf dem glatten Leder immer unfreiwillig nach vorne rutschte.

„Das ist englischer Stil", belehrte ihn der II.

Der I. zuckte die Achseln: „Ich bin halt kein Engländer. In so was muss man sitzen können."

Es kam nicht sehr oft vor, dass Vater und Sohn gemeinsam im Wohnzimmer eine Zeit verbrachten.

Der Vater nannte den Raum gerne Salon.

Der Junior wehrte sich ein wenig gegen diesen hochtrabenden Namen. Living room war die amerikanische Bezeichnung. Wenn sie aber deutsch sprachen, redete der Junior lieber vom Wohnzimmer.

„In Österreich", belehrte ihn der Vater, „hatten die besseren Leute alle einen Salon."

Der Sohn lächelte: „Und wer waren diese besseren Leute?"

„Na, die Adeligen zum Beispiel."

„Bei uns gibt es keine Adeligen. Gibt es in Österreich noch Adelige?"

Der Vater seufzte: „Nein. Abgeschafft. Wenn es noch eine Monarchie gäbe, hieße unser Kaiser Otto – der wievielte weiß ich jetzt nicht – von Habsburg. Aber die Kaiserliche Hoheit Otto von Habsburg heißt jetzt nur noch Dr. Otto Habsburg. In Österreich. In Deutschland heißt er noch Kaiserliche Hoheit und wird von vielen Monarchie-Anhängern auch so angesprochen."

Jetzt lachte Ludwig der II. hell auf: „Kaiserliche Hoheit klingt aber sehr komisch und vor allem sehr historisch."

„Ist es ja auch. Historisch."

Der II. las ein Buch, war aber abgelenkt.

„In Österreich ist viel historisch, glaube ich."

„Ganz Europa", antwortete der I., „jedes Land hatte einen Kaiser oder zumindest einen König. Dann gab es noch die Grafen, die Herzöge, die Barone …"

„Hör' auf!", rief der Sohn, „so viele Titel."

„Österreich hat heute noch viele Titel. Die adeligen sind abgeschafft. Aber ich wäre heute mindestens schon Kommerzialrat."

„Wärst du gerne so ein Kommerzialrat – was für ein kompliziertes Wort."

„Warum nicht?"

Jetzt nahm sich der Senior einen Anlauf.

„Genauso, wie ich es schön finden würde, wenn du ein Doktor wärest."

Der Junior schaute zweifelnd: „Das meinst du aber nicht ernst."

Seufzend antwortete der Senior: „Es würde mich halt freuen."

„Du meinst das ernst", stellte der II. fest.

Der Senior rechnete dem Sohn vor: „Wenn ich dir mit 60, also 1979 die Firma übergebe, hättest du bis dahin noch Zeit, weiter zu studieren."

Der Sohn regte sich auf: „Der Doktor dauert bis zu fünf Jahre!"

„Zwei bis fünf Jahre", verbesserte ihn der Vater.

„Du hast dich schon schlaugemacht?", war der Sohn fassungslos, „ich glaube es nicht!"

Der Vater aber plante schon weiter: „Und wenn du dann wirklich nach fünf Jahren erst fertig bist, bin ich 55 Jahre alt. Dann kannst du dich in die Firma fünf Jahre einarbeiten – und dann übergebe ich sie dir. Wenn ich mit deiner Arbeit zufrieden bin und sehe, dass du dazu fähig bist."

„Und bis dahin darf ich in der Firma nichts tun?"

„Zuschauen und studieren. Und Doktor werden. Dr. Ludwig Highrider wird der neue Firmenchef. Wie das klingt!"

Ludwig der II. fühlte sich als Fortsetzung einer alten österreichischen Tradition.

Ludwig der I. klang sehr zufrieden.

Der Junior-Ludwig war überfahren und sogar überwältigt. Sein Vater plante. Er wollte das Beste für seine Firma. Und dafür wollte er auch das Beste für seinen Sohn, für den nächsten Chef. Der Logik konnte er sich schwer entziehen, auch wenn sie ihm weitere Jahre Schule einbrachte. Der Vater war immer ergebnisorientiert. Ludwig der II.

ertappte sich dabei, dass er schon begonnen hatte, zu studieren. Er studierte seinen Vater.

Aber Ludwig der II. rechnete auch. Wenn ihm der Vater 1979 mit 60 Jahren die Firma übergibt, ist er 32 Jahre alt. Jetzt ist er 22. Wenn er wirklich fünf Jahre bis zum Doktor braucht – warum soll er sich auch beeilen – ist er 27. Dann fünf Jahre einarbeiten – und er ist der Chef. Allerdings hatte der Vater so nebenbei gesagt, wenn er mit dem Sohn zufrieden ist. Das war doch zu machen.

Die Rechnung gefiel ihm, weil das ein sehr bequemer Plan war. Genau in dieser Bequemlichkeit richtete er sein Studienleben ein. Er studierte langsam und gründlich. Er verbrachte sein Privatleben wie sein Vater mit meist eher kurz dauernden Affären. Er wusste schon lange von dem Hotelappartement seines Vaters und hielt sich ein wenig an dessen Muster. Sein Vater war nicht allen bekannt, aber vielen. Und er war der Sohn dieses bekannten Mannes. Seine Affären fanden alle mit Frauen außerhalb seines Studiums statt. Für die wenigen Mädels, eigentlich ja Frauen, die studierten, war er der geheimnisvolle Hagestolz. Er benützte für sich selbst sogar dieses altmodische Wort. Dem Ausdruck war er in der Zeit begegnet, als er sein Deutsch auch im Lesen ausprobieren wollte, in Goethes Faust. Dort hieß es: ‚Und sich als Hagestolz allein zum Grab zu schleifen, das hat noch keinem wohlgetan.‘ Das Wort gefiel ihm, er recherchierte und fand im Brockhaus seines Vaters die Beschreibung: ‚Hagestolz, in der Rechtssprache ein Mann, welcher aus eigenem Willen über die Jugendjahre hinaus unverheiratet bleibt, obschon er nicht durch körperliches oder bürgerliches Unvermögen gehindert ist, eine Ehe zu schließen.‘ Das gefiel ihm unglaublich. Und weil das Wort auch abwertend gefärbt war, fand er bei dem Autor Rainald Goetz die Entlastung: ‚Mein Glück, dass es das Wort Hagestolz nicht mehr gibt. So kann ich in aller Ruhe einer werden, und trotzdem kann mich keiner einen schimpfen.‘ In der englischen Sprache hieß der Hagestolz ‚confirmed bachelor‘. Was für eine hässliche Bezeichnung. Ludwig der II. einigte sich für sich auf Hagestolz. Bis auf Weiteres…

In Wels ereignete sich Anfang der 1970er-Jahre wieder etwas, das die Gismayer-Familie betraf. Adolf Gismayer, der älteste der vier Brüder, der sein ganzes Leben bei der Eisenbahn gearbeitet hatte, war mit seinen mittlerweile 60 Jahren als Eisenbahner längst in Pension. Eisenbahner gingen in Österreich sehr früh in Pension. Adolf, der die letzten zehn Jahre seines Berufslebens in der Auslands-Frächter-Abteilung der Bundesbahnen arbeitete, besuchte Wels, um seiner neuen Frau seine Geburtsstadt zu zeigen. Er schien ziemlich viel Geld zu haben, denn er mietete sich im Hotel Greif ein, dem teuersten Hotel in Wels. Adolfs Frau war halb so alt wie er. Das Personal des Hotels war noch ziemlich genauso, wie es 1965 war, als die Ludwige dort für eine Nacht abgestiegen waren. Die beiden Rezeptionisten, der Herr Hans und der Herr Franz waren auch noch da. Beim Namen Gismayer klingelte es in ihrem Kopf, allerdings nicht sofort.

„Gismayer", sagte der Herr Hans nachdenklich, „da war doch was."

„Ja", meinte der Herr Franz gleichmütig, „du hast gesagt, das sind Welser von früher."

Sie schwiegen.

Der Herr Hans forschte weiter: „Wieso früher? Vor ein paar Jahren."

Wieder schwiegen sie.

Jetzt fiel plötzlich dem Herrn Franz was ein: „Ludwig. Der Ludwig war doch vor ein paar Jahren da. Mit seinem Buben. Gleich zwei Ludwige. Du hast gesagt, der Ältere ist ein Gismayer."

Der damals so sichere Herr Hans schränkte jetzt ein: „Schon. Aber die haben doch ganz anders geheißen."

„Aber sie haben deutsch geredet", erinnerte sich der Herr Franz.

Der Herr Hans setzte fort: „Und du hast gesagt, der Alte hat sogar unseren Dialekt geredet."

Die beiden kamen nicht weiter und berieten, ob sie den Herrn Adolf Gismayer darauf ansprechen sollten. Der Herr Hans meinte, es ginge sie ja eigentlich nichts an. Der Herr Franz schloss sich seiner Meinung an.

Dennoch hielten sie den Adolf Gismayer unter Beobachtung.

Herr Hans lästerte „Die Frau? Halb so alt wie er. Und diese stroh-
blonden Haare und die hochgeschraubten Tutteln, schaut aus wie
eine Ostblockhure."

„Heißt ja auch Milena", stimmte der Herr Franz zu.

„Hat sich einen reichen geangelt. Wie der mit dem Geld um sich
schmeißt …"

Adolf Gismayer gab sich sehr protzig und großspurig, küsste seine
Milena so oft er konnte und war reichlich unsympathisch.

„Ein Emporkömmling", konstatierte der Herr Hans.

Der Herr Franz lästerte weiter: „Sicher auf eine windige Art zu Geld
gekommen."

Adolf Gismayer war in den Jahren, in denen er in der Fracht-Abtei-
lung der ÖBB arbeitete, der Mann, an den sich jemand wenden
musste, der Verbotenes transportiert haben wollte. Gismayer hob dafür sehr hohe Beträge ein, die ihn schließlich zum reichen Mann
machten. Die Mutmaßungen der beiden Rezeptionisten zeugten von
einer guten Menschenkenntnis, eine Eigenschaft, die in ihrem Beruf
sehr wichtig war.

Am Tag der Abreise des Paares konnte sich der Herr Hans nicht halten und fragte unter vielen devoten Entschuldigungen den Herrn
Adolf Gismayer nach dem Bruder Ludwig: „Sind Sie in Verbindung
mit ihm?"

Gismayer staunte. Sein Gesicht verfinsterte sich und er bellte: „Haben Sie noch eine andere blöde Frage?"

Herr Hans zuckte sofort zusammen: „Nein, nein, entschuldigen Sie
die Frage."

Gismayer aber gab sogar eine gebellte Antwort: „Der Ludwig ist seit
über 25 Jahren tot. Von wegen Verbindung."

„Oh, das tut mir aber leid", was anderes fiel dem Herrn Hans nicht
ein. „So jung!"

„Gefallen. In der Normandie. 1944. Sonst noch was?"

Sie wickelten während des unfreundlichen Gesprächs die Zahlungs-
modalitäten ab.

Jetzt war aber Gismayer neugierig: „Wir haben den Totenschein. Also. Wieso fragen Sie?"

Der Herr Hans versuchte es mit der Wahrheit: „Wir haben geglaubt, er war vor einigen Jahren da. Hier. Im Hotel. Für eine Nacht. Mit seinem erwachsenen Sohn. Und er hieß Ludwig."

Jetzt zerriss es Gismayer fast: „Glauben Sie, ich bin mit jedem Ludwig verwandt? Noch dazu mit einem Ami? Sie spinnen ja. Hochgradig."

Herr Hans setze zu einer devoten Entschuldigung an, aber Gismayer war ich Fahrt: „Außerdem, was geht Sie meine Verwandtschaft an? Schauen Sie lieber darauf, dass Euer Kaffee besser wird. Komm, Milena, Abmarsch."

Er hatte den genauen Betrag bezahlt, kein Trinkgeld.

Herr Hans meinte, der passende Geruch zu diesem Abrauschen wäre Schwefel.

Bei den Highriders lief alles nach dem von Ludwig dem I. vorgegeben Plan. Das Dreigespann Ludwig der I., Ludwig d II. und Mrs. Hobbs funktionierte prächtig. Es funktionierte. Jeder der drei erfüllte seine Funktionen. Der Vater war ein reisender Chef, der alle seine Unternehmen und Subunternehmen immer wieder persönlich aufsuchte. Seine Freunde, deren er doch einige hatte, wollten ihm einen Privatjet einreden. Er ließ sich vorlegen, wie das gehen sollte. Das Flugzeug konnte er kaufen oder leasen. Er musste zwei Piloten anstellen, das war so Vorschrift. Warum, wusste Ludwig nicht, es konnte ihm auch niemand sagen. Er musste einen Standplatz in einem Hangar mieten, er musste eine Servicefirma beauftragen, die die Maschine so wartete, dass sie jederzeit einsatzbereit war. Für Ludwig den I. war das alles eine lange Zahlenkolonne, deren Zwischensummen schon gewaltig waren, die Endsumme gab dem Vorhaben den Todesstoß. Da sein Imperium komplett in Kalifornien lag, waren die Entfernungen so, dass er sie mit der Bahn, mit dem Pkw und, wenn es nicht anders ging, mit dem Flugzeug einer lokalen Fluglinie bewältigen konnte. Der einzige Posten, bei dem er dem Drängen der

Freunde nachgab, war ein Chauffeur. Mrs. Hobbs bat ihn, ihren Neffen zu engagieren. Martin Hobbs also. Ein Schwarzer. Einige seiner Freunde rümpften die Nase. Als Ludwig sie fragte, warum sie die Nase rümpften, hatten sie keine wirkliche Erklärung. Es lag also an der Hautfarbe. Für Ludwig als leistungsbezogenem Manager war nur wichtig, dass ein Mitarbeiter seine Arbeit gut machte, sauber war und anständig, die mehr oder weniger ausgesprochene Kritik der anderen war ihm egal. Alle Kriterien, auf die er Wert legte, sah er in Martin erfüllt, also nahm er ihn einen Monat auf Probe und dann endgültig. Anlässlich dieses Engagements begann Ludwig auch, sich seine Freunde genauer anzuschauen. Dabei fand er bei manchen eine Gesinnung vor, die dadurch gekennzeichnet war, dass sie Menschen aus den verschiedensten Gründen ausschlossen. Nicht akzeptierten. Wenn es sein musste, auch diskriminierten. Als er Martin Hobbs engagierte, erzählten sie ihm Gräuelmärchen über diese Leute, wie sie sie nannten. Diese Leute seien gut untereinander vernetzt, sie stehlen, sie betrügen, sie vergewaltigen, sie schlagen daheim ihre Frauen und Kinder. Einer erzählte sogar, diese Leute hingen Religionen an, die sich aus dem Kannibalismus entwickelt haben.

Ludwig lachte: „Ich bin Christ. Und ich habe gelesen, dass viele Menschen wegen ihrem Glauben verbrannt wurden, geschändet wurden, auf die verschiedensten Arten getötet wurden. Und jetzt bin ich Christ. Willst du mir jede Frau, die als Hexe verbrannt wurde, vorhalten? Oder bin ich gar mitschuldig?"

Er verlor keinen einzigen dieser Freunde. Man redete nicht mehr darüber, damit war die Angelegenheit aus der Welt geschafft. Ludwig aber wusste, nicht darüber reden ist keine Lösung. Im Gegenteil. Aber er musste zur Kenntnis nehmen, dass sich hier Ethos und Politik vermischten. Rassismus war allenthalben. Plötzlich fühlte er sich als Ausländer, was seine Solidarität mit Martin festigte. Ludwig hielt sich an die Realität. Er war mit Martin sehr zufrieden. „Die Schwarzen stinken doch alle", hatten sie ihm gesagt. Martin stank nicht. Er wurde sogar so etwas wie ein Freund. Treu, ehrlich und sehr liebenswürdig. Er hatte daheim seine Frau Emily, seine kleine Tochter

Grace, Ludwig war einmal bei ihnen eingeladen. Sie bewohnten ein sehr hübsches Haus mit einem sehr gepflegten Garten rundherum und waren einfach gute Menschen. Dass sie in einer Gegend wohnten, in der nur Schwarze lebten, störte ihn, er musste aber einsehen, dass er das nicht ändern konnte. Da wurde er zum Europäer und sagte sich, das sollen sich die Amerikaner selbst ausmachen. Martin hatte ein kleines Zimmer in Ludwigs Villa, aber wann immer er konnte, nächtigte er daheim. Ludwig sorgte dafür, dass er sehr oft daheim sein konnte.

Warum er beim Thema Martin sich so sehr an seine eigene Jugend erinnert fühlte, an die Armut, an das Leben in der bestenfalls zweiten Klasse der Menschen, wusste er nicht. Die ungeheuren Mühen, die es gekostet hatte, dass alle vier Brüder irgendwie zu einem anständigen Beruf kamen, schufen ihm noch heute eine starke Beklemmung. Daher wollte er alles tun, damit in seiner Umgebung niemand unter einer solchen Beklemmung leiden musste. Die Erinnerung an seine Brüder wischte er weg. Er konnte sich nicht um alles kümmern.

Ludwig der II. ließ sich Zeit mit seinem Studium, er legte es neuerdings auf vier Jahre an. Dann hatte er sechs Jahre Zeit, sich in die Firma einzuarbeiten. Das Studium interessierte ihn nicht sehr. Allerdings lernte er einige Mechanismen der Wirtschaft kennen, die er vielleicht anwenden konnte, wenn er der Chef war. Er nahm sich aber vor, keine Pläne zu schmieden, sondern, um beim Schmieden zu bleiben, zuerst das Werkzeug und den Umgang damit zu lernen. Sein Privatleben war das eines begüterten Studenten. Er wohnte zumeist daheim. Er hatte aber auch auf dem Universitätscampus ein Doppelzimmer in einem Wohnheim gemietet. Dort verbrachte er die Nächte, an denen er Dinge tat, die für daheim nicht ganz geeignet waren. Wenn er nach einem längeren Lokalbesuch angeheitert oder manchmal auch ziemlich besoffen war, zog er es vor, auf dem Campus zu schlafen. Und er hatte ja ein Doppelzimmer, was ihm die Möglichkeit bot, sein eher sparsames Privatleben so zu gestalten, dass er daheim sowohl der strengen Beobachtung von Mrs. Hobbs als auch neugierigen Fragen seines Vaters entging. Ihm fiel nach und nach selbst auf, dass er sich noch nie verliebt hatte. Wenn er sich mit einer Frau einließ, war es der Sex. Wenn eine Frau mit ihm guten Sex machte, dann fand er sie nett, dann mochte er sie, dann hatte er sie gern wie eine lieb gewordene Gewohnheit. Es war allgemein bekannt, dass Ludwig aus einem guten Haus stammte. Es war aber auch bekannt, dass er bald die Firma seines Vaters übernehmen würde und somit eine gute Partie zum Heiraten war. Genau davor aber schützte sich Ludwig. Wenn er überhaupt ans Heiraten dachte, dann an eine Frau, die keinesfalls auf sein Geld aus war, die ihm einen guten Sex bot, die herzeigbar war und die er sich als Mutter seiner eventuellen Kinder vorstellen konnte.

Daheim fanden sie sich immer in der gewohnten Sitzeinteilung. Der Vater in seinem Ohrensessel, Leder mit Decke drüber, der Sohn lungerte in der Ecke der Couch mit vielen Polstern. Der Vater las die Zeitung, der Sohn ein Buch. Ein Lehrbuch.

Bei einem Gespräch mit seinem Vater legte der II. alle die Kriterien, die eine Heirat betrafen, dar. Das selbst auferlegte Reglement klang sehr streng.

Der Vater war etwas erstaunt: „Sehr pragmatisch das alles, findest du nicht?“

„Was ist daran schlecht?“, fragte der Sohn.

Sehr sorgfältig wählte der Vater seine Worte und sagte sehr langsam: „Kein Platz für Liebe.“

Er erschrak, als sein Sohn auflachte.

Der Vater lachte auch, fragte aber dennoch: „Warum lachst du?“

„Weil ich bei meinen Kommilitonen schon einige Liebesaffären erlebt habe, mit anschließendem Liebeskummer, mit Zusammenbrüchen und Weinkrämpfen. Die Liebe ist gefährlich, weil sie in die Psyche eines Menschen eingreift. Ich habe das bei einigen Kollegen erlebt, wie sie plötzlich keine Lust mehr hatten, wie sie im Studium nachließen – und das alles wegen einer auseinandergegangenen Liebesaffäre.“

Der Vater nickte und übte sich in Weisheit: „Die Liebe kommt von selbst. Die Liebe passiert."

„Wie ein Überfall. Oder eine Krankheit. Alles Zustände, die ich nicht brauchen kann."

„Hast du Angst vor der Liebe?"

„Ich habe manchmal Angst um mich", sagte der II. mehr für sich vor sich hin. „Ich kenne meine Kraft nicht. Ich kenne meine Grenzen nicht. Ich weiß nicht, wie es mir geht, wenn ich von Liebe getroffen werde. Überwältigt? Zu Boden geschlagen? Wehrlos? Hilflos?" Nach einer kleinen Pause sagte er abschließend mit sehr fester Stimme: „Auf jeden Fall ausgeliefert. Und das will ich nicht. Können wir das Thema beenden?"

Der I. nickte. Er war sich nicht klar, ob er sich über die Darlegungen seines Sohnes freuen sollte, ob er ihnen zustimmen sollte, oder ob er vielleicht ganz anderer Meinung war. Wenn er sich sein eigenes Liebesleben anschaute, war er sofort froh, dass sein Sohn vorsichtig war. Drum prüfe – und so weiter. Der Vater war zufrieden.

Ludwig der I. erinnerte sich sehr lebhaft an das Gespräch mit seinem Sohn, was die Liebe und ihre Folgen bedeuten konnten. Was hatte er seinem Sohn geantwortet? Liebe passiert.

Sie hieß Chelsey und war die Frau eines einflussreichen Politikers. Unüblich war, dass sie sich an Ludwig heranmachte. Normalerweise war immer er es, der eine Annäherung startete. Die Ausgangssituation war höchst seltsam. Ludwig hatte die frische Witwe eines Mitarbeiters, der bei einem Arbeitsunfall in einer der Firmen ums Leben gekommen war, zu einem Abendessen eingeladen. Sie sprachen darüber, wie nun ihre persönliche Lage sei, da sie selbst kein Einkommen hatte. Er wollte wissen, wie ihr Leben jetzt weitergehen sollte, nicht, weil er sie ausfragen wollte, sondern weil er wissen wollte, ob er helfen müsse. Sie erklärte Ludwig ihre finanzielle Lage. Ihr verstorbener Mann hatte ihr einiges hinterlassen. Sie nannte dabei Summen, die Ludwig exorbitant hoch erschienen. Die Witwe dankte ihm auch, dass er ihren Mann so gut entlohnt habe. Ludwig, der sich auf das Gespräch mit ihr vorbereitet hatte und daher ziemlich genau wusste, was ihr Mann verdient hatte, kamen sie Summen spanisch vor, jedenfalls weit überhöht. Die Frau aber machte einen so ehrlichen Eindruck, anders ausgedrückt, sie war so naiv, zu glauben, dass diese horrende Summe aus Ludwigs Entlohnung stammte, dass er ihr keine Vorhaltungen machte, jedoch beschloss, die Angelegenheit intern untersuchen zu lassen. Die Witwe verabschiedete sich, sie sei noch in Trauer und verließ das Lokal.

Ludwig blieb noch. Er wollte den Wein zu Ende trinken und machte sich währenddessen einige Notizen in seinem kleinen Notizbuch mit den austauschbaren Ringblättern.

Beim Hereinkommen hatte er gesehen, dass am Nachbartisch – die Tische standen in dem großen Lokal ziemlich weit auseinander – ein wichtiger Politiker mit seiner Gattin zu Abend aß. Mit eben jener Chelsey. Man kannte einander, man grüßte einander, mehr nicht. Ludwig notierte vor sich hin, da wurde der Politiker ans Telefon gerufen, diskret selbstverständlich. Er ging hinaus. Während er telefonierte, schaute Ludwig einmal kurz von seinen Notizen auf und landete im Blick der Dame. Sie lächelte, er lächelte zurück. Da kam der Politiker wieder, setzte sich gar nicht hin, sondern flüsterte seiner Frau etwas zu, sie nickte mit einem, wie Ludwig schien, gespielt traurigen Blick, und er verließ ziemlich eilig das Lokal. Ludwig fühlte sich glücklich, nicht dem Stress eines Politikers ausgesetzt zu sein, auch wenn ihn das geheimnisvolle und schwer erklärbare viele Geld, das sein verstorbener Mitarbeiter bei ihm verdient haben soll, ärgerte. Zumal die Witwe auch noch gesagt hatte, dass sie ihm, Ludwig, so dankbar sei. Die Dame am Nachbartisch aber machte einen traurigen Eindruck, hilflos schaute sie zuerst um sich, dann vor sich hin, dann zu Ludwig. Die Situation war so zwanghaft, dass er gar nicht anders konnte, als ihr fragend zu deuten, ob sie nicht an seinem Tisch Platz nehmen wolle. Überraschend schnell unter geringstmöglicher Einhaltung der gebotenen Contenance übersiedelte sie zu Ludwig, sie brachte sogar ihr eigenes Weinglas mit.

71

Sie landeten in Ludwigs Hotelappartement und verbrachten eine ziemlich wüste Nacht. Es war wirklich eine Nacht, weil sie wegwerfend vorschlug, nicht nach Hause zu müssen, da ihr Gatte vom Restaurant direkt zum Flughafen musste. Irgendwo war irgendwas Dringendes. Sie seufzte, weil ihr Mann sehr oft irgendwo irgendwas Dringendes zu haben schien.

Ludwig war so unerfahren in Sachen Liebe, dass er die Alarmglocken, die in ihm zu Alarmsirenen anwuchsen, nicht zu deuten wusste. Ludwig verliebte sich in Chelsey. Sie war liebevoll, geil, zartfühlend einerseits und resolut andrerseits, wenn es ihrer Meinung nach sein musste. Wie auch immer, Ludwig hatte sich verliebt.

Sein Sohn Ludwig der II. erfuhr nach und nach, dass sich bei seinem Vater etwas anzubahnen drohte. Mrs. Hobbs rief ihn auf den Plan. Da der II. seines Vaters Ansichten in Sachen Liebe kannte, auch er erinnerte sich an das tiefschürfende Gespräch, das sie zu dem Thema geführt hatten, war er beunruhigt. Sein Vater hatte keine Routine auf dem Gebiet. Seit dem Crash mit seiner Mutter vor über 25 Jahren hatte er nur Affären, die begannen und wieder endeten, und zwar nach dem Fahrplan des Vaters. Der Sohn befürchtete, dass sein Vater tollpatschig da wo hineinschlitterte, wo er nicht mehr herausfand. Herausfinden musste er irgendwann, denn Chelsey war zu hoch verheiratet, die Gefahr war groß, dass die Sache aufflog. Ludwig der II. wagte nicht abzuschätzen, wer dann den größeren Schaden davontrüge, der Politiker oder sein Vater mit seinem Firmenimperium. In Amerika sind Wirtschaft und Politik sehr eng miteinander verbunden.

Ludwig der II. stellte Ludwig den I. zur Rede. Alles auf Deutsch, auch wenn Mrs. Hobbs schon sehr viel Deutsch verstand.

„Papa, wie stellst du dir das vor. Willst du einen Skandal? Denn wenn du diese schmutzige Affäre mit der Dame nicht aufhörst, wird unweigerlich ein Skandal daraus."

Der Vater war sehr böse und reagierte grollend aggressiv: „Ein Skandal ist, wie du mit mir sprichst."

„Lenk bitte nicht ab. Du forderst selbst immer ein, beim Thema zu bleiben."

„Ich bin beim Thema. Die Sache mit Chelsey macht mir viel Freude. Sie ist seit Langem der erste Mensch, der voll auf mich eingeht, der mich versteht und der mich bedingungslos gernhat."

Der Sohn lachte, und zwar ziemlich schäbig: „Papa, du bist verliebt. Und du bist bereit, aus Liebe Blödsinn zu machen."

„Ich mache keinen Blödsinn!", wehrte sich der Gescholtene vehement. „Ich lebe mein Leben. Und das willst du mir verbieten?"

„Dein Leben kann ich dir nicht verbieten. Aber ich kann dir verbieten, Schaden anzurichten."

„Welchen Schaden denn? Deine Erfahrungen auf dem Gebiet sind nicht eben großartig."

„Dem Himmel sei Dank. Ich muss die Erfahrung, die mir gar nicht fehlt, jetzt bei dir machen. Du bist verliebt und bist blind. Du bist dir nicht im Klaren, in was für einer Situation du bist."

„Welche Situation denn?"

„Wenn die Sache auffliegt, wer glaubst du ist dann der Geschädigte? Wer ist dann der Dumme? Glaubst du, den Politiker kratzt das, wenn seine Frau herumhurt? Nein. Aber er wird dich kratzen. Und die Firma. Und mein Erbe!"

Den letzten Satz hatte der II. schon geschrien.

Ludwig der I. antwortete gebändigt ruhig: „Ach, darum geht es dir. Ich soll mein Privatleben nach den gierigen Interessen meines Sohnes richten? Das ist sicher nicht dein Ernst. Die Sache ist für mich erledigt."

Das war das erste Mal, dass Ludwig der I. und Ludwig der II. im Streit und ohne Versöhnung auseinandergingen.

Mrs. Hobbs schmiedete hinter dem Rücken ihres Arbeitgebers eine Intrige. Sie berichtete Ihrem Kind, wie sie Ludwig den II. gerne nannte, die Vorgänge, die sie wahrnahm. Der Vater schlief oft tagelang nicht zu Hause. Der Sohn verfolgte die Nachrichten über den gehörnten Politiker und stellte fest, dass sich die Zeiten von seines Vaters Abwesenheit genau mit den Auslandsreisen des Politikers deckten. Chelsey war aber laut Mrs. Hobbs auch einige Male in der Villa und hatte erreicht, dass im Salon, wie sie das Wohnzimmer auf Ludwigs Wunsch nannte, die Möbel umgestellt wurden. Auch Bilder wurden entfernt. Und sie wollte Mrs. Hobbs entlassen.

Jetzt wurde es Ludwig dem II. zu bunt. Er begann einen Plan auszuarbeiten, wie der Politiker auf die Affäre aufmerksam gemacht werden könnte, damit er die Sache unauffällig beenden konnte.

In Ludwig dem I. ging aber auch einiges vor. Das Gespräch mit seinem Sohn hatte ihm die Alarmsirenen in seinem Kopf wieder bewusst gemacht. Und langsam begann er sie zu deuten. Chelsey verhielt sich so, als hätte sie die Herrschaft über ihn übernommen. Noch immer liefen die Sexnächte beglückend ab, noch immer fand er sie umwerfend, noch immer konnte er sich nicht vorstellen, einmal ohne sie leben zu können. Dann begann sie immer öfter, ihn in seinem Haus zu besuchen. Dann fing sie an, die Möbel umstellen zu lassen, wobei sie immer genau darauf achtete, dass keiner der Männer, die die Arbeiten durchführten, sie zu Gesicht bekam. Sie hängte die Bilder um, sie mochte das Geschirr nicht, aus dem Mrs. Hobbs den Kaffee servierte, es war aber Ludwigs Lieblingsgeschirr. Und sie monierte, dass sie Mrs. Hobbs nicht mochte und empfahl, sie zu entlassen. Sie würde eine andere besorgen. Eine Weiße. Dann müsse ihr Liebling sich nicht wegen so einer genieren. Ludwig kam ins Schwimmen. Er gestand sich selbst, dass er sie liebte. Aber – und die Aber häuften sich. Zu viel ging gegen seinen Strich.

Den Todesstoß ihrer Beziehung brachte Chelsey selbst. Sie teilte Ludwig mit, dass sie sich von ihrem Mann scheiden ließe und ihn, Ludwig, heiraten werde. Nicht heiraten wolle, heiraten werde. Plötzlich erwachte in Ludwig der Stolz. Sie glaubt, sie hat mich schon in der Tasche, analysierte er seine Situation. Niemand hat mich in seiner Tasche. Da hatte sie einen Nerv getroffen, auf dem Ludwig höchst empfindlich war. Da war sie einen Schritt zu weit gegangen. Aus der heißen Affäre war ein kaltes Erwachen geworden. Ludwig überschaute seine Situation und begann, alles zu reparieren, was durch die Affäre mit Chelsey kaputtgegangen war.

Als erstes rief er seinen Sohn: „Ich will nicht herumreden. Die Sache mit der Dame ist beendet. Kannst du mir dabei helfen?"

Der Sohn eilte sofort in die Villa. Der Vater war da und zeigte seinem Sohn schonungslos alles, was Chelsey verändert hatte. „Sie will auch, dass ich deine Mummy hinauswerfe, damit ich mich nicht mit einer Schwarzen schämen muss. Sie will sich scheiden lassen und mich heiraten."

Der Sohn war zwar durch die Nachrichten der Mummy über vieles informiert, aber jetzt war er doch entsetzt: „Ist das alles dein Ernst?"

Der Vater nickte und hob resignierend seine Arme: „Sie hat nicht gesagt, sie will mich heiraten, sondern wie wird mich heiraten"

„Ich verstehe. Sie hat das Ruder übernommen. Und das magst du nicht."

„Sie hat geglaubt, sie hat mich, wie man in der Firmensprache sagt, geschluckt. Und das geht nur, wenn ich gefragt werde und es dann erlaube."

Große Worte, dachte der Sohn und begann soeben, seinen Vater schon wieder zu bewundern. Er hatte eine verfahrene Situation sofort wieder in der Hand. Großartig.

Ludwig der II. atmete erleichtert tief durch: „Jetzt muss ich nur meine Intrige stoppen."

„Welche Intrige?"

„Ich habe Schritte unternommen, den Gatten deiner Chelsey anonym zu informieren und ihm den Rat zukommen lassen, die Sache mit seiner Frau zu bereinigen, wenn er nicht will, dass er als der Gehörnte und letztlich der Dumme dasteht."

Der Vater staunte erfreut: „Das hast du für mich gemacht? Eigentlich ja gegen mich. Woher hast du das alles gewusst?"

Mrs. Hobbs, die selbstverständlich rein zufällig ins Zimmer kam, meldete sich: „Ich. Ich habe Ludwig den Jüngeren über alles informiert, was sich in diesem Haus seit dem Erscheinen dieser Dame getan hat."

Ludwig der I. entschied sich zu lachen: „Ein Komplott. Im eigenen Haus!"

„Gottlob im eigenen Haus!", rief der Junior. „Oder wäre es dir wirklich lieber gewesen, dass die Sache außer Haus getragen wird?"

Ludwig der I. war rundum besiegt. Er umarmte seinen Sohn, er umarmte Mrs. Dobbs, nahm sie bei den Händen und sagte: „Ich habe die beste Familie, die man haben kann."

Der Sohn löste die Rührung auf: „Papa, willst du mit uns jetzt Ringelreihen tanzen?"

„Fast wäre mir danach!"

Aber dann ließ er ihre Hände doch los.

Ludwig der II. fragte: „Hast du's Chelsey schon gesagt?"

„Natürlich" antwortete der Vater mit gespieltem Selbstbewusstsein, „Natürlich! Ich werde dich doch nicht mit unerledigten Sachen belästigen."

„Und?"

„Zuerst hat sie geweint und dann getobt."

Der II. staunte: „Nicht umgekehrt?"

Das Jahr 1979 war es, das auf Ludwig den I. immer mehr zukroch, das Jahr, in dem er alles seinem Sohn übergeben würde. Er hatte vor, bestenfalls beratend zur Verfügung zu stehen und sich ganz aus der Firma zurückzuziehen. 1974 war die Vorstufe, ab da sollte Ludwig der II. lernen, das Ruder zu übernehmen. Diese beiden Eckdaten beschäftigten Ludwig den I. Er fühlte sich in einer Endzeitstimmung. 1979 – und was dann? Er hatte zwar wie sein Sohn die fünf oder sechs Jahre vor sich, in denen er sich auf das Ausscheiden sehr aktiv vorbereiten konnte. Dennoch, er hatte das dumpfe Gefühl, gegen das Ende wie gegen eine Nebelwand zu stolpern. Das waren alles Bilder, die er nie gemocht hatte. Nebelwand? Stolpern? Sein Selbstbewusstsein war weich geworden. Das Ende, von dem er so ungut träumte, erwartete ihn mit 60 Jahren. Zu früh, um aufzuhören? Rechtzeitig, um seinem Sohn eine Chance zu geben? Früh genug, um etwas Neues anzufangen. In seiner aktiven Zeit hatte Ludwig immer nur einen Weg vor sich gesehen. Jetzt hatte er zwei Wege, die aber nur in seinen Gedanken, in seinen Gefühlen, in seinen Träumen und in seinen Albträumen existierten. Also eigentlich nicht existierten. Gedankenmodelle waren es, unausgegorene, durch kein Ziel definierbar. Dieses Jahr 1974! Da war noch etwas, das ihm wie eine Alterserscheinung erschien und ihn zutiefst erschreckte. Mit 55 schon eine Alterserscheinung? Es war ein schöner Sommer, nicht allzu heiß, genau die Temperatur, die er gerne hatte. So könnte es immer sein, dachte er. Aber es war der Sommer vor dem Herbst, in dem sein Sohn als Co-Chef in die Firma einsteigen würde. Dessen Studium war ruhig, unaufgeregt und sachlich zu Ende gegangen. Ludwig war bei der Verleihung des Doktorats dabei und erregte einiges Aufsehen, weil er Mrs. Hobbs mitgenommen hatte, die in ihrem dunkelblauen Schneiderkostüm sehr würdig aussah.

„Sie wissen aber schon", hatte sie gewarnt, „dass Schwarze dort sicher nicht gerne gesehen werden."

„Das ist mir egal", zuckte Ludwig der Vater die Achseln.

„Aber was wird der Kleine dazu sagen?" Der Kleine sollte heute Doktor werden.

„Ich verlasse mich auf ihn", antwortete Ludwig etwas trotzig und mahnte zur Eile, sonst kämen sie noch zu spät. Martin chauffierte sie. Beim Eingang in den Festsaal gab es dennoch einen kurzen Aufenthalt.

Der Türsteher hielt die beiden an und fragte: „Wer ist die Dame?"

Bevor Ludwig der I. noch antworten konnte, schoss Ludwig der II., der sie kommen gesehen und den Stopp befürchtet hatte, zu der Gruppe und erklärte dem Türhüter: „Das ist meine Mutter."

Er hakte sich bei Mrs. Hobbs ein: „Komm, Mummy, schön, dass du da bist."

Der Türhüter schaute belämmert, auch das Spalier der bereits anwesenden Verwandten der anderen Doktoranden staunte etwas, einige tuschelten auch miteinander. Ludwig der I. und Ludwig der II. und die Mummy gingen stolz zu ihren Plätzen.

„Sehen Sie?", sagte er leise zu Mrs. Hobbs.

Sie war gerührt: „Der Junge ist in Ordnung. Sie können stolz auf ihn sein."

„Wir können stolz auf ihn sein. Wir, liebe Mattiwilda."

Es war das erste Mal, dass er sie mit du ansprach.

Nun weinte sie schon beinahe: „Sagen Sie Matti zu mir."

Er nickte und flüsterte: „Wehe, du sagst Wickerl zu mir."

Beide lachten so laut auf, dass sich einige Leute zu ihnen umdrehten.

Matti flüsterte: „Sicher sagen sie jetzt, klar, die Schwarze."

„Egal!"

Die Feier verlief nach einem fast sakralen Fahrplan. Ludwig der I. fühlte sich in die Kirche seiner Heimat zurückversetzt. Als ihr Sohn den Doktorhut aufgesetzt bekam, musste Mattiwilda fast lachen, als sie aber die Tränen in des Vaters Augen sah, verkniff sie es sich.

Der frischgebackene Doktor lud die beiden auf ein kleines Festmahl in Ludwig des I. Lieblingslokal, das von einem Österreicher betrieben wurde, der sich nach dem Krieg hier angesiedelt hatte und sehr erfolgreich war. Mrs. Hobbs bat, nicht mitgehen zu müssen, ihr sei das doch etwas zu spannend.

Ludwig der II. reagierte: „Dann essen wir daheim. Mummy hat sicher etwas im Kühlschrank."

Mrs. Hobbs freute sich, Ludwig der I. war schon wieder stolz und zudem froh, heimgehen zu dürfen.

Nun war Ludwig der II. also Doktor. Für 1. September war sein Einstieg in die Firma geplant.

So weit, so gut, dachte Ludwig der I. Blieb noch die von ihm mit so großer Vorsicht aufgenommene Alterserscheinung, die ihm etwas zu früh kam. Erinnerungen begannen sich in ihm breitzumachen. Sein Leben war in zwei Akte geteilt, die Zeit in Europa und die Zeit in Amerika. Dazwischen aber war gleichsam als Klammer der Krieg und die Sache mit Steve Cameron. Colonel. Schwul. Ludwig konnte es nicht verhindern, dass er in Gedanken an Steve ein schlechtes Gewissen spürte. War es wirklich mies, wie er sich dem lieben Kerl gegenüber verhalten hatte? Steve hatte gesagt, Ludwig habe ihn benützt, um nach Amerika zu kommen. Ja, er hatte ihn benützt. Aber er hätte ihn nicht benützen können, wenn da nicht das Ereignis an der Latrine gewesen wäre. Steve hatte ihn angesprochen. Er hatte

Ludwig benützt, um einen Partner für seine Homosexualität zu haben. Ludwig hatte sich ihm zur Verfügung stellen müssen und als Dank dafür Amerika verlangt. Steve hatte das seine bekommen, Ludwig das seine. Er konnte es drehen und wenden, die Sache war letzten Endes sauber. Der Haken war, dass Ludwig der Gewinner und Steve der Leidtragende war. Der Verlierer. Wenn sich Ludwig erinnerte, wie traurig Steve auf der Couch gesessen war, als er ihm seinen Rückzug klarmachte, fühlte er zumindest Mitleid. Ludwig musste seine Gedanken korrigieren, denn für Steve war es eine Bombe, die platzte. Steve tat ihm leid. Andrerseits …

In einer Mappe fand er noch den Zettel mit der Adresse und der Telefonnummer in Seattle, die ihm Steve noch im Lager in Bad Kreuznach gegeben hatte. Das war alles vor über 30 Jahren gewesen. Steve war jetzt auch schon an die 60. Sollte er Steve anrufen? Vielleicht stimmte die Nummer gar nicht mehr. Wenn aber doch, Seattle war nicht so weit weg … Maggie Cameron hatte ihn immerhin in den Reitklub vermittelt, von wo ihn Mr. Miller schließlich nach Los Angeles geholt hatte. Die Verbindungen wurden so eng, dass Ludwig eines Vormittags die Telefonnummer wählte. Ob Steve überhaupt noch dort wohnte?

Eine Frau hob ab, es war eine alt klingende Stimme. Das Gespräch wurde in englischer Sprache geführt.

„Hallo?"

Die weibliche Stimme: „Mit wem spreche ich?"

Ludwig: „Mit wem spreche ICH?"

„Mit wem wollen Sie denn sprechen?"

„Mit - Steve Cameron."

Schweigen auf der anderen Seite.

Dann meldete sich die Stimme wieder, sehr leise und sehr unsicher: „Bist du Ludwig?"

Ludwig ahnte, wusste aber nicht, was: „Ja. Ludwig Highrider."

„Hier ist Maggie. Maggie Cameron."

Ludwig freute sich ehrlich: „Maggie! Welche Freude, deine Stimme zu hören. Wie geht es dir?"

Die Freude war nicht auf der anderen Seite zu hören: „Du hast nach Steve gefragt."

„Ja."

Nach einem kurzen Schweigen: „Der ist gestorben vor vielen Jahren. Genau weiß ich es nicht mehr."

Ludwig krampfte es das Herz zusammen.

„Wie denn?"

„Können wir das persönlich besprechen?"

„Die Adresse wie damals?"

„Die Adresse wie damals."

„Ich komme. Morgen gegen Mittag, ok?"

Das OK von Maggie war leise.

Martin buchte für seinen Chef einen Flug gleich in der Früh und fuhr Ludwig zum Flughafen.

Der Flug dauerte drei Stunden. Mit einem Taxi fuhr er zum Capitol Hill an die Adresse, die einige Wochen lang die seine war. Vor vielen Jahren.

Er läutete an, es war noch dieselbe Klingel wie damals, die Türe öffnete sich und Maggie stand vor ihm, auf einen Stock gestützt. Ludwig rechnete schnell, sie musste über 70 sein. Daheim hätte er gesagt, sie ist ein altes Weiberl geworden. Nichts war da mehr von der strammen Reiterin.

Sie umarmte ihn stumm noch unter der Türe, in der Umarmung spürte Ludwig die Rührung. Sie bat ihn hinein und führte ihn in das Wohnzimmer. Ludwig erschrak. Es sah noch genauso aus wie damals.

Sie bat ihn, Platz zu nehmen. „Auf deinen Platz", sie erinnerte sich. Er setzte sich auf seinen Platz, den linken Fauteuil. Sie bot ihm zu trinken an, er bat um Kaffee. Sie ging in die Küche, um ihn zuzubereiten. Sie hatte offenbar kein Personal.

Währenddessen schaute sich Ludwig in der Wohnung um. Es war alles so, als wäre es gestern gewesen. Er schaute in die Lade, die Fotos mit Steve und Ben lagen noch drinnen. Ludwig schloss die Lade sehr schnell wieder. Das Schlafzimmer mit dem Doppelbett war unbenützt, Maggie schief wohl wo anders.

„Ich habe alles so gelassen wie zu seiner Zeit."

Maggie stellte ihm den Kaffee auf einem kleinen Tablet hin, Zucker und Sahne, genau wie er es gerne hatte. Sie selbst trank irgendein gefärbtes Getränk aus einem großen Glas, sodass Ludwig annahm, dass es kein Alkohol war.

Sie setzte sich auf Steves Platz und schaute Ludwig an.

„Du bist noch immer ein sehr attraktiver Mann."

Damit machte sie Ludwig verlegen.

Sie redete weiter: „Ich weiß schon, ich bin eine alte hutzelige Frau geworden."

„Und dein Mann?", fragte Ludwig vorsichtig.

„Es ist am besten, ich erzähle dir die ganze Geschichte. Hast du Zeit?"

Er nickte: „So viel du brauchst."

„Gut" antwortete sie und hob an.

„Vorneweg: Steve war sehr glücklich mit dir. Er hat dich ehrlich und wirklich geliebt. Ich kenne die ganze Geschichte mit der Latrine und eurer Beziehung im Gefangenenlager. Er hat dich gesehen und hat eine Gelegenheit gesucht, dich anzusprechen. Dass es ausgerechnet die Latrine war, ist ja fast schon wieder komisch. Er hat dich nach einem Wunsch gefragt. Du wolltest nicht repatriiert werden, sondern nach Amerika. Er hat es dir vielleicht nicht sofort gezeigt, aber er hat sich sehr gefreut, dass du nach Amerika kommst, und hat alle möglichen Intrigen und Winkelzüge benützt, auch schwule Vorgesetzte haben ihm dabei geholfen, jedenfalls schaffte er es, dich nach Amerika zu bekommen. Und jetzt beginnt schon die Tragödie. Er glaubte natürlich fest, dass du sein Lebenspartner bleiben würdest. Daher hat er auch weiter intrigiert, dass du in das Gefangenenlager nach Seattle, wo wir wohnen, verlegt wirst. Ich habe ihn gefragt, ob er denn nicht geahnt hat, dass du nicht schwul bist. Aber er war über das Sexuelle längst hinaus. Er hat dich geliebt. Tief und innig geliebt. Und er hat fest daran geglaubt, dass du die Hürde der Sexualität irgendwie überspringen könntest. Ich verschaffte dir den Job in dem Reitklub. Für dich war das der Neuanfang, wegen dem du nach Amerika wolltest. Für Steve war es das Ende. Zuerst die Tragödie mit Ben, die er nie überwunden hat, dann musste er akzeptieren, dass der Mann, den er am meisten liebte, seine Liebe auf Dauer nicht teilen konnte. Mir war das völlig klar. Du konntest nicht dein ganzes Leben auf einer Basis bestreiten, auf der du lügen musst. Steve hätte ja nur einen Schritt weiterdenken müssen: Du lernst ein hübsches Mädel kennen, was geschieht dann? Aus deiner Sicht war deine Entscheidung richtig und notwendig. Aber wenn zwei Menschen auseinandergehen, bleibt immer einer auf der Strecke. Allerdings blieb Steve aufgrund seiner Homosexualität auf der Strecke. Und da Homosexualität bei uns ja so gut wie verboten, jedenfalls verfemt war, musste Steve zur Kenntnis nehmen, dass sein Schicksal zugeschlagen hat. Er verharrte in seiner Liebe zu dir. Solange du im Reitklub gearbeitet hast und ich ihm von dir erzählen konnte, war er noch da. Du warst übrigens ein hervorragender Kundenbetreuer. Nach deinem Abgang hat es lange gedauert, bis der Klub wieder halbwegs im Laufen war. Mr. C.B.Miller hat dich nach Hollywood geholt. Ich erzählte Steve von deiner Übersiedlung. Am Tag danach war er tot. Er hat sich in den Kopf geschossen."

Maggie machte eine Pause, Ludwig verharrte stumm und entsetzt über das, was er da angerichtet hatte.

Als hätte sie Ludwigs Gedanken gelesen, fuhr Maggie fort: „Du darfst dir keinen Vorwurf machen. Das Unglück lag auf Steves Seite. Er hat sein eigenes Leben nicht mehr ertragen – und beendet. Er hat einen kurzen Abschiedsbrief hinterlassen. Er drehte sich hauptsächlich um dich. Ich habe ihn nicht mehr, er ist bei meiner Übersiedlung verloren gegangen. Der letzte Satz war: Sagt bitte Ludwig, ich bin zwar nicht mehr da, aber meine Liebe zu ihm ist ewig."

Das Schweigen, das jetzt folgte, war schwer zu ertragen.

Ludwig sagte nur: „Mein Gott!"

Maggie atmete tief durch, als müsste sie die Last ihrer Erzählung ab-
legen. Das gelang ihr auch, denn mit frischer Stimme redete sie weiter. „Das war von 30 Jahren. Du lebst noch, ich lebe noch."
„Und dein Mann?"
„Das ist die andere Geschichte." Ihre Stimme war jetzt wesentlich
fester. „Er hat sich bei einigen Bauaufträgen kräftig verspekuliert,
kam sogar vor Gericht, wurde unter schweren Auflagen von einem
ihm gewogenen Richter zwar freigesprochen, die Auflagen waren
aber so hoch, dass die Firma pleiteging. Ich konnte das Desaster mit
meiner Designerbude auch nicht stoppen und musste zusperren. Er
verkaufte die Immobilien und die Baumaschinen der Firma relativ
gut. Die Villa, in der wir gelebt haben, ließ sich sehr gut verkaufen.
Wir hatten einen Makler, der verhinderte, dass eventuelle Käufer erfuhren, dass es ein Notverkauf war. Dieses Appartement, das ja nach
Steves Tod nun leer stand, hatten wir noch. Mein Mann und ich sind
hierhergezogen und haben von dem Geld gelebt, das die Verkäufe
eingebracht haben."
Wieder fragte tief erschüttert Ludwig: „Und dein Mann?"
Im Sog dieser ganzen Tragödie erwartete er nichts Gutes. So kam es
auch.
„Mein Mann ist bald nach der Pleite gestorben. Er war selbst schuld
an dem Niedergang. Er hat Fehlentscheidungen getroffen, schwere
Managementfehler – er konnte sich auf niemand ausreden, er konnte
auf niemand anderen zeigen. Nur auf sich selbst. Mea culpa, mea ma-
xima culpa. Er ist eingegangen wie seine Firma. Ja, und jetzt wohne
ich hier, allein, habe ein paar Freundinnen, mit denen ich Whist
spiele, einmal in der Woche. Mit Reiten ist nichts mehr, die Band-
scheiben …"
Plötzlich wendete sich zu ihm und fragte sehr munter: „Und du? Du
bist ja sehr erfolgreich. Und wie geht's der Jussi? Mein Gott war die
ein hübsches Mädel. Sie war ja, glaube ich, schwanger, wie ihr weggezogen seid."
Ludwig nickte: „Zuerst das Positive. Mir geht es gut, ich bin gesund.
Jussi hat mir einen Sohn geboren, er heißt auch Ludwig, Ludwig der

II. sozusagen wie der Bayernkönig. Er hat Wirtschaftswissenschaften studiert, ist Doktor geworden. Und steigt in diesem Herbst in meine Firma ein. In fünf Jahren werde ich sie ihm wahrscheinlich übergeben:"

Sie schaute ihn lang an und sagte leise: „Du machst mich traurig. Weil ich bei dir sehe, wie es auch hätte gehen können. Aber mit Steve …"

Ihr versagte die Stimme, sie fasste sich wieder und fragte, ob er noch einen Kaffee wolle. Er aber bat sie um etwas Stärkeres. Sie bot Whisky an, er akzeptierte, ohne alles, ohne Eis, nur pur.

„Und wie geht es Jussi?"

Ludwig wurde hart: „Sie wollte eine große Schauspielerin werden."

„Kein Wunder bei dem Aussehen."

„Aber sie hat begonnen zu saufen und zu kiffen. Um den kleinen Ludwig hat sie sich nicht gekümmert. Mrs. Hobbs hat die Erziehung übernommen. Kindermädchen, Hausdame, eine Schwarze."

Maggie runzelte die Stirn.

Aggressiv fuhr Ludwig fort: „Du musst gar nicht die Stirn runzeln. Sie gehört zu einer Minderheit. Dein Sohn gehörte auch zu einer Minderheit, ich erwarte mir also Verständnis von dir. Und ich bin ein Ausländer."

„Du bist Amerikaner!"

„Ja. Der Pass ist amerikanisch. Aber ich bin noch immer auch Österreicher."

Leise sagte die Gescholtene: „Du hast ja recht. Wie lange hast du die Mrs. Hobbs schon?"

„Über 20 Jahre."

„Schön. Und du? Privat? Du musst nicht antworten, geht mich ja nichts mehr an."

Ludwig zuckte die Achseln: „Zuerst Steve, dann Jussi, alles ist schiefgegangen. Ich bin geheilt von dauerhaften Beziehungen. Zumindest bis auf Weiteres."

„Gar kein Privatleben?"

„Ich lebe in Hollywood. Dort gibt es auch ein Privatleben ohne Heirat."

Maggie nickte: „Ich verstehe."

Ihr Gespräch war an einem Nullpunkt angelangt. Ludwig spürte den Drang, nach Hause zu fahren.

„Jetzt lebst du also ganz allein?", fragte er mehr aus Höflichkeit und nippte an seinem Getränk.

Sie nickte: „In der Verwandtschaft bin ich nach der Pleite unten durch. Und bei mir ist auch nichts an Erbschaft zu holen. Also bin ich uninteressant geworden."

Irgendwie fand Ludwig das auch. Uninteressant.

Noch eine höfliche Frage: „Kann ich dir irgendwie helfen?"

„Danke. Ich komme zurecht."

Die Antwort hatte er gewollt und eigentlich auch erwartet.

„Ja, dann …"

Er verabschiedete sich, sie umarmten einander, mit dem Taxi fuhr er zum Flughafen, um mit dem nächsten Flug nach Hause zu fliegen.

Ganz kurz kam ihm Steve in den Sinn, gleichzeitig aber stellte er fest, dass dieses Kapitel für ihn abgeschlossen war.

6. Ludwig der II. steigt ein

Für 31. August berief Ludwig der I. ein Meeting aller Chefs seines Imperiums, wie es einer von denen etwas hochtrabend nannte. Der Zweck des Treffens war die Einführung seines Sohnes Ludwig Highrider des II. – oder Junior - in die Firma mit dem Ziel, sie ihm frühestens in fünf Jahren ganz zu übergeben. Das Frühestens hatte der Senior eher für sich dazu genommen, weil er doch beobachten wollte, wie sein Sohn sich machte und wie er sich in die Firma einfügte. Die meisten der Chefs kannten ihn ja schon und begrüßten ihn mit einem langanhaltenden Applaus. Ludwig der I. war bestrebt, genau zu beobachten, ob es irgendwelchen Gegenwind gab. Wenn er nämlich auch nur ein Anzeichen einer lauernden Intrige bemerkt hätte, wären sofort Konsequenzen die Folge gewesen. Er wollte auch in den kommenden fünf Jahren in der Firma penibel die Ordnung schaffen, die seinem Sohn eine reibungslose und friktionsfreie Zukunft ermöglichte. Denn noch war Ludwig der I. alleiniger Chef der Firma, wenn er auch vorhatte, seinen Sohn immer mehr in die Führungsgeschäfte mitzunehmen. Der Senior wollte Vorsicht walten lassen. Ihm war noch in Erinnerung, als die Witwe, deren Mann gestorben war, ihm von den großen Summen erzählt hatte, die der Gatte angeblich bei ihm verdient habe. Sie hatte sich sogar noch rührend bei ihm bedankt für die Großzügigkeit, von der er aber gar nichts wusste. Er hatte die Sache auf sich beruhen lassen, weil er der Witwe nicht den guten Glauben an ihren Mann rauben wollte. Dennoch: Da hatten sicher noch andere auch davon gewusst. Er würde auf jeden Fall in den kommenden Jahren ein scharfes Auge auf die Buchhaltungen werfen, um nicht vor seinem Sohn einmal als gutgläubiger Tölpel dazustehen.

Mrs. Hobbs machte sich Sorgen: „Wird der Junior jetzt wegziehen aus der Villa? Dann wird es einsam hier."

Also erstens war der Junior auch während seines Studiums oft für längere Zeit nicht in der Villa gewesen, und zweitens hatte Ludwig der II. vor, in seiner Einführungszeit daheim zu wohnen, sich aber dann bald um eine standesgemäße Behausung umzusehen, spätestens für die Zeit, wenn er die Firma übernehmen durfte.

Der Senior machte ihm ein Angebot: „Wenn du dann vielleicht hier in der Villa bleiben willst, kann ich ja ausziehen. Es gibt da einige herrliche Seniorenresidenzen."

Wieder war Mrs. Hobbs traurig, als sie das hörte. Ein Leben ohne den Senior Ludwig konnte sie sich nicht vorstellen. Das entscheidende Jahr war, so errechnete sie sich, das Jahr 1979. Da wäre sie dann auch schon 61 Jahre alt. Als sie von Ludwig dem I. engagiert wurde, hatte sie gesagt, sie sei 25, war aber schon 29. Er hatte sich um ihre Papiere nie gekümmert. Was wäre dann mit ihr? Wenn der Junge die Villa übernahm, würde er sich eine alte Haushälterin halten? Sie nahm sich vor, bei Gelegenheit alles einmal mit dem Senior zu besprechen.

Ludwig der II. war sehr überrascht über seines Vaters Ansinnen und umarmte ihn dafür: „Hier bin ich zu Hause. Der Firmensitz ist in Los Angeles. Ich werde mir in der Zentrale ein Büro einrichten. Gleich neben deinem, wenigstens für die Übergangszeit."

Die Zentrale nannten sie das große Haus in Los Angeles, in dem die ganze Bürokratie der Highrider-Group beheimatet war. Die gesamte Verwaltung mit ihren vielen Verästelungen, ihren Abteilungsleitern, Fachkräften und Sekretärinnen war hier auf fünf Stockwerken untergebracht. Das oberste Stockwerk war die Direktionsetage. Dort hatte der Senior sein Büro, dort wollte sich auch der Junior ansiedeln. In dem Stockwerk befand sich auch eine komplette Wohnung, die der Senior nie benützt hatte. Der Junior aber überlegte, ob er nicht auch teilweise dort sich einnisten wollte.

„Wie du meinst", sagte der Senior.

„Wozu haben wir denn das alles?", antwortete der Junior vergnügt.

Ludwig der I. stellte mit Freude fest, dass sein Sohn genau die Energie ausstrahlte, die notwendig war und dass er längst einen eigenen

Willen entwickelte, der der Firma sicher einiges an Neuerungen bescheren würde. Jedenfalls hoffte der Senior das. Er erwartete einen frischen Wind.

Die Phase des Übergangs verlief so folgerichtig und logisch, dass eine formelle Übergabe, als es so weit war, gar nicht notwendig gewesen wäre. Es waren nur die juridischen Dinge, die geregelt werden mussten. Ludwig der II. wurde zum Generaldirektor, Ludwig der I. behielt einige Anteile, bezog ein gutes Gehalt als Senior-Chef und behielt sich vor, zurückzukehren, wenn es notwendig war. Sein Sohn stutzte und fragte den Vater, worin eine solche Notwendigkeit denn bestehen solle: „Hast du kein Vertrauen zu mir?"
Der notarielle Anwalt, der die Übertragung rechtlich betreute und durchführte, nahm dem Senior die Antwort ab: „Das ist bei solchen Übergaben üblich."
Der Junior aber insistierte: „Was wäre eine solche Notwendigkeit? Wenn ich versage? Wer beurteilt das, ob ich versagt habe? Wenn mein Vater eine Entscheidung, die ich treffe, als Fehlentscheidung klassifiziert? Ich habe entschieden und er sagt, das ist falsch? Darf er dann eingreifen?"
Wieder antwortete der Anwalt: „An so etwas ist gar nicht gedacht."
„An was dann?"
„Wenn Ihnen etwas zustößt, das Sie handlungsunfähig macht."
„Und was wäre das?"
„Ein Unfall. Oder Ihr Ableben."
Jetzt erschrak der Junior doch etwas: „Womit ihr alles rechnet, unfassbar."
Der Senior schaltete sich ein, er klang sehr beschwichtigend: „Alles Dinge, die ja vermutlich gar nicht eintreten werden. Es soll damit nur geregelt sein für den Fall, dass du aus irgendeinem Grund ausfällst. Dann muss ich wieder ran."
Der Junior nickte. Der sanft aufkeimende Misston war wieder verklungen.

Dabei blieb es auch. Ludwig der II. reiste viel hin und her, von einer Firma zur anderen, genau, wie sein Vater es getan hatte. Den Wunsch nach einem eigenen kleinen Flugzeug schlug ihm der Vater aus: „Das ist zu gefährlich. Diese kleinen Maschinen stürzen gerne ab." Er musste seinen Filius nicht daran erinnern, dass erst unlängst zwei Industriebosse mit ihren eigenen Flugzeugen abgestürzt waren. Er brachte auch als Argument, dass er alle Reisen mit Auto, Bahn oder Linienflug erledigt hatte.

Der Junior stellte zwar bei seinem Vater etwas altmodische Ansichten fest, fügte sich aber, weil genau die Vernunft es war, die den Vater so erfolgreich und die Firma so standfest gemacht hatte. Er widmete sich also, sicher auch dem Wunsch des Vaters folgend, der Absicherung der Geschäfte, er schaute sich Innovationen, die auf den Markt kamen, genau an und wog, immer im Gespräch mit dem Vater ab, ob die Innovation nötig sei. Des Vaters Motto war, immer einen Schritt voraus, aber genau dieser eine Schritt musste besonders abgesichert sein. Riskieren ja, aber unter strenger Kontrolle, auch auf dem Gebiet waren sich die beiden Ludwige einig.

Der Senior allerdings hatte sich insgeheim ein eigenes Arbeitsgebiet geschaffen: die Kontrolle der Buchhaltung. Die Witwe ging ihm nicht ganz aus dem Kopf. Sein Finanzchef legte ihm alles vor, fragte aber dennoch, warum sich der Direktor so sehr für die Finanzen interessierte.

Der Senior hatte eine ganz einfache Antwort: „Wenn ich meinem Sohn die Firma übergebe, soll alles sauber sein. Und dass alles sauber ist, kann ich ihm nur garantieren, wenn ich alles selbst gesehen habe."

Der Finanzchef attestierte dem Senior, wie auch der Junior, altmodisches Gehabe. „Er glaubt, wir haben eine Gemischtwarenhandlung. Nur weil er einmal so angefangen hat."

Ludwig der I. wusste, dass sie ihn altmodisch nannten, das kratzte ihn aber nicht. Schließlich war er es, der die Firma gegründet, aufgebaut und erfolgreich und ertragreich gehalten hatte. Mögen seine

Methoden altmodisch sein, das Moderne soll dann, wenn überhaupt, mit seinem Sohn einziehen.

Der machte sich schon planende Notizen. Die Verwaltung der Firma hatte genau die Kapazität, die sie für die derzeitige Größe brauchte. Da der Junior aber auch die eine oder die andere Erweiterung, Expansion, im Auge hatte, musste die Verwaltung auf eine effektivere Basis gestellt werden. Die Leistungsgrenze war erreicht, eine Expansion wäre mit dieser Größe nicht zu schaffen. Und das Computerzeitalter kündigte sich an.

Diese Pläne, die ja eigentlich nur Vorschläge, Ideen waren, besprach er auch mit seinem Vater. Der nickte alles positiv ab, bat aber seinen Sohn, mit diesen Umbauten erst zu beginnen, wenn er der Chef war. Er wollte sich nicht mit revolutionären Veränderungen belasten und auf seine alten Tage noch nervös sein müssen.

Bald war es so weit, dass der Sohn die Arbeit machte und der Vater die Unterschriften leistete. Nur auf dem Gebiet der Finanzen war er weiterhin sehr aufmerksam. Erst unlängst hatte er gehört, dass bei einem anderen Unternehmen eine der Tochterfirmen die Bilanzen schönte. Es standen einige Millionen mehr drinnen, Millionen, die es gar nicht gab. Die Folge allerdings war, dass sie mehr Steuern bezahlen mussten. Eine widerrechtliche Bereicherung eines der schönenden zwei Mitarbeiter konnte er nicht feststellen. Sie wollten nur ihre Tochterfirma besser dastehen lassen. Die Firma war nicht in Gefahr, aber die Bilanz war einige Jahre falsch. Der finanzielle Schaden lag hauptsächlich in den zu viel bezahlten Steuern, die er aber nach Vorlage der korrigierten Bücher zurückfordern konnte.

Als die Sache sich einer Klärung näherte, besprach er sie mit dem Junior.

Der war begeistert. „Papa, bist du ein Detektiv?"

Der Senior gestand: „Die beiden Manager haben einen Buchhalter unter Druck gesetzt, dass er die Bilanzen schönte. Der hat sich mir angeboten, bei der Aufklärung und der anschließenden Korrektur zu helfen."

„Ok", nickte der Filius, „war mache wir mit den drei?"

„Der Buchhalter", begann der Vater vorsichtig, „war gleichsam ein Kronzeuge. Ihn würde ich nicht belangen."

„Und die anderen zwei? Immerhin die Chefs."

„Die überlasse ich dir."

Der Sohn stutzte und wirkte nicht eben erfreut: „Aha. Die unangenehme Arbeit überlässt du mir."

„Die unangenehme Arbeit, das alles aufzudecken, habe ich gemacht. Das betrifft meine Zeit. Was du mit den zwei Burschen machst, geht in die Zukunft. Und die gehört nun einmal dir."

Der Sohn schluckte. Ihm wurde bewusst, dass ein Chef auch unangenehme Entscheidungen treffen musste. Ein Chef! Noch war er nicht der Chef. Sein Vater erteilte ihm also gleichsam eine Übungslektion. Ludwig der II. beriet sich mit der Rechtsabteilung. Die sagten ihm, dass Bilanzfälschung anzeigepflichtig sei und dass er die beiden feuern müsse.

Schweren Herzen tat er alles, was ihm die Fachleute sagten. Das höchst ungute Gefühl kam daher, dass er zwei Familienväter mit Kindern auf die Straße setzen musste. Er feuerte sie, aber er ließ offen, wie es nach der Erledigung der gerichtlichen Belange für die beiden weitergehen könnte. Sicherheitshalber informierte er auch die Rechtsabteilung von seiner Entscheidung, den beiden den Weg offen zu halten.

Die Rechtsabteilung zuckte die Achseln: „Das ist eine humanitäre Angelegenheit, die nicht in unsere Kompetenz fällt."

Der Vater hatte die Affäre stumm mitverfolgt und fand die Lösung gut und anständig. Er war mit seinem Sohn zufrieden. Diese Zufriedenheit war für den Senior eine Grundbedingung, die Übergabe im Zeitplan durchzuführen.

Der Filius verbrachte immer mehr Zeit in der Zentrale oder auf Reisen. In der Zentrale hatte er sich sein Büro samt Sekretärinnenstab eingerichtet und wohnte auch oft tagelang und nächtelang in der Wohnung, die im selben Stockwerk nur durch eine Türe von seinem Büro getrennt war. Um den Sohn nicht ganz aus den Augen zu verlieren, amtierte der Senior auch mehr in seinem Büro in der Zentrale.

„Kontrollierst du mich?", fragte Ludwig der II.

„Ja.", antwortete Ludwig der I.

Beide lachten und schlugen sich gegenseitig auf die Schulter.

Mrs. Hobbs sah ihren Chef zumeist nur noch am Morgen und am Abend. Das Büro in seiner Villa war nur da zum Abstauben und Staubsaugen. Er frühstückte ausgiebig, ließ sich von Martin ins Büro chauffieren, am Abend brachte ihn der Chauffeur wieder in die Villa, wo er darauf Wert legte, nicht allein zu essen, sondern, wie es sich in einer ordentlichen Familie gehörte, alle zusammen. Im Speisezimmer saßen sie an dem kleinen Tisch zu dritt, Mrs. Hobbs, Martin und Ludwig der I.

„Meine Familie", stellte er sehr liebevoll fest.

Mrs. Hobbs wandte ein: „Der Bub fehlt mir schon!"

„Der Bub", lachte Ludwig, „wird bald 30 und euer Chef werden."

Mrs. Hobbs und Martin horchten auf, war es doch das erste Mal, dass Ludwig etwas über ihre Zukunft sagte.

„Wird er uns behalten?", fragte Mrs. Hobbs zaghaft.

Wieder lachte Ludwig: „Er wäre schön blöd, wenn er es nicht täte. Zwei solche Familienmitglieder wird er nie wieder bekommen."

„Familie", nahm die Haushälterin das Stichwort auf. „Wird er nicht auch eine Familie gründen? Ich meine, in seiner Position gehört sich das doch."

Ludwig staunte gespielt: „Dann war ich also ungehörig, weil ich keine Familie habe?"

„Deine Familie ist dein Sohn."

Ludwig beendete die Diskussion: „Mein Sohn weiß genau, was er tut und er weiß genau, was er nicht tut. Basta."

Er stand vom Tisch auf, um in das Wohnzimmer zu gehen.

„War das Essen ok?", fragte Mrs. Hobbs, um die Stimmung zu bagatellisieren.

„Hervorragend wie immer", rief der Chef schon aus dem Wohnzimmer. „Und macht euch keine Sorgen, für euch beide ist gesorgt. Dafür stehe ich!"

Gewissheit und Ungewissheit hielten sich bei den beiden Schwarzen die Waage. Optimismus oder Pessimismus, je nach Stimmung.

Ludwig der I. hatte das alles noch gar nicht mit seinem Sohn besprochen. Er beschloss, das demnächst zu erwähnen, dass er für die Zukunft der beiden eine Absicherung installieren wollte, die sein Sohn akzeptierte.

Die Sache war schnell erledigt. Sie richteten für Mrs. Hobbs ein Konto ein und sicherten ihr, wenn sie die Altersgrenze erreicht hatte, eine Altersrente auf Lebenszeit zu, und zwar unabhängig von der Entwicklung der Firma. Und den Martin wollte der Junior sowieso behalten.

So regelten sie sich langsam, aber sehr sicher dem Übergabedatum zu, das der Senior einzuhalten gedachte, weil nichts dagegensprach. Ludwig der I. zelebrierte sein Privatleben immer noch in dem gemieteten Hotelappartement. Er musste allerdings im Lauf der Jahre schon dreimal pausieren, weil Renovierungen und Modernisierungen vorgenommen wurden. Er benützte das Appartement aber immer seltener. Nicht weil er nicht konnte, nicht weil er nicht wollte. Der Grund war ein höchst eigenartiger: Die Damen in seinem Alter, die sich anboten, waren ihm schlicht und einfach zu alt. Das Interesse der Jüngeren, die ihm gefielen, hielt sich sehr und immer mehr in Grenzen. Seine Attraktivität war ungebrochen. Er war groß, aufrecht, schlank, allerdings schon sehr grau meliert – und an die 60 Jahre alt. Noch vor einigen Jahren hatten sich Jüngere durchaus bereit erklärt, er aber hatte den Verdacht, dass das Schnäppchen-Jägerinnen waren, die meinten, den Alten herumzukriegen. Immer wieder hörte er von Altersgenossen, die einer Jungen auf den Leim gegangen waren. Es zerbrachen Ehen, Prozesse wurden geführt, Erpressungen fanden statt und so weiter. Ludwigs Privatleben war auf eine einzige Frau beschränkt, die unglückliche Gattin eines Gemüsegroßhändlers, der, so erzählte es die Dame, impotent war, sie aber dennoch liebte und nicht verlieren wollte und daher heilfroh war, dass sie sich das bisschen Sex, das sie brauchte, anderswo holte. Ob er wusste, dass dieser Anderswo Ludwig Highrider der I. war, spielte keine Rolle. Es war

eine unausgesprochene Allianz des Schweigens. Das mit dem bisschen Sex stimmte schon, die Dame war nur einmal pro Woche bereit,
dann aber ausgiebig und beiderseits befriedigend.

Sein Sohn wusste von der geheimen Liaison seines Vaters und fragte
ihn scherzhaft, ob Mrs. Hobbs nicht das Gemüse jetzt günstiger bekomme.

Der Vater antwortete: „Ich habe immerhin meine Affäre. Und du?"
Der Sohn schwieg. Ob es ein vielsagendes oder einfaches Schweigen
war, konnte der Senior nicht ausmachen.

Ludwig der II. trieb es nämlich etwas unmoralischer. Er war ein
Schreibtischtäter. Fast jede seiner Sekretärinnen, es waren immerhin
sechs, hatte schon die Ehre oder das Vergnügen, den Juniorchef se-
xuell bedienen zu dürfen. Nur Yvonne, die Chefsekretärin, die schon
45 Jahre alt war, hatte nicht die Ehre oder das Vergnügen, was sie
aber nicht grämte, denn sie war lesbisch. Der Junior war der festen
Meinung, dass eine feste Beziehung oder eine Ehe oder gar Kinder
nur hinderlich waren. Seine ganze Konzentration gehörte der Firma.
Und da ihm die Firma in Gestalt der Sekretärinnen ja auch private
Befriedigung bot, war er zufrieden.

Der Tag der Übergabe nahte. Es war, wie schon bei des Juniors Einstieg wieder der 1. September, allerdings des Jahres 1979. Der Junior
war 32, der Senior 60 Jahre alt.

Ludwig der I. näherte sich dem Tag mit gemischten Gefühlen. Er
freute sich auf die Zeit, in der die Last der Firmenleitung nicht mehr
auf seinen Schultern ruhte. Es fehlte ihm allerdings die Fantasie, sich
auszumalen, wie das dann wäre, wenn nicht mehr er das letzte Wort
hatte, sondern sein Sohn. Der Bub. Viele Jahre lang hatte Ludwig der
I. die Entscheidungen getroffen. Daran konnte man sich gewöhnen.
Ab dem Tag aber war er zum Zuschauen verdammt, verpflichtet, reduziert. Reduziert auf null. Genau genommen hatte er gar nichts
mehr zu sagen. Es sei denn, sein Sohn baute einen Krapfen, dann
setzte sein Recht ein, sich wieder einzumischen. Sollte er jetzt sitzen,
beobachten und warten, bis ein solcher Fall eintrat? Wie ein Jäger auf

der Pirsch? Wie wollte er denn überhaupt erfahren, dass irgendetwas schieflief? Er konnte sich einen Informanten halten, den er sicher bezahlen musste. Das war eine Intrige. Ludwig hasste Intrigen, weil sie das Metier von Feiglingen waren. Zur Intrige greift man nur, wenn es geradewegs nicht geht. Also nein. Nie hatte Ludwig sich gesagt, lass es einfach kommen, nie! Jetzt war es so weit. Das war auch die Markierung seines Ausscheidens. Lass es kommen. Fast war er zufrieden mit dieser, wenn auch nur verbalen Lösung. Wie das in der Praxis funktionieren sollte, wusste er allerdings nicht.

Ludwig der II. hatte seine Pläne schon bereit, teilweise hatte er sie zu Papier gebracht, teilweise gärten sie noch in seinem Kopf. Er überlegte auch, ob es nicht gescheit wäre, über diese Pläne seinen Vater zumindest zu informieren. Irgendwie fehlte ihm der kompetente Gesprächspartner. Denn auch wenn sein Vater in seiner Denkweise sicher nicht mehr den heutigen Zeiten ganz entsprach, allein die Erfahrung, die er gesammelt hatte, das Gespür, das er immer wieder entwickelte, die Vorsicht, die ihn vor so manchem Einbruch bewahrte, all das waren Komponenten, bei denen er sich nicht vorstellen konnte, auf sie zu verzichten. Und wenn dieses Informationsgespräch nichts brachte, so gab es doch zumindest seinem Vater das Gefühl, noch dabei zu sein. Wenn der Vater seinerseits darum bat, in Ruhe gelassen zu werden, konnte sich der Junior sagen, er habe den Alten nicht hinausgedrängt oder schlagartig ignoriert, nur weil plötzlich er der neue Chef war. Hatte er Angst? Angst vor der Verantwortung, die nun voll über ihn hereinbrach? Ihm wurde bewusst, dass ab nun jeder Fehler, den er machte, ein Klacks, aber auch eine Katastrophe sein konnte. Für die Firma und damit auch für viele Menschen. Er war für das Wohlergehen so vieler Menschen verantwortlich. Fast war er schon beruhigt, wenn er dachte, dass der Vater sicher ein wachsames Auge auf die weitere Entwicklung haben würde. Er konnte, wenn es nottat die Notbremse ziehen. Der neue Chef formulierte seine Gefühle so: Es ist keine Angst, aber ein großer Respekt.

So hatten Vater und Sohn ihre Gedanken geordnet. Der Vater ließ es kommen und der Sohn startete mit Respekt. Wie ähnlich sich doch die beiden waren!

7. Ludwig der II. ist Chef

Die Übergabe fand in dem großen Versammlungssaal in der Zentrale statt. Alle Tochterfirmenchefs waren da. Ludwig der I. hatte gebeten, die Privatpersonen nicht mitzubringen. Das sei ein firmeninterner Vorgang. Ein Fest? Ja. Auch. Es war geplant, dass nach der Übergabe der neue Chef auf ein Glas Champagner und ein paar Brötchen einladen würde.

So war es dann auch. Ludwig der I. hielt eine kleine Abschiedsrede. Er erinnerte in ein paar Sätzen an seinen weiten Werdegang vom österreichischen Sattlerlehrling bis zum heute ausscheidenden Chef. Symbolisch übergab er seinem Sohn die Schlüssel zum Direktionsbüro, was ein helles Gelächter auslöste, da es nur ein kleiner Sicherheitsschlüssel war, ohne Schatulle, ohne Drumherum, nur ein Anhänger auf dem handgeschriebenen das Wort Office stand. Der Sohn gab ihm den Schlüssel sofort wieder zurück: „Du behältst ja dein Büro. Und den Schlüssel zu meinem Büro habe ich" – er griff in seine rechte Hosentasche, fand ihn nicht – „irgendwo."

„Das fängt ja gut an", sagte einer der Umstehenden. Alle lachten, denn die Bemerkung empfand niemand als böse. Es folgte der Umtrunk, die erste Aktion also des neuen Chefs, alle gratulierten sie dem Junior. Der Senior hatte sich einen guten Platz gesucht, von dem aus er genau beobachten konnte, wie der Gesichtsausdruck eines jeden Gratulanten war. Er studierte auch, ob das Lächeln echt oder falsch war. Er hatte vor, seinem Sohn über eine etwaige Beobachtung zu informieren.

Die künftigen Wohnverhältnisse arrangierte der Junior in enger Absprache mit seinem Vater. Mrs. Hobbs servierte Kaffee, neuerdings Tee ungezuckert ohne alles für den Senior, und selbst gebackenen Kuchen.

„Das ist eine Art Guglhupf", erklärte der Senior, „leider nicht in der richtigen Form. Aber nun habe ich ja nichts mehr zu tun, also werde ich mich um eine österreichische Guglhupfform kümmern."

„Ich hab's ja gewusst", lachte der Junior, „er wird auch jetzt keine Ruhe geben."

Die Stimmung war gelöst, da war kein Stress, da war nur die Minifamilie Highrider.

Der Junior wurde etwas feierlicher: „Darf ich sagen, wie ich mir die künftige Wohn-Einteilung vorstelle?"

„Du darfst alles, du bist der Boss", stellte der Senior fest.

Der Junior korrigierte: „Entschuldige, wenn ich dagegenspreche. Es geht um eine Familienangelegenheit, Chef der Familie bist immer noch du, Papa."

„Das ist eine Alterserscheinung", wiegelte Ludwig der I. ab. „Also sag schon, wie du dir das vorstellst."

Ludwig der II. verkündete das Programm eher im Tonfall eines Vorschlags: „Die Villa, in der wir uns jetzt befinden, ist groß genug. Ich möchte, dass die Familie zusammenbleibt. Das Zentrum ist hier im Parterre, Papa wohnt im 1. Stock, ich im 2. Stock. In stressigen Zeiten wohne ich in der Zentrale. Mrs. Hobbs wohnt, wo sie bisher gewohnt hat, Martin wohnt bei sich daheim oder hier wie bisher."

„Willst du Martin nicht als deinen Chauffeur übernehmen?", fragte der Vater.

Der Sohn willigte ein: „Gern. Wenn er einverstanden ist. Und Papa, wenn du ihn brauchst, kannst du ihn dir ja ausborgen."

„Gegen Voranmeldung."

„Nein, jederzeit. Du sollst nicht im Mindesten eingeschränkt sein." Rundum nickten alle.

„Alle ok?", fragte der Junior fast amtlich.

Ein mehrstimmiges, sehr erfreutes OK war die entscheidende Antwort.

Sie besprachen noch einige notwendige Umräum-Arbeiten, die der Junior organisieren wollte.

Alle waren zufrieden und beruhigt.

Als der Vater und der Sohn dann allein waren, herrschte vorerst Stille.

Der Vater brach das Schweigen: „Ganz schön viel auf einmal!"

„Ja", antwortete der Sohn, „und nicht nur für dich."

Der Senior dachte weiter: „Naja, für mich ist es ein Abschied. Ein Armeleutekind, das eine Sattlerlehre macht, dann in den wahnsinnigen Krieg muss, in Kriegsgefangenschaft bei den Amerikanern gerät und in Amerika eine durchaus zufriedenstellende Karriere gemacht hat. Der Weg war weit. Sehr weit."

Jetzt fasste sich der Sohn einen Mut und wagte die Frage: „Ich glaube, es wird Zeit, dass ich einmal erfahre, wie das aussieht, das du penibel immer verschwiegen hast: die Familie deiner Jugend. Aber du musst nichts sagen, nur wenn du es willst."

Ludwig der I. wurde sehr ernst, starrte vor sich hin, seufzte tief, rang sichtlich mit sich und sagte schließlich: „Mein Erfolg wurde nur möglich, indem ich meine eigene Vergangenheit zurückgelassen habe. Der Krieg hat mein Leben zerrissen. Nach dem Krieg gab es nur ein nach vorne. Hinter mir war der Krieg. Hinter mir war alles verwüstet."

Er schwieg.

Der Sohn wartete, fragte aber dann doch weiter: „Ihr wart doch vier Brüder."

Der I. nickte: „Adolf, der älteste, Leopold, der zweite und Josef, wir nannten ihm Pepi, der dritte. Ich bin der Jüngste."

„Du sagst, ich bin. Leben sie noch?"

Der Vater atmete tief ein und wieder aus, bis er leise sagte: „Ich weiß es nicht."

„Wie alt wären sie denn jetzt?"

„Da muss ich rechnen. Adolf wäre 71, Leopold 69, der Pepi 65."

„Und du bist 60. Wir waren doch in Wels. Hast du dich da nicht gewundert, dass du keinen von den drei getroffen hast?"

„Ich habe mich nicht gewundert, ich habe Angst gehabt."

„Warum Angst?", fragte Ludwig der II. verwundert. „Seid ihr böse aufeinander?"

Der I. seufzte: „Ich weiß es nicht. Ich würde sie vielleicht gar nicht wiedererkennen. Wir haben uns ganze 40 Jahre nicht gesehen. Ich weiß nicht, wo sie sind, ich weiß nicht, was aus ihnen geworden ist, ich weiß nicht, ob sie überhaupt noch leben. Und sie haben auch Kinder und Enkelkinder. Der Adolf und der Leopold haben in den 30er-Jahren geheiratet, der Pepi war noch ledig."

Schweigen. Der Sohn vermied es, den Vater zu drängen.

Schließlich schloss der Senior aber doch ab: „Das ist alles, was ich weiß."

„Hast du gar kein Interesse, von ihnen zu erfahren?"

„Nein."

Das klang kategorisch. Er erklärte es auch: „Das ist alles weit weg. Eine andere Zeit. Bei unserem Besuch in Wels ist mir eines klar geworden: In meiner Vergangenheit bin ich ein Fremder. Und dabei bleibt es."

Der Sohn verstand diese Worte als dringendes Ersuchen, nicht mehr darüber sprechen zu müssen und hielt sich daran.

Der Vater spürte aber, dass der Sohn noch weitere Fragen hätte und beschloss, dem mit einem abrupten Themenwechsel aus dem Weg zu gehen.

„Sag Ludwig, wie steht es eigentlich bei dir mit dem, was man altmodisch eine Familiengründung nennt?"

Der Sohn nahm ein Stichwort auf: „Du hast recht. Altmodisch."

„Aber du weißt schon, was ich meine."

„Natürlich weiß ich das", antwortete der Junior leicht aggressiv, „ich bin ja nicht blöd."

„Warum redest du so beleidigt? Was stört dich an meiner Frage?"

Kurz dachte der Sohn nach, dann sagte er sehr langsam: „Vielleicht weil ich mit den Begriffen Familie und Gründung so wenig anfangen kann. Erlaube mir die Gegenfrage: Was ist denn deine Familie? Besser gefragt, was war denn deine Familie?"

Jetzt überlegte der Vater kurz, dann antwortete er bedächtig: „Die letzte Familie, die ich hatte, war meine Familie in Wels. Die Mama und meine drei Brüder. Der Vater ist einbeinig aus dem 1. Weltkrieg gekommen und 1919 gestorben. Die Mama hat nicht mehr geheiratet."

Der Junior hörte sehr aufmerksam zu und war sichtlich beeindruckt: „Wovon habt ihr gelebt?"

„Die Mama", antwortete der Senior in einem Ton, als wäre damit alles erklärt. Es war aber nicht alles erklärt, daher sprach er weiter.

„Die Mama ist arbeiten gegangen und hat uns vier durchgebracht."

„Vier Söhne sind nicht gerade billig. Was hat sie denn gearbeitet?"

„Sie war, wie man es damals nannte vazierende Waschfrau."

„Was ist denn das?"

„Sie ging in verschiedene Haushalte, um dort den Leuten die Wäsche zu waschen. Frag' jetzt bitte nicht nach der Waschmaschine. Das war meine Mama. In jedem Haus gab es eine Waschküche, in der ein mit Holz heizbarer Ofen stand, in dem sie etwa 100 Liter Wasser zum Kochen bringen musste, denn die Wäsche wurde damals ausgekocht. In einer Seifenlauge. Dann musste sie die Wäsche in einem großen Bottich mit Frischwasser schwemmen und zum Aufhängen bringen. In einem Garten, wenn einer da war, sonst auf dem Dachboden. Nach ein paar Tagen war die Wäsche trocken. Manche Kunden haben dann die Mama auch noch zum Bügeln gemietet. Sie hatte einen festen Kundenstock und feste Tarife."

Schweigen, beide.

Der Sohn war tief beeindruckt: „Das war doch Schwerarbeit."

„Um vier Uhr früh hat sie begonnen mit dem Ofen und der Lauge, bis das Wasser gekocht hat. Die stark verschmutzte Wäsche musste sie mit einer Waschrumpel rumpeln. Am früher Nachmittag war sie fertig. Da hat sie uns sofort etwas gekocht."

Der Vater seufzte. „Eigentlich ist es uns damals sehr gut gegangen."

„Wie kannst du das sagen?"

„Es hat uns an nichts gefehlt."

„Und die – Mama?"

„Sie ist 1929 gestorben, da war ich zehn Jahre alt. Ihr Körper war verzogen von Gicht, ihre Füße deformiert durch Frostbeulen. Aber sie hat noch drei Tage vor ihrem Tod bei dem Rechtsanwalt, der sein

Haus uns gegenüber gehabt hat, die Wäsche gewaschen. 41 Jahre durfte sie alt werden."

Ludwig der II. war schon nahe der Atemlosigkeit: „Wovon habt ihr dann gelebt?"

„Adolf hat schon Geld verdient, der Leopold auch, der Josef war schon in der Lehre – die haben mich durchgefüttert. Mit 14 bin ich dann auch in die Lehre gegangen."

Der Junior nickte: „Die Basis für den Ludwig Highrider. Papa. Ich bewundere dich!"

Ludwig der I. lächelte sehr mild: „Da ist nichts zum Bewundern. Solche wie mich, solche wie uns hat es damals viele gegeben. Arme Leut'. Das waren wir. Und wir waren in der Mehrheit. Der Sozialismus ist damals gewachsen. Meine Mama war ein Gründungsmitglied der Partei in Wels. Ihre Mitgliedsnummer war fünf."

Der Sohn war wie erschlagen und sagte nur: „Unfassbar!"

Der Senior aber war längst über all das hinweg und konnte sich eine lockere Überlegenheit erlauben: „Ja, junger Herr, mein Weg war sehr weit. Sehr weit!"

Der Junior rückte sich zurecht, als hätte er einen Entschluss gefasst. So kam es auch: „Der weite Weg. Nicht nur gesellschaftlich, sondern auch geografisch. Wie bist du nach Amerika gekommen. Du warst im Krieg, du warst in Kriegsgefangenschaft, und? Dann warst du in Amerika. Da ist eine Lücke in deiner Geschichte."

Ludwig der I. fand sich in einem Dilemma. Wenn er jetzt ehrlich antworten wollte, und das wollte er, musste Steve ins Spiel kommen. Er erzählte sehr langsam, sehr nachdenklich und sehr bewegt die Geschichte. Vom Lager in Bad Kreuznach, von der Latrine, von Colonel Steve Cameron, dem Verhältnis mit ihm, dem Gefangenentransport nach Amerika bis zum Leben in Seattle, dem Reitklub, das Kennenlernen der Ursula Hochreiter, ihre Schwangerschaft und der Einladung von C.B.Miller nach Hollywood.

„Darum bist du hier geboren. Deine Mutter wollte unbedingt Schauspielerin werden und ist in Drogen und Alkohol geraten. Als sie ein

Kind, das nicht von mir war, abtreiben wollte, kam die Scheidung. Mrs. Hobbs hat deine Betreuung und Erziehung übernommen."

„Die Mummy", sagte der Sohn leise.

Der Vater ließ kein Detail aus. Und er fühlte eine starke Genugtuung, so schonungslos und ehrlich über seinen wirren Werdegang zu reden. Fast heiter schloss er seine Geschichte ab: „Ja. Den Rest kennst. Das warst du ja schon dabei."

Der Sohn schüttelte den Kopf: „Was ich nicht verstehe, du musstest also homosexuell sein oder spielen, um nach Amerika zu kommen? So wichtig war dir Amerika?"

„Ja" antwortete der Senior sehr fest, „und ich glaube, ich habe bewiesen, warum es mir wichtig war."

Ludwig der II. aber benützte die Gelegenheit, wenn der Vater schon einmal gesprächig war, weiter zu fragen.

„Und dieser Steve?"

„War ein sehr, sehr netter Kerl."

„Hast du noch Kontakt mit ihm?"

„Einen Tag nach meiner Übersiedlung nach Hollywood hat er sich erschossen."

Die Erschütterung bewirkte, dass es einige Momente dauerte, bis der Sohn sich weiter zu fragen traute: „Und meine Mutter?"

Jetzt wurde der Vater kategorisch: „Ich weiß es nicht. Interessiert mich auch nicht. Und jetzt hör' auf mich zu quälen. Du hast tief genug gegraben."

„Danke, Papa", nickte der Sohn. „Was ein Mensch alles überlebt! Das also ist die Geschichte deiner Familie. Drei Brüder, die vielleicht noch leben, ein homosexueller Freund, der tot ist, eine Frau, die meine Mutter war und in Suff und Drogen untergegangen ist, und, ja was noch?"

„Mrs. Hobbs, Martin – und du. Und?"

„Was und?"

„Deine Sekretärinnen, die du am Schreibtisch vögelst. Hast du keine Angst, dass einmal eine schwanger wird?"

Der Junior lachte: „Wie du das sagst, klingt es ziemlich scheußlich. Papa, ich passe auf, es gibt Verhütungsmöglichkeiten und, vielleicht kennst du das Wort, Blowjob."

Da sich der Senior auch nicht unbedingt als Vorbild beim Thema Familie betrachtete, endete hier der Seelenstrip. Ludwig der I. hatte das Gefühl, dass erst jetzt wirklich alles vorbei sei.

Nun war Ludwig Highrider der II. endgültig der alleinige Chef der Firma, die sein Vater gegründet und aufgebaut hat. Darauf hätte er eigentlich stolz sein sollen, er war es aber nicht. Es war die Leistung seines Vaters, die er hier einfach so übernahm. Einfach so. Er fragte sich, wo denn nun seine Leistung wäre. Würde er es jemals zu der Größe seines Vaters bringen? So seltsam er sich dabei fühlte, aber beinahe beneidete er ihn. Er hatte unsagbare Schwierigkeiten zu überwinden. Wo waren die Schwierigkeiten, denen der Sohn gegenüberstand? Da war nichts zu überwinden. Der Vater kam aus dem Nichts, aus tiefster Armut. Kaum hatte er in seinem Beruf daheim Fuß gefasst, kam der Krieg, der alternativlos war, Schicksal, das gnadenlos mit seinen Opfern verfuhr. Der eigene Wille war niedergewalzt, es galt nur noch der Wille dieses verbrecherischen Führers. Aber kaum war da auch nur der Funke einer Möglichkeit, wieder aktiv zu werden, tat er es. Er nahm Opfer auf sich, gewann aber auch viel. Er wollte nach Amerika. Und er hat es geschafft. Er wollte hier Fuß fassen, und er hat es geschafft. Es war immer sein fester Wille und die Qualität seiner Leistung, die ihm neue Wege eröffnete, bis er endlich sesshaft werden durfte. Objektiv gesehen hatte er privat nicht eben viel Glück. Aber wenn der Junior in seiner augenblicklichen Stimmung an sein eigenes Privatleben dachte, kamen ihm fast die Tränen. Die Sekretärinnen rissen sich darum, ihn oral bedienen zu dürfen. Die eine oder die andere bumste er auch zur beiderseitigen Befriedigung. Es hatte noch keine Schwangerschaft gegeben, keine Abtreibung. Welch ein Erfolg! Erfolg! Jetzt, da alles ruhig, geregelt und auf soliden Beinen stand, jetzt durfte er ran. Und er hatte Angst, den Erfolg seines Vaters nicht fortsetzen zu können. Er hatte Angst

davor, in seiner bequemen Situation des gemachten Bettes zu versagen. Und niemand war da, mit dem er hätte darüber reden können. Sein Vater war ausgepumpt, sein Vater war angelangt, eingetroffen, am Ziel. An seinem Ziel. Wo aber war das Ziel Ludwig des II.?
Der Vater flog nach Sacramento. Dort wollte er sich mit einigen Österreichern treffen, die ihn eingeladen hatten. Wer die waren und was die waren, wusste der Junior nicht. Der Vater hatte ziemlich geheimnisvoll getan. Ok, dachte der Sohn, er ist jetzt frei und mir keine Rechenschaft schuldig, ich bin jetzt allein. Der Vater wollte eine ganze Woche in Sacramento bleiben.

Ludwig der I. hatte im ganzen Land Tochterfirmen aufgebaut, in Sacramento hatte er keine. Dabei war das ja immerhin die Hauptstadt von Kalifornien. Es war auch gar nicht seine Absicht, in diese Richtung tätig zu werden, das war nicht mehr sein Geschäft. Sacramento war der Regierungssitz von Kalifornien. Dort arbeiteten auch einige Österreicher, zudem hatte sein Heimatland dort eine diplomatische und eine Handelsvertretung. Der Chef der Handelsvertretung hatte schon einige Male bei Ludwig dem I. angeklopft, ohne konkrete Absicht, er wollte ihn einfach persönlich kennenlernen. Den Kontakt hatte der mittlerweile 80-jährige C.B.Miller hergestellt, allerdings mit der perfiden Frage an Ludwig: „Wills du nicht in die Politik gehen?"
Ludwig lachte nur: „Wie soll ein Österreicher denn in einem amerikanischen Bundesstaat Politiker werden?"
„Du bist doch Amerikaner, oder?"
„Wie willst du einem Österreicher austreiben, ein Österreicher zu sein?"
Miller lachte: „Genau diese Sturheit wäre aber gut in der Politik."

Ludwig der II. hatte während seiner Wartezeit Expansionspläne entworfen. Er hatte sondiert, wie es wohl aussähe, wenn das Highrider-Imperium sich auch außerhalb Kaliforniens etablieren würde. Er gab der Rechtsabteilung den Auftrag, zu recherchieren, wie eine

Gründung von Tochterfirmen in einem anderen Bundesstaat zu bewerkstelligen wäre. Es musste auch nicht unbedingt eine neue Firma sein, er konnte bestehende Firmen, die in das Highrider-System passten, kaufen und als Töchter eingliedern.

Mit dieser seiner Absicht spaltete sich ein wenig seine Führungsmannschaft. Die einen meinten, Expansionen seien gefährlich und man könne den Bogen auch überspannen. Sie waren Anhänger der Philosophie des Seniors, es muss überschaubar bleiben. Der Senior hatte immer wieder vor den Grenzen gewarnt, die man nicht überschreiten dürfe. Die andere Gruppe sprach sich ebenfalls für Vorsicht aus, auch bei ihr war des Seniors Gedankengut verankert. Aber sie wollten nicht prinzipiell dagegensprechen, diese vom Alten so sehr geschützten Grenzen wenigstens auszuloten. Da und dort. Nicht überfallartig, sondern step by step, wie es der Finanzchef ausdrückte. Ludwig der II. hatte aber einige Firmen erkundet, die geeignet wären, in die Highriders eingegliedert zu werden. Es waren solvente Unternehmen, aber auch einige, die in Schwierigkeiten waren. Managementfehler, die korrigierbar waren, jedoch Finanzspritzen brauchten. Die Abteilungsleiter waren alle noch aus seines Vaters Mannschaft. Ein etwaiges Misstrauen dem Jungen gegenüber wich dem Staunen, wie sorgfältig sich der Junior auf seine Regierungszeit vorbereitet hatte. Die Expansionsziele, die er ausgesucht und jetzt seinem Team vorgeschlagen hatte, waren zumindest auf den ersten Blick alle sehr geeignet, sie dem Imperium, inzwischen nannten es alle so, einzuverleiben. Die Begeisterung der damit befassten Mitarbeiter war so groß, dass Ludwig auf die Bremse steigen musste. Er huldigte damit seines Vaters Grundsatz Eins nach dem anderen. Damit beruhigte er auch den etwas skeptischen Teil seines Teams. Summa summarum: Seine erste eigenständige Aktion fand vollen Beifall.

„Großartig, wie du das angehst", freute sich auch der Senior. Sein Sohn hatte gar nichts mit ihm besprochen.

„Woher weißt du das?"

„Die Begeisterung in der Firma schwappt eben auch auf mich über. Keine Angst, ich kontrolliere dich nicht. Aber wenn ich mit einem der Mitarbeiter spreche und die mir erzählen, wie wohlüberlegt du deine Pläne vorlegst, dann freue ich mich. Da kannst du nichts dagegen haben, oder?"

Der Junior lächelte: „Du musst gar keine Verteidigungsrede halten. Es ist alles ok. Und dass du von Weitem auch ein bissel aufpasst auf mich, beruhigt mich sogar. Denn wenn du der Meinung bist, dass ich einen Blödsinn mache, dann musst du es sagen. Du bist sogar irgendwie verpflichtet, es mir zu sagen. Warnungen zur Vorsicht sind immer gut. Und dein Urteilsvermögen ist sicher nicht gebrochen, nur weil du in Pension bist."

So war alles eitel Wonne. Die Expansionen funktionierten, der Junior war viel unterwegs, ein eigenes Flugzeug leistete er sich noch immer nicht. Der Chauffeur Martin hatte so viel zu tun, dass sie einen zweiten anstellten. Martin wollte auch etwas mehr Zeit für seinen Seniorchef haben, dem er nach wie vor unverbrüchlich dankbar und treu war. Auch der zweite Chauffeur stammte aus der Hobbs-Familie und hatte den Namen Marlon. Wie der Brando. Martin erklärte dem Senior: „Bei uns haben alle Buben ähnliche Namen. Mein dritter Bruder heißt Marian. Martin, Marlon und Marian also."

Scherzhaft fragte Ludwig der I.: „Macht er auch schon den Führerschein?"

Sie lachten.

Die Geschäfte liefen, das Highrider-Imperium wuchs, die Stimmung in der Firma und in der Familie war glücklich. Der Senior flog immer wieder nach Sacramento, was den Junior in der Ahnung bestärkte, dass sein Vater dort neue Kontakte knüpfte, die nichts mit der Firma zu tun hatten. Wollte er doch in die Politik gehen? Warum nicht? Des Sohnes Ahnungen waren von der Wirklichkeit nicht weit entfernt. Ludwig der I. plante zwar nicht aktiv in die Politik einzusteigen, seine Kontakte jedoch waren politisch, aber noch niemand hatte ihn darauf angesprochen, einzusteigen. Ludwig hatte auch keine so großen Ambitionen in diese Richtung, jedenfalls waren sie nicht groß genug, um ihn aktiv werden zu lassen. Er meinte für sich, das Seine geleistet zu haben und fühlte sich nicht verpflichtet, ein drittes Leben, wie er es nannte, zu beginnen. Er war froh, es bis hierher geschafft zu haben und lebte mit sich im Reinen.

1984 gab es fünf Jahre Junior zu feiern. Der Jubilar verzichtete auf große Ovationen, ein kleiner Umtrunk im engsten Kreis genügte ihm. Ein, wenn auch negatives Jubiläumsgeschenk bekam er trotzdem.
Bei einer vormittäglichen Lagebesprechung mit seiner engsten Sekretärin gingen sie alle Punkte durch, die anstanden, Anrufe, die erledigt werden mussten oder sollten, je nach Wichtigkeit.
Als letzten Punkt berichtete die Sekretärin: „Ach ja, da hat eine Frau angerufen, die einen Termin bei Ihnen haben will."
Obwohl sie die Sekretärin war, die er auch vögelte, waren sie immer per Sie.
Der Junior war nicht mehr bei der Sache: „Ja. Und?"
„Sie sagt, sie sei Ihre Mutter."
„Die Mummy? Die muss mich doch nicht anrufen, wenn sie mit mir reden will."
„Nein. Sie hat gesagt, sie sei Ihre leibliche Mutter!"
Ludwig wurde blass: „Leibliche Mutter? Diese Ursula Highrider, oder wie sie jetzt heißen mag? Verkappte Schauspielerin, Alkohol, Drogen, schwanger von einem anderen, Scheidung, Abtreibung …"
Es fiel ihm im Augenblick nichts mehr ein, was seinen Abscheu der Frau gegenüber ausdrücken konnte.
Die Sekretärin war beeindruckt, fragte aber dennoch: „Wollen Sie mit ihr reden? Sonst wimmle ich sie ab."
„Das ist alles über 30 Jahre her. Ich habe sie persönlich nie gekannt. Als ich ein Jahr alt war, sind mein Vater und sie geschieden worden. Und warum meldet sie sich bei mir? Eigentlich sollte sie mit meinem Vater reden."
„Soll ich sie zu Ihrem Herrn Vater schicken?"
Der Junior überlege: „Wie vermeiden wir einen Skandal. Sie meldet sich bei mir, also sollte ich auch zumindest mit ihr reden."

„Hier im Büro?"

„Nur hier im Büro. Privat habe ich an der Dame überhaupt kein Interesse."

„Wer weiß, ob sie eine Dame ist", zweifelte die Sekretärin, „so wie sie geredet hat."

„Danke für die Warnung."

Als nämlich die Sekretärin die Dame um ihre Telefonnummer für einen eventuellen Rückruf ersuchte, bellte sie: „Nix eventuell. Und meine Nummer hast du auf dem Display."

Auch das berichtete sie ihrem Chef.

Der nickte nur und wiederholte: „Danke für die Warnung."

Ganz wollte der Junior seinen Vater aber doch nicht aus der Sache draußen lassen. Er rief in der Villa an. Mrs. Hobbs hob ab und berichtete, der Chef sei in Sacramento. Sie habe nur die Nummer von dem Hotel, in dem er wohnte. Die wollte der Sohn nicht haben.

„Aber wenn es was Wichtiges ist …"

Der Junior antwortete: „Nichts Wichtiges. Meine Mutter hat sich gemeldet."

„Die Schlampe", entfuhr der Mrs. Hobbs, die sich sofort bremste: „Entschuldigung!"

„Nein, nein, du wirst schon recht haben."

Es wurde ein Termin am Nachmittag.

„Am Nachmittag?", fragte der Junior?"

„Die Dame hat gesagt, am Vormittag kann sie noch nicht."

„Hat sie wirklich noch nicht gesagt?"

„Wörtlich."

„Aha. Und wieso sagen Sie immer Dame?"

„Es ist doch ihre Mutter, oder?"

Ludwig legte auf.

Dass die Dame – jetzt dachte er sie auch schon so – am Vormittag noch nicht konnte, ließ auf ein Nachtleben schließen. Krankenschwester? Altenpflegerin? Prostituierte? Nachtklubtänzerin? Dafür war sie wohl zu alt. Wie alt war sie überhaupt? Er errechnete, dass sie etwa 60 Jahre alt sein musste. Da hatten alle seine Spekulationen wenig Sinn. Er musste sich überraschen lassen.

Der Termin kam. Sie erschien um 15 Minuten zu spät.

Eine Duftwolke betrat sein Büro. Im ersten Moment dachte er, Bette Davis rauschte herein. Ein faltiges, verkniffenes Gesicht starrte ihm entgehen, viel Rouge auf den Wangen und die schmalen Lippen mithilfe eines kräftigen Lippenstiftes zu stark vergrößert. Da sie auch sofort noch lächelte, sah er ihre gelblichen Zähne. Es fehlte wenigstens keiner. Sie trug einen kleinen Hut auf dem schmutzig grauen Haar, das hinter dem Hut zu einem Knoten zusammengezwängt war. Ihr pinker Mantel hatte ein paar blasse Flecken und sah sehr nach secondhand aus, wenn nicht sogar third oder forth.

Die Sekretärin, die sie hereingeleitet hatte, fragte noch: „Soll ich was zu trinken bringen?"

Das Lächeln der Mutter fiel zusammen: „Schaue ich aus, als würde ich saufen?"

Die Sekretärin schloss schnell die Türe von außen und ließ Mutter und Sohn allein.

Der war aufgestanden, blieb aber hinter seinem Schreibtisch: „Mit wem habe ich das Vergnügen?"

„Obs ein Vergnügen wird, werden wir erst sehen."

„Also gut, wer sind Sie?"

„Hat dir das deine schicke Sekretärin nicht gesagt?"

„Sie hat mir gesagt, Sie hätten behauptet, meine Mutter zu sein."

„Brav! Und?"

„Ich kenne keine Mutter. Die Frau, die mich in die Welt warf, hat, als ich zwei Jahre alt war, mit Alkohol, Drogen, einer fremden Schwangerschaft, einer Abtreibung, einer folgenden Scheidung und einer hohen Abfindung meinen Vater und mich verlassen. Das alles waren Sie?"

„Willst du mir keinen Platz anbieten?"

„Erst will ich eine Antwort. Waren Sie das alles?"

„Wenn ich jetzt sage, nein, das alles war ich nicht?"

„Dann ist unser Gespräch beendet. Und ich frage mich, was Sie überhaupt von mir wollen."

„Und wenn ich sage, ja, das war ich, ja. Und ich bin es noch immer?"

„Dann schmeiße ich Sie hinaus. Suchen Sie es sich aus."

„Feine Alternativen von dem Buben, den ich geboren habe."

„Sparen Sie sich Ihre Sentimentalität. Sie sind menschlich und juridisch aus meinem Leben vollinhaltlich getilgt. Und dabei bleibt es! Raus mit Ihnen!"

Jetzt wurde ihre Stimme wirklich weinerlich und sie musste sich am Schreibtisch festhalten: „Hast du denn gar kein Mitgefühl mit einer alten Frau?"

„Mit einer alten Frau, ja, aber nicht mit Ihnen!"

„Mit deiner Mutter?"

„Sie waren keine Mutter. Sie waren eine Schlampe."

„Ich bin keine Schlampe!"

„Was Sie jetzt sind, weiß ich nicht, es interessiert mich auch nicht. Und jetzt raus, sonst begleitet Sie der Sicherheitsdienst."

Die Mutter fing an zu geifern: „Du Rotzlöffel, du dreckiger. So leicht wirst du mich nicht los!"

Sie begann alles, was sie auf dem Schreibtisch vorfand, mit ihren Armen rudernd auf den Boden zu wischen.

Ludwig drückte einen Klingelknopf unter seinem Schreibtisch. Es dauerte keine 30 Sekunden, als die Türe aufflog und zwei kräftige Burschen die Dame noch am Werken sahen. Sie fixierten sie und schauten dann ihren Chef fragend an.

„Raus mit ihr. Und verschafft ihr schlimmstenfalls ein Taxi. Hauptsache weg!"

Die Männer drehten sie nach draußen.

Unter der Türe murmelte sie: „Das wird ein Nachspiel haben!"

Und draußen war sie.

Die Sekretärin kam besorgt ins Büro: „Ein Nachspiel?"

„Vielleicht findet sie einen Winkeljournalisten, der ihr die Geschichte glaubt."

„Eigentlich" sagte die Sekretärin vorsichtig, „betrifft das ja Ihren Herrn Vater."

Der Junior nickte: „Ich hätte sie gleich ihm überlassen sollen. Aber jetzt ist der Schaden schon angerichtet."

Die Sicherheitsmänner berichteten, dass sie ihr ein Taxi gerufen und dem Chauffeur 50 Dollar gegeben hätten.

Schon am nächsten Tag konnte Ludwig der II. in zwei unbedeutenden Zeitungen lesen: Highrider Sohn wirft eigene Mutter hinaus! Darunter stand in ein paar Zeilen die Gräuelgeschichte sehr kurzgefasst. Sie sei eine arme Witwe (aha), hätte sich an ihren Sohn gewandt, der sie mit Gewalt aus seinem Büro hinausgeworfen habe. Nicht gerade groß aufgemacht, die Redaktion schien die Geschichte nicht so recht geglaubt zu haben. Sie war also eine Witwe und arm.

In Sacramento griff Ludwig der I. zum Telefon und rief seinen Sohn an.

„Hättest du das nicht klüger lösen können?"

„Wie denn?"

„Mit Geld zum Beispiel. Was anderes wollte sie ja wahrscheinlich nicht."

Der Sohn wurde ungeduldig: „Papa, ich weiß von der Sache mit der Frau, mit der du mich gezeugt hast, so gut wie gar nichts. Eigentlich müsstest ja du die Sache regeln."

„Ok. Wie erreiche ich die Frau?"

Die Sekretärin hatte noch die Telefonnummer, der Junior diktierte sie dem Vater.

Er fragte aber auch: „Was willst du jetzt tun?"

Der Alte seufzte: „Das weiß ich nicht. Wenn sich Journalisten bei dir melden, schick sie zu mir."

Dem Sohn blieben aber dennoch Anrufe von Zeitungsleuten nicht erspart. Er verwies die Leute an seinen Vater.

„Aber Sie haben sie hinausgeworfen. Stimmt das?"

„Sie hat in meinem Büro zu randalieren begonnen und hat mit Gegenständen um sich geworfen. Ich musste sie wegschicken."

„Aber mit Gewalt?"

„Meine Sicherheitsleute haben sie geleitet. Höflich und zuvorkommend. Wir haben ihr sogar ein Taxi bezahlt. Im Übrigen war sie mit meinem Vater vor 30 Jahren verheiratet."

Auch beim Vater in seinem Hotel in Sacramento liefen Anrufe ein. Die Rezeption antwortete wahrheitsgemäß, Mr. Highrider sei abgereist.

Ludwig der I. war tatsächlich einfach heimgeflogen, saß in seiner Villa und versuchte von dort aus, die Angelegenheit zu regeln. Bevor er noch Zeitungsfragen entgegennahm, rief er seine Jussi an. Mrs. Hobbs hatte einstweilen die unangenehme Aufgabe, die Journalisten auf später zu vertrösten.

„Was willst du nach 30 Jahren von mir?", war seine erste Frage.

„Von dir? Unser Sohn hat mich hinausgeschmissen."

„Lass den Ludwig in Ruhe, er hat mit der Sache überhaupt nichts zu tun. Du warst mit mir verheiratet, du hast mich verlassen, mit Saufen und Drogen begonnen, hast mich betrogen und wolltest auch noch Geld für die Abtreibung."

„Von dir? Von Miller."

„Ja. Und er hat mir erzählt, dass du bei ihm warst um das Geld. Die Scheidung war notwendig und ist rechtskräftig. Und du hast eine Menge Geld bekommen für die Abtreibung."

„Abtreibung?", rief sie, „das Kind ist auf die Welt gekommen. Für eine Abtreibung war es zu spät. Ich war im fünften Monat."

„Und was ist mit dem Kind?"

„Weiß ich nicht. Ich habe sie zur Adoption freigeben müssen. Nie wieder was von ihr gehört. Ist mir auch egal."

„Sie?"

„Eine Tochter."

„Und wie lebst du jetzt?"

„Ich habe damals den Mann geheiratet, der mir einen Job gegeben hat."

„Und der dich geschwängert hat."

„Das war ein anderer. Geheiratet habe ich den mit dem Job."

Ludwig wurde brutal: „Deinen Zuhälter!"

„Klingt schlimm, aber ja, es stimmt. Aber der war mehr im Gefängnis als im Freien und vor einem halben Jahr ist er gestorben. Bevor du weiterfragst: erschossen. Hast du nicht davon gelesen?"

„Und dein Kindsvater?"

„Der hat ihn erschossen. Liest du keine Zeitungen?"

„Warum soll ich irgendeinen erschossenen Zuhälter mit meiner Familie in Verbindung bringen?"

„Ok. Du hast mich gefragt, wie ich lebe? Ich habe nichts. Nicht einmal Schulden. Mit dem Tod meines Mannes ist alles erloschen."

Ludwig wurde ungeduldig: „Ja, aber wie lebst du. Und wo?"

„Bei einer Freundin. Die schmeißt mich aber in zwei Wochen hinaus. Ich habe in einem Heim nachgefragt, die hätten mich genommen, aber wer soll das bezahlen!"

Ludwig der I. regelte sie Sache. Er brachte sie in dem von ihr genannten Heim unter und übernahm die Bezahlung auf Lebenszeit. Er richtete ein Konto ein, von dem die regelmäßigen Zahlungen an das Heim und ein monatlicher Betrag an die Frau überwiesen werden sollten.

Den Journalisten, die angefragt hatten, ließen Vater und Sohn eine Mitteilung zukommen, in der sie die Sache für erledigt erklärten. Die Frau hätte sich gleich an den Vater wenden sollen, der Sohn hatte mit dem, was sie wollte, nichts zu tun.

Vater und Sohn saßen in der Villa mit Tee und Kaffee.

„Eine Schlampe" nickte der Sohn.

„Jetzt eine arme Frau", seufzte der Vater.

„Du hast sie nicht gesehen!"

„Sie war eine bildschöne Frau."

Der Sohn sah ein, dass es keinen Sinn hatte, weiterzureden. Der Vater wurde sentimental. Der II. hatte irgendwann ein Foto seiner Mutter gesehen und musste seinem Vater recht geben. Sie war eine schöne Frau. Sie musste allerdings ein sehr bewegtes Leben geführt haben, denn jetzt sah sie so dermaßen anders aus, dass der Junior sogar dachte, ob es nicht eine andere Frau wäre, die sich da gemeldet hatte.

Die Stimmungslage zwischen Vater und Sohn war überschattet. Der Alte war enttäuscht, weil der Junior seiner Meinung nach zu brutal gehandelt hatte. Und er war im Hinblick auf die Firma unvorsichtig gewesen. Ein Skandal konnte im zur Bigotterie neigenden Amerika schädlich sein. Er hätte seine Mutter sogleich an den Vater weitergeben sollen. Aber nun war die Sache bereinigt. Die Journalisten hatten die Frau ausfindig gemacht und von ihr die kurze Mitteilung bekommen, die Sache sei geregelt und sie sei zufrieden.

„Einen Rest von Anstand hat sie hoch", vermerkte der Sohn.

Der Vater schwieg.

Genau das ärgerte Ludwig den II., weil er darin wieder die Souveränität seines Vaters sah, die ihm selbst so sehr gefehlt hatte. Der Vater war souverän gewesen, der Sohn nicht. Kann man Souveränität lernen, fragte er sich. Zum Format seines Vaters fehlte ihm noch so Manches. Geschäftlich fand er sich schon sehr gut, ihm war noch kein Fehler unterlaufen, er hatte alles im Griff. Auf der menschlichen Seite aber hatte er noch Nachholbedarf.

Das redete auch die Belegschaft.

„Der Alte wäre mit der Frau anders umgegangen", sagte einer bei einer Abteilungsleitersitzung, bei der der Chef nicht anwesend war.

„Jetzt tut nicht so", verteidigte einer der Jüngeren, „seine Mutter ist abgehaut, als der Bub zwei Jahre alt war, sie hat den Alten betrogen und wollte auch noch Geld für die Abtreibung eines Kindes von einem anderen. Und da soll er freundlich sein?"

„Sie ist nicht abgehaut, er hat sich scheiden lassen!"

„Sie wurden geschieden. Und die Gründe waren wohl triftig."

„Hast du sie gesehen?", fragte einer der Älteren.

„Naja", zuckte einer die Achseln, „heruntergekommen halt."

„Sie soll eine Hure gewesen sein."

„Und die haben ein frühes Ablaufdatum."

Einer wusste mehr: „Ihr Zuhälter soll vom Vater ihres Kindes erschossen worden sein und sitzt jetzt lebenslänglich."

„Hat der Chef das gewusst?"

„Nein", wiegelte einer der Jüngeren ab, „er hat seine Mutter zum ersten Mal gesehen. Ich habe volles Verständnis dafür, dass die Begegnung nicht gerade erfreulich für ihn war."

„Ich glaube", sagte ein Älterer bedächtig, „er geniert sich, dass er die Sache so ungeschickt zu lösen versucht hat."

„Unmenschlich", sagte ein anderer und hängte an, „unbarmherzig. Hartherzig …"

„Schluss mit den Wortschatzübungen", unterbrach der Sitzungsleiter, „unsere Firma funktioniert. Der Junior hat etwas verbockt, der Senior hat es ausgebügelt, die Sache ist taktisch und menschlich sehr gut gelöst."

„Gott schenke dem Alten ein langes Leben", ätzte einer.

„Amen", murmelte ein anderer.

Die Sekretärin, die Ludwig der II. vögelte und mit der er auch Privates beredete, machte auch mehr als eine Andeutung: „Sei froh, Ludwig, dass dein Vater noch lebt. Er ist dein Schutzengel."

Ganz gefiel dem Junior diese Ansicht nicht. Er wollte schon aufbrausen.

Die Sekretärin ahnte das und sagte: „Wenn du jetzt böse wirst, kommt dein Defizit wieder durch."

Sie hatte recht, der Junior musste sich zurückhalten.

Sie lächelte: „Knurre nicht. Ihr seid doch eine Familie, die ursprünglich mit Pferden zu tun hatte. Du musst lernen, dich selbst zu zügeln."

Der Gescholtene schaute sie lang an: „Bist du auch ein Produkt meiner Zügellosigkeit?"

Jetzt lachte sie: „Ein wenig schon. Aber der Schaden hält sich in engen Grenzen."

„Nur zwischen dir und mir", bestätigte er.

Sie aber schaute ihn zweifelnd an: „Glaubst du im Ernst, dass da draußen nicht alle wissen, was wir zwei hier herinnen treiben?"

Ludwig hatte es nicht gewusst, allerdings geahnt.

„Und" fragte er, „wie spricht man da draußen darüber?"

„Man meint, dass du endlich heiraten solltest."

Da wurde Ludwig souverän und erklärte sehr ehrlich: „Ich weiß. Aber solange ich noch beruflich im Aufbau bin, fühle ich mich nicht reif genug für eine Familie."

Die Sekretärin staunte: „Geht dir wirklich der Beruf über die Familie?"

„Erst wenn ich den Beruf kann, kann ich auch Familie. Ich habe nur 100 % zur Verfügung."

Seufzend stellte die Sekretärin fest: „Du hast ein klares Lebensbild. Dein Vater wäre stolz auf dich."

Die Situation war nun entspannt, Ludwig meinte: „Jetzt wird es Zeit, dass du hinausgehst, sonst werden die unruhig."

„Aber wir haben doch noch gar nicht …"

„Morgen wieder", lächelte er, „heute bin ich zu abgelenkt. Und das ist nicht gut für die Firma."

Die Krise mit der Mutter Ludwig des II. war überwunden. Sie hörten nichts mehr von ihr. Dennoch wurde der Junior von einigen mehr oder weniger großen Krisen gebeutelt. 1982, auf dem Höhepunkt einer Rezession in den USA, verließ ihn die Sekretärin, die er vögelte. Sie heiratete noch dazu einen Mitarbeiter aus der Firma, der beinahe so etwas wie ein Freund Ludwigs war. Noch vor ein paar Jahren wäre der Junior ausgerastet oder zumindest sehr böse gewesen. Vielleicht hätte er sogar mit Konsequenzen geliebäugelt. Er erinnerte sich an sein unprofessionelles Verhalten in der Affäre mit seiner Mutter und beschloss, wenn auch mit verstecktem Grimm, souverän zu sein. Wenn er allerdings sein eigenes Verhalten überprüfte, musste er feststellen, dass er nur das bekam, was er verdiente. Er hatte die sehr tüchtige Sekretärin als Sexobjekt benützt, musste aber entschuldigend eingestehen, dass sie sich auch benützen ließ. Vielleicht hatte sie sich erhofft, einmal die First Lady zu werden. Ihre wiederholten Hinweise, er möge doch endlich heiraten, ließen diesen Schluss zu. Seine immer wieder geäußerte Einstellung, erst heiraten zu wollen, wenn er mit der Firma im Reinen wäre und er die Firma so lange über die Familie stellte, war durchaus angetan, sie zu verscheuchen und einem anderen Mann in die Arme zu treiben. Wenn er sich den

Mann anschaute, mit dem sie sich verehelichte, verstand er allerdings nicht ganz, warum sie sich ihm zugewandt hatte. Ludwig hatte volles dunkelbraunes, welliges Haar, war schlank, groß, er hatte die Figur eines Models. Der Neue hatte stark zurückweichendes Haar, eine gedrungene Figur, trug eine Brille und ob das, was er in der Hose zu bieten hatte, mit dem vergleichbar, worauf Ludwig so stolz war, bezweifelte er. Andrerseits verstand er, dass eine Frau sich vielleicht freute, beim Verkehr einmal nicht verhüten zu müssen, aus Angst, ein Kind zu bekommen. Kam da Neid in Ludwig auf? Er überlegte. Nein, es war nicht gerade Neid, ihm fiel nur ein Wort ein: schade.

Er staunte etwas, als sein Vater ihn ansprach: „Ich habe gehört, die Sekretärin, du weißt schon welche, heiratet."

Hätte der Junior jetzt fragen sollen, welche meinst du? Sinnlos. Offenbar wussten alle alles. Er wusste nur eines nicht: Wohin nun mit seinem Sex!

„Richtest du ihr eine schöne Hochzeit aus?", fragte der Senior weiter. Der Sohn hatte daran gar nicht gedacht. Das auch noch? Aber er nahm die Frage des Vaters als Ratschlag. Wieder wurde er daran erinnert, dass er noch immer am Lernen war. Wie lange noch? Immer wieder bewunderte er seinen Vater, wie selbstverständlich ihm seine Menschlichkeit war. Vermutlich war es der sehr herausfordernde Lebensweg, den er überleben musste. Mir geht es zu gut, tadelte sich Ludwig der II., mein Leben war zu bequem, ich musste keine bedrohlichen Prüfungen bestehen, mein Weg war geebnet, mein einziges Hindernis bin ich selbst. Immer weniger allerdings, denn ich lerne. Diese selbsterkennenden Bezichtigungen fuhren wie Blitze durch sein Gehirn, durch den nachfolgenden leisen Donner gefestigt. Die Hochzeit der Sekretärin richtete er aus, er unterstützte sie finanziell, bezahlte die Blumenarrangements, wollte allerdings nicht übertreiben. Das Gerede hinter seinem Rücken sollte nicht allzu viele Nahrung bekommen. Schlechtes Gewissen und so … Aber er hatte kein schlechtes Gewissen, er hatte sie zu nichts gezwungen, sie hatte keinen Vorteil daraus ervögelt, es war einfach beiderseitiges

Vergnügen. Er liebte es, Dinge abzuschließen, in einem Ordner abzu-
legen und ins Regal seines Lebens zu stellen.

Die Rezession anfangs der 1990er-Jahre hatte die Firma fast unbe-
schadet überlebt. Die Kernfirmen hielten, die Töchter in Nevada und
Arizona auch, nur in Oregon kam eine von den zweien ins Schleu-
dern, die drastische Erhöhung der Zinssätze trieb sie kurzfristig an
den Rand der Insolvenz. Ludwig musste einige finanzielle Um-
schichtungen auf Kreditbasis vornehmen, die aber zwei Jahre später
schon wieder rückgängig gemacht werden konnten.
Dic Filmfirma von C.B. Miller allerdings geriet in Turbulenzen.
Seine Produktionen waren altmodisch, sie hatten die sich immer
mehr ausbreitende Digitalisierung verschlafen, die Themenauswahl
entsprach nicht den 90er-Jahren. Die Filme spielten Verluste ein, die
Millers Reserven auffraßen. Miller selbst litt persönlich sehr unter
diesem Niedergang. Er musste sein Imperium an eine japanische
Firma verkaufen. Der Erlös reichte, um die Schulden zu tilgen. Miller hatte für ein ausreichendes Privatvermögen gesorgt, er hätte einem sorgenfreien Lebensabend entgegensehen können. Seine sin-
kende Bedeutung zeigte ihm auch, wer seine wirklichen Freunde
waren, nämlich niemand. Fast. Denn Ludwig der I., der ihm so viel
verdankte, kümmerte sich um ihn. Er besuchte ihn fast jeden Tag in
seiner Villa, dann im Spital, als Miller immer schwächer wurde.
„Die Firma war meine Stabilität", erklärte er, „ohne Stabilität bin ich
ein zum Sterben verurteilter Haufen Krankheiten."
Ludwig der I. korrigierte ihn: „Zum Sterben verurteilt ist jeder
Mensch. Da bist du nicht der Einzige."
Es half nichts. Miller hatte seine Lebensstütze verloren. Er war vier-
mal verheiratet. Seine letzte Frau, so erkannte Ludwig bald, wartete
nur auf den Tod ihres Gatten. Er war 85, sie 35 Jahre alt. Sie beklagte
immer öfter die hohen Kosten, die durch Millers Aufenthalt im Pri-
vatspital anfielen. Da ihr Gatte ja nun keine Einkünfte mehr hatte,
zehrte das alles von ihrem Erbe. Zudem hatte er ihr verschwiegen,
dass da auch noch drei Kinder waren, alle drei schon über 50 Jahre

alt. Zuletzt blieb dem C.B. nur noch Ludwig, der den einstigen Mogul schwinden und schließlich sterben sehen musste. Im Kreise seiner Familie ist er sanft eingeschlafen, stand in den Zeitungen. Das mit sanft stimmte, aber der Kreis der Familie beschränkte sich auf Ludwig den I. Nicht einmal seine Frau war da, sie hatte einen Termin beim Anwalt.

Für Ludwig den I. war Millers Tod ein Signal dafür, dass auch für ihn jetzt eine der gefürchteten Alterserscheinungen begann: Es starben die Freunde und Wegbegleiter weg. In Sacramento hatte er sich wohlweislich einen neuen Freundeskreis erschlossen. Sie waren regierungsnahe angesiedelt und berieten sogar manchmal den Kreis um den Gouverneur (Pete Wilson), der ein Republikaner war, was Ludwig nicht so sehr gefiel. Er lebte manchmal schon mehr in der Hauptstadt als in L.A., was seinen Sohn auf den Verdacht brachte, ob da nicht in Sacramento auch etwas Privates verborgen war.

Einmal wagte er sogar eine Frage, die eher eine Feststellung war:
„Papa, du bist verdächtig oft in Sacramento!"
Der Senior schaute verwundert: „Was ist daran verdächtig?"
Der Junior fragte nicht weiter, die Art, wie ihm sein Vater geantwortet hatte, interpretierte er als alles Mögliche, nur nicht als Verschleierung einer Privatsache.

Um der Wahrheit die Ehre zu geben: Da war auch nichts. Ludwig der I. hatte eine Edelnutte, die ihm aus Regierungskreisen gleichsam zur Verfügung gestellt wurde. Der Sohn hätte weniger an Privates, sondern an die Regierungsnähe seines Vaters denken sollen. Das hielt der I. wirklich geheim, aber nicht, um etwas Unrechtmäßiges zu verschleiern, sondern um die Unwichtigkeit, die nicht einmal den Status einer Funktion hatte, als das zu behandeln, was es für die anderen zu sein hatte, unwichtig.

Ludwig der II. hatte sein Imperium mittlerweile beinahe zum Monopolisten in den USA ausgebaut. Die Standorte aber beschränkten sich auf die Nachbarstaaten von Kalifornien Nevada, Arizona und Oregon. Ein Angebot, auch im südlich angrenzenden Mexiko eine

Tochterfirma zu errichten ließ er überprüfen, besprach es sogar mit seinem Vater, wog die Argumente sorgsam ab und ließ das Projekt sterben. Zu unsicher war vor allem die Grenzsituation, zu kompliziert die arbeitsrechtliche Eingliederung. Er ertappte sich dabei, die Vorsicht und die Vernunft seines Vaters walten zu lassen. Das trug ihm allerdings auch kritische Anmerkungen aus der Firma ein. Einige Sub-Direktoren waren der Meinung, die Firma werfe Gewinne ab, die investiert gehörten. Ludwig der II. hielt dagegen, dass er an eine weitere Expansion nicht denke und Investitionen derzeit nicht notwendig wären. Die Firma erzeuge und liefere genau das, was der Markt von ihr verlangte. Die Konkurrenten waren aus dem Weg geräumt, aufgeschnupft oder gekauft, auch stillgelegt, was eben im jeweiligen Fall vernünftig war. Vernünftig war das Stichwort, dem alles zu dienen hatte.

Sein Privatleben erfuhr allerdings eine Expansion. Eine der Tochterfirmen in Carson City, Nevada, florierte besonders, was das Verdienst des dortigen Chefs war, der, wie man so sagte, ein goldenes Händchen hatte und in seinem Rahmen einen Erfolg nach dem anderen einfuhr. Der Mann hieß James A. Salinger. Das A. stand für Albert. Gemeinhin war er Jim Salinger. Salinger war 61 Jahre alt und verheiratet, bisher mit nur einer Frau, die gleich alt war wie er und sehr im Hintergrund lebte. Bemerkenswert an der Familie war für Ludwig die Tochter Kimberly Dalton. Der andere Name kam daher, dass sie schon einmal mit einem David Dalton verheiratet war. Dalton, die Person und der Name waren ihr zuwider geworden. Sagte man. Man sagte auch, dass der Sex mit ihr nicht geklappt hat. Dalton musste sich nachsagen lassen, angesichts der attraktiven Frau impotent zu sein. Nach der Scheidung nannte sie sich wieder Kimberly Salinger. Ludwig störte alles Gerede nicht, ihm gefiel die Frau. Er war 51 Jahre alt, Kimberly, allgemein Kim genannt, 35. Da sich ihres Vaters Gattin nicht in die Firmengeschäfte einmischte, arbeitete Kim kräftig und erfolgreich mit. Ihr Vater Jim sagte sogar: „Ohne Kim wäre ich nicht so erfolgreich."

Kim gefiel Ludwig. Ihr burschikoses Wesen, ihre zupackende Art, ihr sportliches Aussehen, all das macht ihn geil, wie er es treffend nannte. Bald fanden sie sich im Bett und trieben einen sehr zweckdienlichen Sex miteinander. Sie war zufrieden, er war zufrieden.

Beide waren sie Arbeitstiere. Im Herbst 1999 heirateten sie. Es war eine erstaunlich sachliche Hochzeit, die eher aussah wie ein Vertragsabschluss. Vater Ludwig der I. wurde gleichsam überrumpelt mit der Nachricht. Er ließ seine Verbindungen spielen und holte über die Salingers Erkundigungen ein, die ihn zufriedenstellten.

„Ich glaube, da hast du einen guten Fang gemacht", lobte er seinen Sohn. „Verzeih die indiskrete Frage: Liebst du sie?"

Da zögerte der Sohn, weil es sich seiner eigenen Gefühle nicht sicher war.

„Ja", sagte er, „es ist eine große Zuneigung."

„Hat schon einer von euch beiden gesagt, ich liebe dich?"

Der Junior lachte – sie sprachen wie immer deutsch – und meinte: „Papa, ich bin über 50, sie ist über 30, wir sind beide über den Kitsch hinaus."

Das mit dem Kitsch störte den Senior ein wenig. Er erinnerte sich, wie verliebt er seinerzeit in seine Ursula, in die Jussi war, der er nicht oft genug sagen konnte, wie sehr er sie liebte. Er konnte sich allerdings nicht als Vorbild für eine erfolgreiche Ehe bezeichnen, auch wenn er keine Schuld bei sich selbst ortete. Die Entwicklung seiner Jussi war auf die schiefgelaufene Schauspielkarriere zurückzuführen. Ein wenig war da wohl sein verstorbener Freund C.B.Miller mitverantwortlich, der ihr eine Filmrolle gab, die falsche Hoffnungen in ihr geweckt hatte. Andrerseits konnte er sich nicht vorstellen, dass jeder angehende Schauspieler, der nicht sofort Erfolg hat, gleich in Alkoholismus und Drogenkonsum abrutschte. Egal, das war Schnee von gestern. Jetzt ging es um seinen Sohn und die ihm zugeneigte Kim Salinger. Die Salingers waren eine einwandfreie Familie, Kim Salinger eine Frau, die auch ihm gefallen würde. Ein wenig zu burschikos fand er sie, aber sie war ja auch kein Mädchen mehr, sondern eine

Frau, die sogar schon eine kurze Ehe hinter sich hatte. Er konnte sie also auch als reif bezeichnen.

Das war die neue Familienordnung. Ludwig der I. pendelte zwischen daheim und Sacramento. Ludwig der II. hatte seine Wohnung in der väterlichen Villa, arbeitete in der Zentrale in L.A. und pendelte, so oft es ging, nach Carson City, wo seine Frau Kim immer noch in Vater Jims Firma kräftig mitmischte. Mit dem Auto war es zu weit, es waren doch fast 500 Meilen, die Flugzeit hingegen betrug knappe zwei Stunden. Jetzt wurde im Junior die Frage nach einem eigenen Flugzeug virulent. Aber wieder stoppte der Vater das Unternehmen, indem er dem Sohn vorrechnete, welche Kosten da anfielen. Es blieb dabei: Martin fuhr ihn zum Flughafen, und da Ludwig längst den VIP-Status genoss, ging mit den Flügen alles sehr schnell. In Carson City holte ihn ein dortiger Firmenwagen ab und brachte ihn in die Firma oder in die Salinger-Villa. Seine Frau Kim war ihm genau die Partnerin, die er wollte, und er hatte sie laut eigener Aussage nicht dauernd am Hals.

„Eine Zweckehe?", mutmaßte der Vater.

Der Sohn stimmte zu: „Eine Zweckehe, allerdings mit einem sehr befriedigenden Zweck."

Das musste der Vater akzeptieren, schließlich hatte er nicht einmal das zu bieten.

Den Übergang in das nächste Jahrtausend schaffte die Firma ohne die vorausgesagten Computer-Pannen. Sie hatten von allem ein Back-up angelegt und waren für den Fall des Falles in Sicherheit. Ludwig der II. lebte seine Stopp and Go – Ehe, Kim, die nach wie vor Salinger hieß, war zufrieden mit diesem Arrangement. Ludwig der I. allerdings wagte mit seinen mittlerweile 84 Jahren doch noch den Schritt in die Politik. Er war längst befreundet mit dem seit 2003 neuen Gouverneur, mit dem er sogar deutsch sprechen konnte, und etablierte sich als Berater in Wirtschaftsfragen. Der Gouverneur war zwar ein Republikaner, was Ludwig bei anderen gestört hatte. Aber hier siegte die Freundschaft über das politische

Gewissen. Ludwig der II. sah das nicht sehr gern, seine Frau Kim war eine militante Demokratin. Diese Konstellation führte zu einigen Diskussionen, die sich sogar in Streitigkeiten auswuchsen. Beide aber fühlten sich ihrer Arbeit und einander verpflichtet, also ließen sie die politischen Debatten bald ruhen.

Das Problem löste sich allerdings auch auf eine sehr traurige Art. Ende des Jahres 2004 wurde Ludwig der I. plötzlich krank. Die Ärzte sagten, er sei verbraucht. Seine Kräfte seien aufgezehrt. Seine Organe, allen voran sein Herz, spielten nicht mehr mit. Sie brachten ihn nach Hause in die Highrider-Villa, wo die mittlerweile 90-jährige Mattiwilda Hobbs ihn liebevoll pflegte. Sie war noch rüstig, ging ohne Stock und hatte auch sonst keine Behinderung. Sie hatte nur den einen Wunsch, ihren Wohltäter, wie sie sagte, hinüber begleiten zu dürfen. Das tat sie mit einer Hingabe, die unfassbar rührend war. Der Patient, der immer schwächer wurde, war ihr dankbar.

„Jetzt weiß ich, warum ich dich vor über 50 Jahren aufgenommen habe."

Sie schmollte: „Erst jetzt weißt du das?"

Er lächelte: „Du warst die erste richtige Entscheidung, die ich nach meiner Ankunft an meiner Endstation getroffen habe. Ich bin stolz auf dich!"

„Warum bist du stolz auf mich?"

„Weil du mir jetzt den endgültigen Beweis bringst, dass meine Entscheidung richtig war. Und wichtig."

Mrs. Hobbs wollte der Logik ihres Chefs gar nicht folgen. Sie wusste, dass die Pflege des Alten ihre letzte Tat für ihn sein würde. Ludwig hatte für sie gesorgt.

Ein paar Tage später starb er. In der Nacht. Schlief einfach ein und wachte nicht mehr auf. Sein Herz war stehen geblieben.

Sein Sohn saß, bevor der Leichnam abgeholt wurde, an seinem Totenbett. Welch ein Schicksal lag da vor ihm so friedlich, als wäre nichts gewesen. Keine Armut, kein Krieg, keine Gefangenschaft, kein Steve, kein Neuanfang in Amerika. Ludwig der II. weinte. Ein

Mensch wie sein Vater hätte nicht sterben dürfen. Solche Menschen wurden gebraucht.

Es war ein großes Begräbnis. Erst als alle Feierlichkeiten vorbei waren, erfüllte der II. seines Vaters testamentarischem Wunsch: Einäscherung. Den zweiten Wunsch wollte er später erfüllen: Die Beisetzung in seiner Heimatstadt Wels.

8. Ludwig II. allein

Die Jahre gingen dahin. Die Firma lief, alles hatte seinen geordneten Lauf.

Um Ludwig den II. wurde es stiller. Mrs. Hobbs übersiedelte in die Seniorenresidenz, die ihr noch der I. eingerichtet hatte. Sie war versorgt auf Lebenszeit. Auch der Chauffeur Martin bat um seine Entlassung aus Altersgründen, wie er sagte. Er fühle sich beim Autofahren nicht mehr sicher. Und bevor etwas passiert … Ludwig der II. der ja nun eigentlich der einzige Ludwig war, sorgte auch für ihn. Da war wieder einmal der Vater das Vorbild. Einen eigenen Chauffeur wollte er nicht mehr engagieren, er begnügte sich mit einem aus der Firmenflotte. Mrs. Hobbs allerdings war unersetzbar. Die Highrider-Villa verwaiste. Er stellte zwar eine Haushälterin an, wieder eine Schwarze namens Hulda Bumby, die sich selbst gemeldet hatte. Ludwig vermutete, dass Mrs. Hobbs dahintersteckte. Sie hatte nichts anderes zu tun, als das Haus in Schuss zu halten. Ludwig wohnte zumeist in seiner Dienstwohnung in der Zentrale. Und wenn nicht, dann bei den Salingers in Carson City. Er überlegte wieder, ob bei der hohen Zahl der Hin- und Her-Flüge nicht dich ein eigener Privat-Jet sinnvoll wäre. Jetzt redete der Vater nicht mehr drein, der Sohn fühlte sich aber dessen Gegenargumenten weiterhin verpflichtet.

Er wich von der Firmenphilosophie seines Vaters ab, indem er den Tochterfirmen mehr Autonomie gewährte, allerdings immer unter strenger Berichtspflicht an die Zentrale. Aber auch dort lockerte er die Zügel, setzte einen Prokurator ein, der schon viele Jahre in der Firma eine leitende Funktion hatte. Er hieß Allan Laddy, war gleichalt wie Ludwig und hatte bis zu einer genau festgelegten Projektgröße das Entscheidungsrecht. Ludwig schaufelte sich so frei für sein kompliziertes Privatleben.

Ludwig wollte immer mehr ein Kind. Der oftmalige erfreuliche, erfüllende und befriedigende Kontakt mit seiner Kim war dazu angetan, ihm diesen Wunsch zu erfüllen. Aber es funktionierte nicht. Zuerst dachte sich Ludwig nichts dabei. Es war nicht das erste Mal, dass es bei einem Ehepaar nicht sofort auf Anhieb klappte. Er fragte Kim, ob sie Verhütungsmaßnahmen ergriffen hätte. Sie schwor, nein. Aber sie wurde weiterhin nicht und nicht schwanger. Ludwig dachte, dass sie langsam in das Alter käme, in dem es höchste Zeit ist für ein Kind. Auch sie wusste das, sie besprachen es auch. Ludwig ließ sein Sperma untersuchen, es war einwandfrei. Er riet auch Kim, sich untersuchen zu lassen. Sie erzählte Ludwig von den therapeutischen Sitzungen und den Übungen, die sie machte. Die Ärztin habe gesagt, es könne ein bis zwei Jahre dauern, bis die Therapie zum gewünschten Erfolg führe. Ludwig gab sich zufrieden, die Aussichten schienen gut zu sein. Währenddessen mussten sie auch die Häufigkeit ihrer sexuellen Kontakte stark einschränken, was Ludwig gleichsam auf freier Wildbahn ausglich. Wie schon einst seinem Vater standen auch ihm einige unbefriedigte Gattinnen zur Verfügung. Die Geheimhaltung war auf beiden Seiten garantiert. Sein Vater hatte zu diesem Zweck ein Dauerapartment in einem Hotel gemietet. Der Sohn aktivierte in seiner Villa den Hintereingang, den in seiner Jugend seine Freundinnen benützten und durch den seine Damen jetzt ungesehen aus- und ein-huschen konnten. Hulda, die Haushälterin, war eingeweiht und sah fast eine Art Sport darin, diese Geheimtreffen organisierend zu betreuen. Ludwig aber war auf die Dauer nicht glücklich über diesen Zustand, er wollte nach wie vor ein Kind von seiner Kim haben.

So lebten sie ein wenig kompliziert. Kim arbeitete in der Tochterfirma ihres Vaters, ihre Mutter diente ihrem Mann Jim Salinger, wenn es zu repräsentieren galt und war ihre eigene Haushälterin. Kim berichtete, wenn sie gefragt wurde, von ihrer Therapie, während Ludwig seine drei Lebensorte abklapperte, die Zentrale, die Villa und Carson City. Er hatte also zu tun.

Bei einem seiner Aufenthalte bei Salingers war Kim noch nicht da, sie wurde in der Firma aufgehalten. Ludwig plauderte einstweilen mit der Mutter, die dafür, dass sie sich so der Öffentlichkeit verweigerte eine sehr gute, sehr gebildete Gesellschafterin war. Den Kaffee machte und servierte sie selbst, bot ihm auch selbst gebackene Kekse an und war eine charmante, angenehme Plauderin. Und sie liebte ihre Tochter.

„Das Mädel ist sehr tüchtig, ich bewundere sie. Sie hilft dem Jim sehr!"

Das Mädel ist immerhin fast 36 Jahre alt, dachte Ludwig, sagte aber natürlich nichts.

Sie sprachen über Ludwigs Vater. Die Mutter, er musste sie Daisy nennen, ein alberner Name, fand er, kannte die Familie Cameron in Seattle. Ludwig wusste zuerst nicht, wovon sie sprach.

„Die Camerons mit ihrem unglücklich Sohn Steve."

Jetzt erinnerte sich Ludwig, die schwule Geschichte seines Vaters.

„Tragisch", sagte Daisy, „wie der Bub enden musste. Selbstmord. Grausig! Weil dein Vater ihn verlassen hat."

Ludwig versuchte eine Verteidigung: „Er musste sich nicht umbringen. Die Sache wäre sowieso nicht gut gegangen."

„Warum nicht?", fragte Daisy unbefangen.

„Weil mein Vater nicht schwul war. Ich bin der lebende Beweis dafür."

„Ach", antwortete sie fast wegwerfend, „das sagt gar nichts. Es sind schon genügend Kinder aus den verrücktesten Ehen herausgekommen."

„Was meinst du damit?"

Ludwig fand es höchst unpassend, dass sie seinen Vater als schwul darstellte.

Sie aber blieb freundlich wegwerfend: „Ich bitte dich, das ist doch alles ganz normal. Hast du was gegen Homosexuelle?"

„Um Gottes Willen, nein!"

„Noch einmal: Homosexualität ist genauso normal wie Linkshänder, Brillenträger, verschiedene Körpergröße …"

Nun lachte Ludwig: „Daisy, du musst mir Homosexuelle nicht verteidigen. Ich sage ja nur, und das ganz wertfrei, dass mein Vater nicht schwul war. Alles andere ist doch selbstverständlich."

„Wie du meinst", antwortete sie, „noch etwas Kaffee?"

Da stürmte Kim in das Salinger-Wohnzimmer.

„Hallo", rief sie munter und fröhlich.

„Wir haben soeben von dir gesprochen", meldete die Mutter.

„Eigentlich von meinem Vater", korrigierte Ludwig, sagte es aber nicht unhöflich.

„Ach ja?", tat Kim die Sache ab und fragte die Mutter: „Darf ich dir deinen Gast entführen?"

Die Mutter nickte: „Lass nur, ich räume das Geschirr schon weg."

Kim und Ludwig gingen in den Teil der Villa, den sie bewohnte. Er rechnete mit einem baldigen sexuellen Vorspiel. Sie aber wollte ihm, wie sie lächelnd betonte, vorher etwas anderes erzählen.

„Mein Vater will dir einen geschäftlichen Vorschlag machen. Darum habe ich mich verspätet."

Ludwig war nur mäßig neugierig. Sie aber strahlte Begeisterung aus. Jetzt war sie bereit zu privatem Tun, wobei das Angenehme war, dass sich ihre Begeisterung in ihrem Sexspiel fortsetzte. Ludwig war sehr glücklich, wie immer mit ihr. Und er hoffte, wie in der letzten Zeit immer, vielleicht gelingt das Kind diesmal. Aber sie sprachen nicht darüber.

Vor dem Abendessen traf auch Vater Jim Salinger ein, zog sich um in bequeme Kleidung und bat Ludwig und Kim zu einem kleinen Nachmittagsdrink.

„Hast du es Ludwig schon erzählt?", fragte er seine Tochter.

Ludwig wusste im ersten Moment nicht, wovon sie ihm hätte erzählen sollen.

Sie antwortete munter: „Nein, ich habe ihm was angedeutet, aber die Details sollst du berichten."

Jetzt klickte es auch bei Ludwig, da lauerte ein geschäftlicher Vorschlag.

Es ging um den Zukauf einer anderen Firma in Henderson, die durch Missmanagement in Turbulenzen geraten und nun gleichsam als Schnäppchen zu haben war.

„Henderson?", fragte Ludwig. „Ist das die Stadt mit dem schweren Chemieunfall?"

Jim nickte: „Ja. 1988. Zwei Tote und über 300 Verletzte. Unsere Firma war nicht betroffen."

„Du sagst schon unsere Firma", bemerkte Ludwig lächelnd. „Kannst du's finanzieren?"

„Zu 70 %", erklärte Jim, „aber ich rechne damit, dass die Zentrale den Rest zuschießt."

Sie gingen in die Details. Jim legte Ludwig Unterlagen vor, Beurteilungen zweier Rating-Firmen, Unterlagen der Haupt-Bank der Firma, alles in allem schien es sich um ein Unternehmen zu handeln, das bei seriöser Verwaltung wieder gesund zu machen war. Das Management musste ausgetauscht werden. Bei guter Verwaltung würde die Firma die 30 % Zuschuss seitens der Zentrale in drei bis vier Jahren selbst erwirtschaften und zurückzahlen können. Ludwig studierte die Unterlagen vor allem in Hinblick auf Vollständigkeit und Aussagekraft. Die Entscheidung wollte er nach Rücksprache mit seiner Crew in der Zentrale treffen.

Als er das verkündete, kam es beinahe zu einem Zerwürfnis.

Kim war diejenige, die sauer reagierte: „Was heißt Zentrale. Vertraust du uns nicht? Die Unterlagen sind doch eindeutig, oder?"

Ihr Vater Jim versuchte zu beruhigen: „Kim, Liebling, das ist nun einmal so. Die Zentrale ist in L.A. und Ludwig ist nun einmal der Chef."

„Und er ist der Mann, der mit mir verheiratet ist, der mit mir schläft und der mich nun dastehen lässt wie eine Anfängerin."

Jetzt brachte sich auch Ludwig ein: „Es muss dir aber schon klar sein, dass das eine mit dem anderen nichts zu tun hat. Meine Firmenentscheidungen sind nicht an den Sex mit dir gebunden. Und schon gar nicht, wenn der Sex so befriedigend, aber auch so erfolglos ist."

Er wusste sofort, dass er den letzten Satz nicht hätte sagen sollen. Aber nun war er heraus, und er stimmte ja sogar.

Kim war auf Tausend: „Du verknüpfst es aber schon, wenn du die Erfolgsaussichten des Deals an der Erfolglosigkeit unseres Sex misst."

Nun fuhr Jim in die hitzige Debatte: „Schluss jetzt. Kim, dir ist hoffentlich klar, dass du da Kraut und Rüben durcheinandermischst. Ludwig hat alle Unterlagen, er wird sie in der Zentrale mit seinen Direktoren prüfen. Er ist der Chef. Und aus."

„Und er ist mein Mann. Und aus!"

Mit diesen finalen Worten verließ sie das Speisezimmer, ohne einen Bissen angerührt zu haben.

Ludwig hatte Hunger und widmete sich schweigend dem sehr guten Essen.

„Du hast Nerven", bewunderte ihn Daisy, „soeben ist deine Gemahlin abgedampft."

Achselzuckend meinte Ludwig: „Wenn ich jetzt dieses wunderbare Essen, das du gekocht hast, stehen lasse und meine Gattin eine Türe zudrischt, ändert das nichts an meiner Vorgangsweise."

Zu Jim gewandt sagte er: „Die Sache gefällt mir übrigens sehr gut. Wenn es nach mir geht, werden wir es machen. Aber ich halte mich auch als Chef an die von mir selbst eingeführten Abläufe. – Genau genommen sind es ja noch die Abläufe meines Vaters. Er hat immer gesagt, hör dir möglichst viele Meinungen an, erst dann triff die Entscheidung. Wie schnell muss ich entscheiden?"

„Die Bank hat uns drei Wochen gegeben."

„Wunderbar. Das reicht."

Kim ließ sich nicht mehr blicken. Ludwig wunderte sich, wie sehr ihn das nicht sonderlich störte. Er verbrachte einen sehr gemütlichen Abend mit Daisy und Jim. Auch die beiden hatten sich ihre positive Laune durch den Krawall, den ihre Tochter gemacht hatte, nicht verderben lassen. Auch das erstaunte Ludwig. Kim schien, was Zuneigung und Empathie betraf, ein eigener Fall zu sein.

Als er nach einigen Whiskys in das gemeinsame Schlafzimmer kam, lag sie schon im Bett. Er wollte sie küssen, da sage sie nur: „Pfui, du stinkst!" und drehte sich weg.

Wieder wunderte sich Ludwig, dass ihm in der Situation nichts anderes einfiel als Achselzucken, und hätte er etwas gesagt, hätte es gelautet: Auch gut.

Ludwig flog wieder nach Los Angeles. Er verbrachte nach den unerfreulichen Ereignissen mit Kim eine Nacht in der Villa und ließ sich verwöhnen. Erst am nächsten Tag begab er sich in die Zentrale und berief eine Sitzung ein, an der alle Bereichsdirektoren teilnahmen. Nach drei Tagen waren sie alle beisammen. Auch Jim Salinger war angereist.

Ludwig fragte ihn knapp vor Sitzungsbeginn: „Wie gehts meiner holden Gattin?"

„Sie dürfte sich wieder beruhigt haben."

„Genauer weißt du es nicht? Lässt sie mich wenigstens grüßen?"

„Natürlich. Aber sie hat sich in der Firma verkrochen. Oder sonst wo."

Ludwig staunte: „Wo sonst?"

Jim wurde ungeduldig: „Ich weiß es nicht. Frag sie selbst!"

Alle hatten im Sitzungssaal Platz genommen. Ludwig legte jedem die kopierten Unterlagen vor, bat, sie zu studieren und dann die Meinung abzugeben.

Nach einer Stunde kamen sie wieder zusammen.

Gleich die erste Anmerkung war bemerkenswert. Einer der Direktoren aus Nevada fragte: „Wird jetzt die Verwandtschaft des Chefs bevorzugt?"

Die Frage hatte Ludwig erwartet, er war nur erstaunt, dass die ganze Besprechung mit diesem Thema beginnen musste. Aber er fand sich nicht in der Defensive.

„Anstatt der eigenartigen Frage erwarte ich mir von Ihnen, von euch auch Vorschläge. Ein guter Vorschlag ist gut, auch wenn ich nicht mit dem Vorschlagenden verschwägert bin."

„Gut zu wissen", murmelte einer aus Oregon, „da hätte ich nämlich auch ein Schnäppchen in meiner Gegend."

Ludwig deutete auf die vorliegenden Unterlagen: „Ein Muster, wie ich mir einen Vorschlag vorstelle, habt ihr vor euch liegen. Danke Jim! Und keiner von euch muss mich heiraten."

Einem der Direktoren aus Kalifornien wurde es etwas zu unernst: „Können wir die Verwandtschaftssachen beenden? Mir gefällt der Henderson-Vorschlag sehr gut."

Ludwig nickte zufrieden: „Bevor wir eine Abstimmung machen, möchte ich noch eure Einzelmeinungen hören."

„Ganz der Vater", murmelte einer.

Ludwig, der das gehört hatte, antwortete: „Es ist mir eine Ehre, mit meinem Vater gleichgestellt zu werden."

Alle applaudierten.

„Dennoch" lenkte der Chef wieder ein, „kommen wir zu einem Ergebnis. Wir haben auch noch Zeit, wenn jemand überlegen will."

Der Direktor aus Nevada, der die Verwandtschaft ins Spiel gebracht hatte, ergriff wieder das Wort: „Meiner Meinung nach sind die Unterlagen einwandfrei."

Die meisten Anwesenden nickten zustimmend. Ludwig sah das.

„Ok, einige von Ihnen wollen noch überlegen. Morgen um die gleiche Zeit."

Schwiegervater Jim Salinger nächtigte als Ludwigs Gast in der Highrider-Villa.

Am Abend nach einem köstlich von Hulda zubereiteten und servierten Mahl saßen sie im Wohnzimmer in den tiefen Fauteuils und tranken Whisky sehr mit Maßen, beide waren mit Alkohol zurückhaltend. Sie sprachen Allgemeines, plauderten.

Dann stellte Jim Salinger eine seltsame Frage: „Ludwig, ganz ehrlich, was hältst du von meiner Tochter?"

Ludwig war so verblüfft, dass er kopfschüttelnd keine Antwort wusste.

Jim insistierte: „Hast du dir keine Meinung über sie gebildet?"

Achselzuckend sagte der Gefragte: „Sie ist meine Frau."

Und als er nicht weiterredete, sagte Jim: „Und da muss man keine Meinung haben. Meinst du das?"

„Natürlich habe ich eine Meinung", beeilte sich Ludwig, „worauf willst du mit deiner Frage hinaus? Ich finde sie nämlich etwas eigenartig."

„Du willst ein Kind von ihr."

„Ja."

„Und es funktioniert nicht."

„Leider. Bei mir haben die Ärzte keinen Fehler festgestellt. Und Kim macht eine Therapie.

Jim nickte nachdenklich: „Eine Therapie."

Ludwig wurde ungeduldig: „Sagte ich doch, eine Therapie."

„Und?"

„Was und?"

„Glaubst du daran?"

„Ja. Solange ihre Ärzte nichts anderes sagen, ja."

„Ihre Ärzte."

Jetzt ärgerte sich Ludwig langsam: „Ein wenig nervt es schon, wenn du immer wiederholst, was ich sage. Ist was? Willst du mir etwas sagen?"

„Nein, nein. Ich mache mir halt Sorgen um euch."

Ludwig nahm zur Kenntnis, dass das Gespräch nichts brachte, außer Ärger, also knüpfte er an die erste Frage an.

„Du hast mich gefragt, was ich von Kim halte. Sie ist sehr tüchtig, sehr selbstbewusst, sehr zielstrebig – und ich habe sie sehr gern. Im Beruf würde ich manchem Mann ihr Auftreten wünschen."

Jim Salinger sagte nichts mehr.

Am nächsten Tag fand die zweite Sitzung zum Thema Henderson statt. Drei der Direktoren hatten die Unterlagen ihren leitenden Mitarbeitern gefaxt und ausnahmslos positive Antworten erhalten. Die einzige Frage, die offen stand, war die nach der neuen Führung. Die aber wollte Ludwig in Carson City besprechen und dann vorschlagen. Er machte allerdings darauf aufmerksam, dass die Letztentscheidung bei ihm lag. Die Sache war also beschlossen.

Jim und Ludwig reisten zusammen nach Carson City, um dort die nötigen Schritte zu tun.

Noch am selben Tag wies Jim die Firmenanwälte an, den Kauf in die Wege zu leiten, die Verträge auszuarbeiten und was halt sonst noch juridisch anfiel. Kim war begeistert und legte sich sehr ins Zeug, um die Sache voranzutreiben.

Ludwig wollte so lange in Carson City bleiben, bis alles unter Dach und Fach war. Das bedeutete auch ein enges und mehrmaliges Zusammensein mit seiner Frau. Er genoss es und hatte den Eindruck, dass Kim besonders lieb zu ihm war.

Dennoch blieb es ihm nicht erspart, die Frage der Leitung für die zugekaufte Firma anzugehen.

Er sprach mit Jim Salinger darüber, Kim war ebenfalls anwesend.

Ludwig war sehr jovial aufgelegt: „Jim, du hast den Deal eingefädelt, daher gebe ich dir auch das erste Vorschlagsrecht für die neue Leitung."

Vorsichtig fragte Jim: „Und wenn dir mein Vorschlag nicht gefällt?"

Achselzuckend und lachend antwortete Ludwig: „Dann wird es eben jemand anderer. Ganz einfach. Also. Hast du schon wen?"

Ludwig hatte bis jetzt nicht bemerkt, dass auf der Seite der Salingers die Spannung gestiegen war. Erst jetzt, als Jim Salinger ernst vor sich hinstarrte und Kim ihren Vater höchst gespannt anschaute, ahnte er das, was dann auch kam.

Jim sagte nur: „Ich schlage Kimberly Salinger vor."

Ludwig war baff und hinterfragte: „Deine Tochter."

Jim sagte nichts, er nickte lediglich.

Kim schaute nur starr.

Ludwig hatte den Eindruck, dass der Vater den Vorschlag unter Druck machte.

Aber welcher Druck?

Ludwig tat so, als ignoriere er alle Gedanken, die er im Augenblick hatte: „Heißt das, das ich jetzt immer zu meiner Frau nach Henderson fliegen muss?"

Sehr cool erklärte Kim: „Der Flughafen ist San Francisco. Und deine Flugzeit wäre kürzer als nach Carson City."

Ludwig lächelte: „Alle Achtung, Jim, das habt ihr ja ganz schön ausgedealt."

Seine Frau schaute nur gespannt, während Jim neutral vor sich hin glotzte.

Tief Luft holend, sagte Ludwig: „Aber irgendwie gefällt mir die Sache nicht. Meine Frau als Firmenleiterin …"

Der Vater fiel ihm ins Wort: „Jetzt vermischst aber du eine Firmenentscheidung mit deinem Privatleben."

„Ja", sagte Ludwig sehr bestimmt, „immerhin geht es auch um mich, meine Ehe und meine Familie. Ich habe die Hoffnung noch nicht aufgegeben. Kim steckt mitten in der Therapie und tut das nur, weil sie dasselbe will wie ich: ein Kind."

Der Vater war erstarrt.

Und Kim? Sie hatte sich total verändert und zischte: „Du machst also mein berufliches Fortkommen zunichte wegen dieses Scheiß-Kindes! Familie! Sonst bist du beinhart. Aber wenn es um mich geht, bist du ein Opportunist und ein Weichei."

Sie sprang auf und rannte in Richtung Türe.

Ludwig rief sie zurück: „Kim! Stopp!"

Leise fragte er sie: „Hast du gesagt Scheiß-Kind?"

Sie sagte nichts, sondern rannte hinaus. Die Türe ließ sich nicht zuknallen, da sie einen Stopper hatte. Es entrang sich ihr nur ein leises pffff.

Jim und Ludwig saßen nun stumm da, bis Ludwig fragte: „Und du, Jim, sagst gar nichts?"

Der Vater seufzte tief: „Ich fürchte, in der Angelegenheit ist alles gesagt."

Ludwig wurde jetzt, wie seine Frau es genannt hatte, beinhart: „Ich reise jetzt ab. In die Zentrale. Über meine weiteren Schritte werde ich dich informieren."

„Und Kim?", Jims Frage kam sehr zaghaft.

Ludwig war schon im Gehen: „Ich habe gesagt, ich werde dich informieren. Präzise genug?"

Er wartete eine Antwort nicht ab, sondern ging.

Er ging aber nicht als erstes in die Zentrale, sondern verkroch sich in seiner Villa. Es war ein Verkriechen. Schmerzhaft wurde ihm bewusst, dass er niemand hatte, mit dem er sich aussprechen, vielleicht sogar ausweinen konnte. Er wanderte durch das weitläufige und nun sehr stille Haus. Laut war es ja nie, aber so still war es auch nie. Hinter der Villa war ein ziemlich großer Garten, den sein Vater von einem Gartenarchitekten hatte anlegen lassen. Jetzt wurde er einmal pro Woche von einem Gärtner betreut. Es war immer dieselbe Firma, aber schon die dritte Generation Gärtner. Ludwig der I. hatte einige Bäume setzen lassen, die ihn an daheim erinnern sollten. Eine Eiche, eine Buche, eine Tanne, eine Fichte, einen Fliederstrauch, zwei Rosenstöcke und ein Tulpenbeet, das ihm immer, wenn Tulpenzeit war, große Freude bereitete. Die Bäume waren nie richtig gediehen, weil sie das Klima in L.A. nicht vertrugen. Hier wären Palmen besser gewesen. Ludwig der II. sprach das erste Mal mit dem derzeitigen Gärtner, der meinte, es ließe sich schon einiges besser machen in dem Garten und machte Vorschläge. Da dämmerte Ludwig zum ersten Mal, dass er nicht wusste, wofür er planen sollte. Für sich?

Er besuchte die steinalte Mattiwilda Hobbs, die noch immer in ihrem Seniorenheim lebte und erstaunlich geistig hell und rüstig war. Sie war über 90 Jahre alt und nicht mehr so rund wie früher und sie rühmte sich, fast alle Wege ohne Rollator bewältigen zu können. Ihr kamen die Tränen, als sie ihren Buben erblickte, schließlich hatte sie ja bis zum Tod des Vaters die Mutterstelle bei ihm vertreten. Mrs. Hobbs Ahnungen wiesen sogleich in die richtige Richtung: „Ludwig! Wenn du kommst, gibt es sicher ein Problem. Wozu kommt ein fast 60-jähriger Bub schon seine alte Mummy besuchen."

Ludwig war gerührt über die Treffsicherheit ihrer Diagnose. Sie setzten sich in eine Sitzgarnitur im Gesellschaftsraum, eine Pflegerin brachte ihnen einen etwas dünnen Kaffee und zwei Schnitten

Marmorkuchen, Mummy ohne Milch und Zucker, der Arzt hatte das verboten.

„Wo brennt's denn?", fragte sie gleichsam als Einstieg in ein Gespräch.

Ludwig genierte sich ein wenig, weil sie mit ihrer Frage ja recht hatte, er sich aber seine Hilflosigkeit, die ihn zu ihr geführt hatte, nicht eingestehen wollte. Er zögerte.

Sie fuhr fort: „Wie es mit der Firma steht, geht mich nichts an, ist mich auch nie was angegangen. Aber immerhin habe ich dir geholfen, deine ersten Freundinnen ins Haus zu schleusen und geheim zu halten. Du warst mein Bub. Daher fühle ich mich zu der Frage berechtigt, wenn nicht sogar verpflichtet: Wo brennt's?"

Ludwig erzählte ihr nach und nach die ganze Geschichte mit der Familie Salinger in Carson City. Jim und Daisy und vor allem Kim. Kimberley. Er erzählte von der Heirat, von dem glücklichen Zusammensein im Bett, von ihrem tollen Aussehen, ihrer Tüchtigkeit, der netten Familie, und dass er sie eigentlich sehr gern hatte.

Mrs. Hobbs nickte: „Bis jetzt hast du nur von allem geschwärmt. Nur das eigentlich beim Gernhaben stört mich ein wenig. Wenn man einen Menschen eigentlich sehr gern hat, hat man ihn nicht ganz gern. Also Schluss mit der Schwärmerei. Wo ist der Haken?"

Wieder zögerte Ludwig.

Mrs. Hobbs drängte: „Ludwig, ich kenne dich von klein auf. Ich kenne jede deiner Gemütsregungen. Ich weiß, deine Sache hat einen Haken. Also, wo ist er?"

Fast musste Ludwig lächeln, wie sehr ihn die alte Mummy liebevoll durchschaute. Ein herrliches Gefühl der Geborgenheit durchrieselte ihn. So schön könnte das Leben sein, dachte er und begann zu berichten, wie sie Sache mit Kim und dem Kinderwunsch lief oder eben nicht lief. Mrs. Hobbs stellte fast medizinisch inquisitorische Fragen. War sein Sperma in Ordnung? Hat er es untersuchen lassen? Dann kamen einige Fragen, die das Innenleben einer Frau betrafen, wo sich Ludwig nicht so sehr auskannte. Er erzählte auch von der Therapie, die sie schon mehrere Jahre machte.

„Was für eine Therapie?"

„Naja, was man halt macht, wenn es da Schwierigkeiten gibt. Ich weiß es nicht, ich verstehe nichts davon."

„Ja", meinte die Mummy, „es gibt da Therapien. Aber die dauern nicht über ein Jahr."

Nun wurde sie mit ihren Fragen fast kriminalistisch: „Kann es sein, dass sie dich hinhält?"

„Warum soll sie mich hinhalten."

„Vielleicht gibt es einen anderen Grund, den sie dir nicht sagt. Oder nicht sagen will. Oder sich nicht sagen getraut."

„Was für ein Grund soll das denn sein."

„Verzeih mir die Frage: Will sie das Kind wirklich?"

Jetzt wurde Ludwig hellhörig, weil ihm noch in den Ohren klang, wie sie das Kind genannt hatte.

Bedächtig redete er: „Sie wollte die Chefin einer neuen Tochterfirma werden. Ich wollte das nicht. Ich dachte an die Familie, an das Kind. Da rastete sie aus und rief, dass ich ihr berufliches Fortkommen verhindere wegen des Kindes."

„Das war alles?"

Ludwig verneinte: „Sie hat Scheiß-Kind gesagt."

Jetzt war die Mummy beeindruckt, zumal sie auch erfuhr, dass es schon bei einem früheren Mann nicht geklappt haben soll.

„Ja."

„Und du hast gesagt, sie sei sehr burschikos?"

„Ja."

„Vielleicht – ist sie eine Lesbe."

Das verschlug Ludwig nun vollends die Sprache. Er brauchte drei tiefe Atemzüge, dann konnte er mit einem Mal Kims ganzes Verhalten, ihr ganzes Wesen, ihren ganzen Charakter einordnen. Meinte er zumindest.

„Ich schlafe doch mit ihr. Unser Sex ist gut, ich bin jedes Mal sehr glücklich."

„Du hast sie eigentlich sehr gern, hast du gesagt."

„Ja, und?"

„Vielleicht hat sie dich auch eigentlich sehr gern. Und stellt sich dir zur Verfügung."

„Wie ein lebender Dildo?"

„Sei nicht grausam. Sie mag dich auch und will dich zufriedenstellen. Denk nicht gleich Böses von ihr."

Ludwig war ratlos: „Ich könnte ihr unterstellen, dass sie es nur wegen der beruflichen Karriere tut. Schließlich hat sie erst, als ich nicht wollte, dass sie Direktorin wird, das Scheiß-Kind ins Spiel gebracht."

Mrs. Hobbs wollte die Sache zum Guten wenden: „Denk einmal so: Sie mag dich als Menschen. Und Sex vortäuschen müssen viele Frauen in unserer männerdominierten Zeit."

„Vortäuschen! Eine Frau kann doch nicht ihr ganzes Leben mit vorgetäuschtem Sex verbringen."

„Was weißt du über diese Therapie?"

„Nichts."

„Vielleicht ist es das."

„Was!"

„Eine andere Frau. Mit der sie ihren eigenen Sex ausleben kann. Dann fällt ihr der Sex mit dir leichter. Alles nur für dich!"

Ludwig war verblüfft über die so positive Auslegung, die ihm seine Mummy vorlegte.

„Das wäre ja sogar eine schöne Lösung."

Mrs. Hobbs beschwichtigte: „Eine Notlösung. Aber auch Notlösungen können schön sein, denn sie sind immerhin Lösungen."

„Aber", wurde Ludwig nachdenklich, „ich weiß ja gar nicht, ob das alles stimmt. Ob sie wirklich so ist, wie du sagst. Und wenn, wie komme ich da raus? Wie kommt sie da raus?"

Mummy ergänzte: „Wie kommt ihr beide da raus, ohne einander wehzutun."

Ludwig dachte weiter: „Und wie soll die Frage lauten, die ich ihr stellen muss?"

„Das kommt auf die Situation an, in der du sie stellst. Da ist noch eine Frage: Willst du sie loswerden?"

Da dachte er nicht lange nach: „Wenn das mit dem Sex stimmt, dann ja."

„Ein Agreement?"

„Ein anständiges Agreement. Ich bin kein Richter. Ich kann sie nicht bestrafen. Wofür auch. Dafür, dass sie wegen mir ihre Identität verheimlicht?"

Mummy seufzte: „Wir lesen im Kaffeesud. Versuch erst zu ergründen, was wirklich los ist, und dann sei trotzdem lieb zu ihr."

In seinem Büro wartete einige Arbeit auf ihn, die ihn ablenkte. Er musste aufpassen, seinen Groll nicht an seinen Mitarbeitern auszulassen. Als ein Assistent auch noch fragte: „Und wie gehts der Frau Gemahlin" wäre Ludwig fast ausgerastet. Mit mühsam unterdrücktem Grimm antwortete er: „Danke, den Umständen entsprechend!"

Der Assistent ortete, dass bei Highriders der Haussegen schief hinge. Was ja auch stimmte.

Langsam begann Ludwig seine Gedanken zu ordnen. Dass Kim vielleicht lesbisch sei, blendete er vorerst aus. Allein das von ihr sogenannte Scheiß-Kind war ihm Anlass genug, etwas zu tun. Scheidung. Sie wollte kein Kind von ihm. Sie wollte in seiner Firma beruflich weiterkommen, aber kein Kind. Da war kein Deal möglich, kein Kompromiss, keine Einigung. Wenn die Zuspitzung Beruf oder Kind war, dann wollte er auch Konsequenzen setzen. Auf jeden Fall bekam die zugekaufte Firma in Henderson einen anderen Chef. In seiner Familie entschied er: Kind vor Beruf. Das verlangte er von ihr. Dazu hatte er das Recht.

Wenn allerdings Mrs. Hobbs Diagnose stimmte, dass sie ihre eigene sexuelle Identität ihm zuliebe hintanstellte, dass sie ihren Sex vortäuschte … Steve. Sein Vater hatte dem Colonel seinen Sex vorgetäuscht, und wie das geendet hatte, war eine Tragödie. So etwas wollte Ludwig nicht auch erleben. Was blieb? Er musste sich bemühen, Verständnis zu haben und seine Rachegelüste zügeln. Scheidung ja. Aber was das andere betraf, suchte er nach einer anständigen

Lösung. Er wollte nun einmal in der Sache der Verständnisvolle sein. Wenigstens einen Punktesieg wollte er erringen.

Aber noch war die Sache ja nicht geklärt. Die möglichen Konsequenzen hatte er formuliert, fertig zur Durchführung. Er wollte und er musste reagieren. Ja. Aber auf was? Irgendwo in seinem Hinterkopf formierte sich der Gedanke: Da gibt es nur einen Weg, den geraden in Form von: klare Frage – klare Antwort.

Es vergingen einige Tage. Seine Unentschlossenheit und das dauernde Nachdenken darüber musste er zurückdrängen, psychologisch gesehen verdrängen, um gezielt arbeiten zu können. Dass sich Jim Salinger nicht meldete, gefiel ihm nicht, schließlich hing ja die Henderson-Sache in der Luft. Aber er wollte noch warten.

Als er eben in seinem Büro einige Briefe ins Diktafon diktierte, kam, obwohl er nicht gestört werden wollte, ein Anruf.

„Mrs. Salinger!"

Ludwig stutzte: „Welche?"

Kurze Pause, dann die Antwort: „Daisy!"

Kims Mutter. Aha, die Familie fing an zu arbeiten. Er nahm das Gespräch an.

„Daisy", rief er siebensüß, „was führt dich in mein Ohr?"

Daisy kicherte: „Was führt dich in mein Ohr ist gut! Du scheinst gut drauf zu sein."

Er machte auf belanglos: „Ja. Gibt es einen Grund, nicht gut drauf zu sein?"

„Jetzt tu nicht so scheinheilig, du weißt genau, was mich in dein Ohr führt."

„Du hast recht, das klingt wirklich komisch."

„Kim ist ziemlich verstört."

„Ja. Und?"

„Immerhin ist sie deine Frau."

„Ja. Die kein Scheiß-Kind mit mir haben will. Meinst du die Frau?"

„Es wird ihr alles zu viel, sagt sie."

Jetzt wurde Ludwig mutig: „Du meinst die zwei Schienen, auf denen sie fährt?"

Daisy klang erschrocken: „Welche Schienen?"

„Das weiß ich nicht. Aber du weißt es sicher."

„Was soll ich wissen?"

Ludwig erinnerte sich an die Taktik, die er sich zurechtgelegt hatte. Frage – Antwort.

„Ich frage dich geradeaus: Gibt es bei Kim neben mir noch - jemand anderen?"

Nach kurzem Zögern kam die vorsichtige Antwort: „Keinen anderen Mann."

„Sondern?"

Schweigen.

Ludwig wurde laut: „Sondern?"

Leise sagte Daisy: „Du weißt es also."

Obwohl er schon mit so etwas rechnen musste, war er jetzt betroffen. Leise sagte er: „Ja. Jetzt weiß ich es."

Daisys Stimme klang den Tränen nahe: „Was wirst du jetzt tun?"

Fast geschäftlich fragte er: „Was erwartest du von mir?"

Sie seufzte: „Dass du meiner Tochter nicht allzu weh tust. Ich bitte dich darum!"

Sie beendete das Gespräch.

Nun saß Ludwig da. Ein begossener Pudel. Ein gehörnter Mann mit allerdings sehr seltsamen Hörnern. Bei dem Gedanken reizte es ihn, zu lachen. Wie sehen die Hörner aus, die eine lesbische Frau ihrem Mann aufsetzt? Er schüttelte ob der höchst eigenartigen Situation den Kopf und beschloss, jetzt erst einmal seine Briefe fertig zu diktieren. Dann einmal drüber schlafen und dann die Konsequenzen durchdenken.

Genau so hielt er es. Er nächtigte in der Villa, ließ sich verwöhnen und fühlte sich bald als ein älter werdender Mann. Zum ersten Mal dämmerte ihm das Bewusstsein, dass er hier in Amerika genau genommen keine Verwandtschaft hatte, auf die er Wert legte. Oder zu der er irgendeine Form von Bindung verspürte. Die Sache mit Kim lief schief. Fast wollte er es so. Ein Lächeln überfiel ihn, dass auch sein Vater in eine homosexuelle Sache verstrickt war. Steve und

Kim, zwei Schicksalsfiguren der nicht vorhandenen Familie Highrider, vulgo Hochreiter, vulgo Gismayer. Auf Amerikanisch Scheismeidscha. Deshalb hatte sein Vater den Namen aufgegeben. Aber in Europa gab es sicherlich noch einige Gismayer. Sie hatten nicht nur denselben Namen, sie waren auch seine Verwandten. Wels. Österreich. Wie weit das doch alles weg war. Momentan hatte er das Problem Salinger zu lösen. Kim Salinger. Die Mummy hatte schon recht. Kim mochte Ludwig so sehr, dass sie von ihrer natürlichen Wesensart abwich. Ihm zuliebe. Sie wollte den Spagat schaffen, schaffte ihn aber nicht, weil er nicht zu schaffen ist. Sie musste auch mit einer Frau ins Bett gehen. Das war wohl das, was sie allen gegenüber als Therapie bezeichnete. Die Mutter Daisy hatte es gewusst. Und Vater Jim? Ludwig vermutete, dass auch er es wusste. Das lieferte nachträglich die Erklärung für das starre und reservierte Verhalten Jims, als die Debatte über die neue Direktion hochkochte und Kim das Scheiß-Kind in die Welt setzte. Wenn Ludwig es gewichten wollte, musste er feststellen, dass ihn das Scheiß-Kind mehr irritierte als die sexuelle Zweigleisigkeit. Aber Kim war doch eine Frau. Konnte eine lesbische Frau keine Kinder kriegen? Jede intakte Frau kann Kinder kriegen. Aber Kim? Sie wollte nicht. Wahrscheinlich war ein Teil ihrer sogenannten Therapie die Verhütung. Und da war ja noch die andere Frau, mit der sie therapeutisch Sex hatte.

Wie auch immer, er musste sich aufraffen und eine Lösung finden für die Turbulenzen, in der sich seine verpfuschte Familienplanung und die für die Firma nötigen Schritte befanden. Auch er begann, Präferenzen zu setzen. Wenn Kim den Beruf über das Kind gesetzt hatte und Ludwig das ablehnte, war er jetzt gezwungen, dieselbe Präferenz zu setzen. Die Firma durfte unter seinem privaten Befinden nicht leiden. Also musste zuerst eine vernünftige Lösung für die Henderson-Sache gefunden werden, erst dann kam die notwendige Korrektur seines Privatlebens. Aber schon beim Versuch, den ersten Schritt zu definieren, fand er Hürden. Der Henderson-Deal musste durchgezogen werden, daran bestand kein Zweifel. Der diente der Firma. Was aber machte er mit Kim? Wenn er ihr den von Jim für Kim vorgeschlagenen Direktorenposten in Henderson nicht gab, bestrafte er sie für etwas, wofür sie gar nicht direkt verantwortlich war. Ihre Homosexualität konnte er ihr schließlich nicht zum Vorwurf machen. Ja, sie hatte ihn getäuscht, ziemlich heftig belogen und mit dieser Frau auch betrogen. Täuschen und Lügen waren Verhaltensweisen, die er absolut nicht mochte. Mummy hatte das Notlösung genannt. Es gab auch die Notlüge. War Kim in Not? Wenn sie Ludwig wirklich gernhatte, dann war sie sicherlich in großer Not. Er wollte sich schon korrigieren. War er jetzt zu weich? Tat ihm die Mutter des Scheiß-Kindes sogar leid? Sie hat gelitten. Ludwig hat auch gelitten, er litt noch immer. Wem tat er leid? Sein Vater hatte einmal gesagt, Menschlichkeit ist kein Rechenfaktor. Sie tat ihm leid, er tat niemand leid. Das war der Status quo. Das lag wohl auch daran, dass er gar niemand hatte, dem er leidtun hätte können. Da rettete ihn auch die Welser Verwandtschaft nicht. Die Welser Verwandtschaft. Seine Onkel Adolf, Leopold und – wie hieß doch der dritte – Josef. Ludwig der I. hatte ihn immer Pepi genannt.

Es war ein ziemliches Tohuwabohu, in dem sich Ludwigs Gedanken bewegten. Er wurde demnächst 60 Jahre alt. Und? Was wollte er von seinem Leben? Es ging so viel in die Brüche.

Von Kim Salinger ließ er sich scheiden. Da alle Beteiligten größten Wert auf möglichste Diskretion legten, war die Angelegenheit lediglich eine Aufgabe für die Anwälte, die hohe Honorare kassierten und dafür Stillschweigen garantierten und auch hielten. Kim hatte auch in der Ehe den Namen Salinger nicht abgelegt, also wurde die Veränderung ihres Status auch nicht hörbar. Die Trennung verlief leicht und geräuschlos. Der Henderson-Deal wurde durchgezogen. Den von ihr angestrebten Direktionsposten gab er Kim. Was seine Firma betraf, achtete er penibel und mit manchmal sogar ungewohnt harter Hand darauf, dass sie stabil war. In Ordnung.

Rundherum rätselten sie, was mit dem Chef los sei. Seine Frau betrog ihn und bekam dafür eine hohe Position. Er wohnte immer öfter in der Villa und stöberte in den Dingen, die ihm sein Vater hinterlassen hatte. Fotos, Briefe, Dokumente, Verträge, ein ganzes Leben lag bald vor ihm. Dabei behielt er die Firma immer genau im Auge. Wenigstens dort musste alles seinen geregelten Weg gehen.

Aber daheim? Vor allem die Fotos taten es ihm an. Sie stammten alle aus den 20er- und 30er-Jahren. Das verhärmte und dennoch leicht lächelnde Gesicht der Großmutter, die typischen Fotografengesichter der drei Brüder seines Vaters, Ludwigs Onkeln. Die Fotos waren nicht beschriftet, er musste sie nach dem Alter sortieren. Alle drei schauten am Beschauer leicht vorbei. Die Bilder waren laut dem Stempel auf der Rückseite alle vom selben Fotografen gemacht. Alle drei schauten sie leicht nach rechts, sehr ernst – und so jung. Beim letzten, dem Josef fand er eine starke Ähnlichkeit mit seinem Vater. Der mittlere. Leopold, hätte auch ein Bild von Ludwig dem II. sein können. Im Spiegel stellte Ludwig fest, dass die Ähnlichkeit frappierend war. Sie sind alle vor seinem Vater geboren. Sein Vater, der jüngste der vier, war schon gestorben. Ob die älteren noch lebten? Er würde es nie erfahren. Sie waren seine nächsten Verwandten. Ursula, die Jussi seines Vaters fiel aus, ihre nicht abgetriebene Tochter mit dem anderen Mann ebenfalls. Seine geschiedene Frau Kim Salinger war auch nicht mehr mit ihm verwandt.

Ludwig ertappte sich dabei, dass er im tiefsten Inneren bei dieser Bestandsaufnahme seiner Verwandtschaft auch an deren Erbberechtigung dachte. Er beauftragte niemand, sondern recherchierte selbst, um nicht Gerüchte in die Welt zu setzen. Er fand im neu aufgekommenen Wikipedia: Mit der rechtskräftigen Scheidung erlischt das gesetzliche Erbrecht des geschiedenen Ehegatten. Ausnahmen können sich aus einem Testament oder einem Erbvertrag ergeben. Diese sind jedoch in der Regel individuell gestaltet und daher entsprechend auszulegen.

Damit war in Amerika nach ihm niemand erbberechtigt. Wieder schaute er die Porträts seiner österreichischen Onkel an. Sie und ihre möglicherweise reichlich vorhandene Nachkommenschaft waren erbberechtigt. In einem Testament konnte er aber doch einige Steuerungen vornehmen. Mrs. Mattiwilda Hobbs, seine Mummy, müsste er bedenken. Sie war die Person, die ihm am nächsten stand. Kaum hatte er an sie gedacht, erreichte ihn aus dem Heim, in dem sie wohnte, eine Mitteilung. Er könne die Zahlungen einstellen, Mrs. Hobbs sei Mitte des laufenden Monats verstorben. Jetzt war schon das Ende dieses Monats. Wütend rief er in der Direktion des Heimes an: „Warum haben Sie mich nicht verständigt, als sie gestorben ist?" Die Antwort war grausam ernüchternd: „Weil Sie kein Verwandter sind. Die Familie der Verstorbenen wurde ordnungsgemäß verständigt. Und Ihnen als dem Zahlenden haben wir ordnungsgemäß mitgeteilt, dass Sie die Zahlungen einstellen mögen."

Alles war ordnungsgemäß. Auch dass er kein Verwandter seiner Mummy war, war ordnungsgemäß. Er rief den ehemaligen Chauffeur Martin an, der aber nur ein Neffe war und auch nicht verständigt wurde. Aber er kannte wenigstens den Friedhof, auf dem sie begraben war. Ludwig besuchte ihre letzte Ruhestätte. Nach einigem Fragen fand er das Grab. Es war sehr einfach, genauso einfach, wie seine Mummy war. Kein Schnickschnack, ein einfaches Holzkreuz, auf einer kleinen Tafel mit klaren Buchstaben standen ihr Name und ihre Jahresdaten. Sie war fast 100 Jahre alt geworden. Es war ein Friedhof, auf dem nur Schwarze begraben wurden. Das war ihm egal. Im Tod sind sie alle gleich. Vor einem ewigen Richter zählte sie Hautfarbe nicht. So hoffte er zumindest. Von Martins bald darauffolgenden Tod verständigten sie ihn, aber auch erst, als er schon begraben war.

Ludwig fiel in schwarzes Entsetzen. Er sammelte nur noch Tote. Auch die jungen Gesichter seiner drei Onkel waren wahrscheinlich längst tot. Aber vielleicht auch nicht. Das war ein Gedanke, der sich in ihm festsetzte. Vielleicht auch nicht.

Im Büro arbeitete er wie immer. Alle mochten ihn, weil er den Chef nie hervorkehrte, egal, um wen es sich handelte. Streng und entschieden war er bei Entscheidungen, die die Firma betrafen. Zentrale und Tochterfirmen arbeiteten sehr gut, warfen Gewinne ab und galten im Vergleich zu anderen sogar als Vorzeigebetriebe. Ludwigs engere Mitarbeiter aber beobachteten um ihren Chef herum Vorgänge, die sie nicht deuten konnten. Es schien, als wäre er auf irgendeinem Trip. Als habe er etwas vor. Er führte Telefonate von seinem abhörsicheren Apparat aus. Er hatte eine Ordnermappe angelegt, in die niemand Einsicht hatte und die er immer mit sich nahm, auch nach Hause. Die Ereignisse der letzten Zeit waren nicht spurlos an ihm vorübergegangen. Sein noch immer volles Haar war stark angegraut und er war sehr ernst geworden. Dafür hatten sie alle Verständnis, dafür tat er ihnen leid. Seine engsten Mitarbeiter, die meinten, sich zu seinen Freunden zählen zu dürfen, waren traurig darüber, ihm nicht helfen zu können, weil sie gar nicht wussten, wobei sie ihm helfen sollten. Er war umgänglich, nett, freundlich und entscheidungssicher wie immer, aber er hatte ein Geheimnis.

Ludwig bemerkte selbstverständlich die lauernde Unruhe um sich herum. Dabei nahmen sie alle Rücksicht, ohne zu wissen, worauf sie Rücksicht nahmen. Es gelang Ludwig wirklich, die Pläne, die er penibel ausarbeitete und deren Durchführung er minutiös vorbereitete, geheim zu halten. Warum er seinen Plan mit niemand besprach, konnte sich Ludwig selbst nicht schlüssig erklären, wenn auch einige Teile des Plans dazu angetan waren, Spekulanten auf den Plan zu rufen. Eines war ihm klar: Er wollte alle vor vollendete und gut und fehlerfrei vollendete Tatsachen stellen. Denn immerhin war es ja einiges, was er da vorhatte.

9. Der Plan

2007, das Jahr, in dem er 60 Jahre alt wurde, war das Schlüsseljahr. Auslöser für Ludwigs radikale Zukunftsplanung war die Enttäuschung, die ihn umfangen hatte. Alles, was mit seiner sogenannten Familie in Amerika zu tun hatte, war tot oder auf fast peinliche Weise danebengegangen. Frustrierend. Er war frustriert. Und die Firma? Es war ihm alles gelungen, was er wollte. Er hatte alles erreicht. Sein Eifer war erkaltet, seine Visionen so gut wie erloschen. Er hatte mit der Firma ein gewaltiges finanzielles Potenzial in der Hand.

Hier begann seine Überlegung. Er hatte niemand, dem er die Firma übergeben oder vererben konnte. Aber er konnte sie zu Geld machen. Er konnte sie verkaufen, die ganze Highrider-Gruppe. Kein Notverkauf. Er hatte es nicht eilig, er konnte dealen.

Gleichzeitig leitete er noch einige andere Aktionen in die Wege.

Er suchte in Österreich, in Oberösterreich, exakt in Wels einen Notar, der bereit war, selbstverständlich gegen ein gutes Honorar seine erbberechtigten Verwandten zu eruieren. Die Suche war allerdings an eine Bedingung geknüpft: Ludwig wollte zuerst über jeden oder jede seiner möglichen Erben einen Bericht haben. Und er wollte, dass die möglichen Erben vorerst nicht erfuhren, dass da eine Erbschaft möglicherweise nahte. Erst wenn er den Bericht studiert hatte, wollte er weitere Schritte tun, die schlussendlich zu einem Testament führen konnten. Ein sozusagen maßgeschneidertes Testament.

Den Notar fand er bald. Er hieß Dr. Adalbert Meissner, seine Kanzlei war in Wels, er war genau 50 Jahre alt und er hatte, wie Ludwigs eingehende Erkundigungen ergaben, ein sehr gutes Renommee. Ludwig beauftragte ihn auch, in oder im Umkreis von Wels ein Haus – es musste keine Villa sein – zu suchen, das nicht allzu nahe an irgendwelchen Nachbarn klebte.

Er sandte dem Notar eine Liste mit allem, was er von seinen Verwandten wusste.

Mein Großvater Ignaz Gismayer ist 1919 gestorben (einbeinig).
Meine Großmutter Maria Gismayer, geb. Kozik ist 1929 mit 41 Jahren gestorben.
Mein 1. Onkel Adolf Gismayer ist 1911 geboren.
Mein 2. Onkel Leopold Gismayer ist 1913 geboren.
Mein 3. Onkel Josef Gismayer ist 1915 geboren.
Mein Vater (jüngster Bruder der obigen) Ludwig Gismayer ist 1919 geboren. 2004 in Los Angeles gestorben.
Onkel 1 Adolf heiratete eine Beate.
Onkel 2 Leopold heiratete eine Emilie.
Alles in den 1930er-Jahren.
Onkel 3 Josef – wenn eine Heirat, dann mir unbekannt.
Adolf – Gymnasium, bekam einen Maturaposten bei der damaligen Bundesbahn.
Leopold – Bürgerschule – Lehre als Verkäufer in einem Herren-Geschäft.
Josef – Volksschule – Lehre als Kfz-Mechaniker.
Vater Ludwig – Bürgerschule – Lehre als Sattler.
Alle wohnten sie in Wels, Rosenauerstraße 12 (das Haus ist abgerissen).

Der Notar fragte alles immer noch brieflich oder telefonisch an, ob er einen professionellen Ahnenforscher beauftragen dürfe. Ludwig erlaubte das unter der Bedingung, dass die Regeln, die er dem Notar gegeben hatte, beibehalten blieben. Keiner von den Verwandten durfte wissen, dass ein reicher Verwandter sie suche.
Noch im selben Jahr fand sich ein Käufer für die Highrider-Group. Überraschend kam ein Angebot von Jim Salinger, seinem Ex-Schwiegervater. Er hatte sich mit einer internationalen Investmentgruppe mit Hauptsitz in den USA zusammengetan, die bereit war, für das Imperium den von Ludwig geforderten Preis zu bezahlen. Jim &

Co. wollten den Firmensitz in L.A. belassen. Er gab auch eine Bestandsgarantie für die Belegschaft ab. Sogar den Firmennamen Highrider wollte er behalten. Er war zur Marke geworden, eine gut eingeführte Marke ändert man nicht.

Erst jetzt informierte Ludwig seine Mitarbeiter. Er war überrascht, dass die Überraschung bei den nächsten Mitarbeitern nicht sehr groß war. Sie hatten aus ihren Beobachtungen trotz Geheimhaltung Schlüsse gezogen, die sich jetzt als richtig herausstellten. Ein wenig Unruhe entstand, als sie erfuhren, dass eine Tochterfirma die Gesamtleitung übernahm. Aufschnupfen nannten sie das. Salinger hat sie aufgeschupft. Auf die Idee hätten sie selbst oder manche von ihnen auch kommen können. Sie wussten aber nicht, dass die Group zum Verkauf angeboten wurde. Auch Salinger hatte es nur erfahren, weil die Investmentgruppe an ihn herangetreten war mit der Frage, ob er bereit wäre, gleichsam ein Eintrittstor zu öffnen. Angeblich hatte seine Tochter, die Direktorin der Tochter in Henderson, Kim Salinger da mitgemischt. Vielleicht hat sie einen der dortigen Leiter genauso hineingelegt wie mich, dachte Ludwig. Er war aber nun vorsichtig genug. Erst wenn das Geld stimmte und eingetroffen war, trat alles in Kraft.

Zur Vertragsunterzeichnung reiste er noch einmal nach Carson City. Jim Salinger inszenierte einen Festakt, sogar der Gouverneur von Nevada war anwesend. Auch Kim Salinger war da. Ludwig und sie begrüßten einander wie Geschäftsleute, höflich und mit Pokerface. Daisy war die Einzige, die Ludwig gegenüber ein wenig menschliche Wärme spüren ließ.

„Wie geht es dir?", fragte sie mit Sorge in der Stimme.

Er freute sich sogar über die Frage: „Danke, Daisy, mir geht es gut."

„Schade" seufzte sie, „dass es so kommen musste."

„Warum?", fragte Ludwig, „immerhin habt ihr jetzt die ganze Firma. Deine Tochter wird zufrieden sein."

Daisy schaute ihm sehr ernst ins Gesicht: „Du weiß genau, dass die Firma jetzt der Investmentgroup gehört. Jim Salinger hat sich kaufen lassen und muss jetzt tun, was die sagen."

„Warum hat er es dann getan?"

„Kennst du deine Ex-Frau?"

Ludwig war froh, der Salinger-Sippschaft zu entkommen. Daisy tat ihm leid, sie war der einzige Mensch in der Familie.

Die Unterzeichnung der Verträge, zu der Ludwig seinen besten Anwalt mitgebracht hatte, verlief so, wie Daisy es gesagt hatte. Ludwigs Anwalt hatte alle Verträge penibel geprüft und im Sinne von Ludwig für in Ordnung befunden.

„Das kannst du unterschreiben."

Die Vertreter der Finanzer führten das große Wort. Jim Salinger war wie immer wortkarg, um nicht zu sagen, still. Seine Tochter Kim war ebenfalls sehr ernst, ihre Körperhaltung deutete darauf hin, dass sie einen Sieg eingefahren hatte. Ihre Starre konnte aber auch bedeuten, dass sie ahnte, soeben einen Pyrrhussieg zu erringen.

Ludwig war das alles egal. Alle Verträge erlangten erst ihre Gültigkeit an dem Tag, an dem die Kaufsumme auf Ludwigs Konto eingetroffen war.

Aus Wels erfuhr er in der Zwischenzeit, dass der Ahnenforscher mit den Unterlagen, die Ludwig geliefert hatte, versorgt war. Er wartete nur auf den Startschuss. Der Notar Dr. Meissner hatte ein Haus gefunden, das ihm angemessen schien. Die Fotos, die er mitschickte, zeigten ein etwas größeres einstöckiges Einfamilienhaus, das fast schon Villencharakter hatte. Die Raumpläne passten. Eine Garage war dabei. Der Garten war eingezäunt, hatte einen Swimmingpool, einige Obstbäume und jede Menge Sträucher. Das Grundstück lag weit genug von den Nachbarhäusern entfernt, wie es Ludwig wollte. Der Notar beauftragte einen Innenarchitekten, der bald Bilder und Zeichnungen schickte. Ludwig stimmte zu, ersuchte um Änderungen, der Architekt hatte den Geschmack, der Ludwig gefiel. Alle modernen Kommunikationsanlagen wurden eingebaut. Ludwig war bald so weit, dass er sich auf das neue Domizil freute.

Mittlerweile war auch das Geld eingetroffen. Ludwig war nun der Besitzer von mehreren 100 Millionen Dollar, die nur ihm gehörten. Er war mit diesem Tag der ehemalige Inhaber der Highrider-Group.

Erst jetzt, als Wels bezugsfertig war, ließ er in L.A. die Katze aus dem Sack. Seine nun ehemaligen Mitarbeiter fielen aus allen Wolken, als Ludwig auch die Villa zum Verkauf anbot. Er hatte offenbar vor, alle Spuren seiner kleinen Familie, die von Gismayer über Hochreiter bis zu Highrider gewachsen war, zu tilgen. Bei einem Abschiedsempfang in seiner ehemaligen Zentrale erklärte er, er wolle zurück zu seinen Wurzeln, back to the roots. Sein Vater sei, getrieben von den Wirren des 2. Weltkrieges, mit viel Mühe in den USA gelandet. Er hatte aber Zeit seines Lebens in Amerika immer eine sehr starke emotionale Verbindung mit der alten Heimat gehabt. Ludwig erzählte auch von der Österreich-Reise, die er bei seinem 18. Geburtstag mit seinem Vater unternommen hatte. Da habe er deutlich gespürt, dass sein Vater immer noch Österreicher, Welser war, jedoch eine eigenartige Scheu hatte, sich dort als Gismayer zu erkennen zu geben, als hätte er Angst gehabt vor dem, was ihn in seiner Familie erwarte. Das wolle er, Ludwig der II. jetzt zu klären versuchen. Er wollte gleichsam eine Familienzusammenführung der eigenen Art einleiten. Schließlich seien seine dortigen Verwandten ja auch seine Erben. Da ging ein leises Seufzen durch die Anwesenden, wenn sie an den Dollar-Betrag dachten, den er zu verteilen hatte. Ob er denn gar nicht traurig sei, das alles hier zurückzulassen? Auf die Frage antwortete er: „Ich halte es da mit meinem Vater. Der Erfolg liegt in der Zukunft. Und die Zukunft ist nur vorne." Und er schloss mit den Worten: „Bewahrt diesen Gedanken. Sowohl meinem Vater als auch mir ist das alles hier nur gelungen, weil wir den Erfolg immer vorne gesucht – und gefunden haben."
Applaus gab es, feuchte Augen gab es, Tränen gab es, nur Ludwig war fest entschlossen.

Die Übersiedlung stellte Ludwig vor einige Probleme. Vor allem war da die Frage: Was soll er mitnehmen? Alle Papiere seines Vaters. Seine persönlichen Papiere. Klar. Kleidung. Vor allem die wärmere Kleidung, es war September. Den Lieblingsfauteuil seines Vaters, den ledernen mit der rutschfesten Decke. Sein eigenes Lieblingskaffeehäferl. Sein schönes Tafelgeschirr. Ludwig fand sich in der ungewohnten Situation, alles selbst organisieren zu müssen. Die Verpackung, den Transport in L.A. und dann in Wels. Einfach auf den Knopf drücken und anordnen ging nicht mehr. Er entschloss sich für den kürzesten Weg. Er engagierte eine Transportfirma, die das ganze Unternehmen von L.A. bis nach Wels, gleichsam von Haus zu Haus durchführen sollte. Der Welser Notar hatte die Schlüssel zum Haus. Die Villa, die immerhin den stolzen und den Preis nach oben treibenden Namen Highrider-Villa hatte, verkaufte er sehr gut, da kamen noch einige Millionen Dollar dazu. Auf Anraten des Steuerfachmanns in der Firma transferierte er sein Vermögen in eine Bank in Liechtenstein.

Nun war Ludwig frei und bereit zur Reise. Er verabschiedete sich bei niemand. Bei wem hätte er sich denn auch verabschieden sollen? Er war ein einsamer Mann geworden, den es zurück zu Wurzeln drängte, die genau genommen gar nicht mehr die seinen waren. Er reiste mit kleinem Gepäck. Über Frankfurt nach Linz, von dort mit einem Taxi an seine neue Welser Adresse. Jetzt lernte er auch den Notar Dr. Meissner, der ihn erwartete, persönlich kennen. Er führte ihn feierlich in sein neues Domizil, übergab ihm die Schlüssel, der Makler führte Ludwig durch das Haus. Der Innenarchitekt kam etwas zu spät, aber Ludwig hatte schon alles gesehen und war sehr zufrieden. Das Übersiedlungsgut war auch schon eingetroffen, Ludwig musste beginnen, sich auf Dauer einzurichten. Dr. Meissner empfahl Ludwig als Zugehfrau die 55-jährige Witwe Anna Pühringer. Sie kam in der Früh, putzte und kochte, hielt das Haus in Ordnung und ging am Abend nach dem Abendessen wieder heim. Sie wohnte nur eine Straße weiter. Es wurde alles so eigenartig heimelig. Der das

Haus umgebende Garten war sehr gepflegt. Ludwig behielt den Gärtner, der den Garten schon seit vielen Jahren betreute.

Er liebte die Umgebung, die Landschaft und pilgerte zum Volksgarten und in die Rosenauerstraße 12. Dort allerdings verlor sich seine Nostalgie, denn dort, wo sein Vater aufgewachsen war, waren jetzt gesichtslose Markthallen und ein großer, derzeit leerer Parkplatz. Da er von dem alten Haus kein Foto hatte, konnte er auch seine Fantasie nicht aktivieren. In dieser Straße war die Vergangenheit vollständig getilgt.

Ludwig nahm das zur Kenntnis und fühlte sich zurechtgewiesen, denn immerhin war er ja aus ganz anderen Gründen hierhergezogen. Bei einem längeren Termin beim Notar Dr. Meissner sprachen sie auch darüber, ob Ludwig den Namen Highrider beibehalten solle. Er habe noch die Papiere seines Vaters. Gismayer? Dr. Meissner lachte und meinte, Ludwig würde hier der Herr Heireider werden. Außerdem war Gismayer gleichsam das Codewort für Ludwigs Vorhaben und eine Namensänderung sicher nicht gut für seinen Wunsch nach vorläufiger Geheimhaltung. Ludwig stimmte allem zu.

Die nächsten Fragen betrafen die Erbberechtigung. Die Antwort war kurz und klar: Da ein Onkel weder zu den Nachkommen noch zu den direkten Vorfahren gehört, fällt er nicht in die gesetzliche Erbfolge. Es blieb also einzig und allein Ludwig überlassen, wen er in einem Testament bedenken wolle. Das klärte Ludwigs Vorhaben und machte es im Endeffekt einfach.

Nun aber musste die Suche beginnen. Dr. Meissner machte Ludwig mit dem von ihm engagierten Ahnenforscher Dr. Wolf bekannt. Dr. Wolf war etwa 55 Jahre alt und hatte etwas an sich, das Ludwig als professoral bezeichnete. Das Professorale kam allerdings nur zum Vorschein, wenn Wolf redete. Dem Aussehen nach war er fast das genaue Gegenteil. Maximal mittelgroß, etwas rundlich, runde randlose Brille, gepflegten Schnurrbart, angenehme dunkle Stimme – und er machte einen sehr kompetenten Eindruck.

Die Unterlagen, die Ludwig noch aus L.A. geschickt hatte, lagen vor ihm auf dem Tisch. Er stellte dazu noch Fragen, die Ludwig nun beantwortete oder nicht beantworten konnte, weil er nichts wusste.

Der Großvater Ignaz Gismayer ist 1919 gestorben (einbeinig). Keine Fragen dazu.

Zur Großmutter Maria Gismayer, geb. Kozik, die 1929 mit 41 Jahren gestorben ist, hatte er auch keine Fragen.

Der 1. Onkel Adolf Gismayer ist 1911 geboren, besuchte das Gymnasium und ging dann auf einen Maturaposten zur damaligen Bundesbahn. 1929, als die Mutter starb, war er stellvertretender Fahrdienstleiter in Wels. Er heiratete noch in den 1930er-Jahren eine Beate. Mehr wusste Ludwig nicht.

Der 2. Onkel Leopold Gismayer ist 1913 geboren, besuchte die Bürgerschule und machte anschließend eine Lehre als Verkäufer im Herren-Bekleidungsgeschäft Stumpf &. Söhne. Er heiratete Ende der 1930er-Jahre eine Emilie.

Der 3. Onkel Josef Gismayer ist 1915 geboren, machte die achtklassige Volksschule und dann eine Lehre als Kfz-Mechaniker. Ob er geheiratet hat, wusste Ludwig nicht. Aber er erinnerte sich, dass ihm sein Vater erzählte, in einer Autowerkstatt in Los Angeles habe ihn ein Mechaniker auf Deutsch angesprochen, bei dem der Onkel Josef in Wels die Lehre machte. „Ich glaube, der Mechaniker hat Linninger geheißen."

Mehr wusste Ludwig zu seinen zu suchenden Onkeln nicht. Er vervollständigte seinen Bericht noch mit seinem Vater.

Ludwigs Vater – genannt Ludwig der I. – ging in die Bürgerschule und machte eine Lehre als Sattler. Als er in den USA Ludwigs Mutter Ursula Hochreiter heiratete, nahm er deren Namen an und amerikanisierte ihn in Highrider. Die beiden waren geschieden.

Nun war Ludwig endgültig ausgepumpt und ausgequetscht. Mehr hatte er nicht zu bieten.

Dr. Wolf hatte die vor ihm liegende Liste ergänzt, nickte weise vor sich hin und fragte schließlich, zu welchem Zweck Ludwig seine ganze Verwandtschaft suchen wollte.

„Hat Ihnen das der Dr. Meissner nicht gesagt?"

„Er hat mir nur mitgeteilt, dass alles geheim vor sich gehen soll, also dass die Personen, die ich suchen soll, vorerst nichts davon bemerken sollen. Das wird nicht einfach sein. Aber was bedeutet vorerst?"

Ludwig fasste zusammen: „Ich habe viel Geld und keine direkten Erben. Mein Vater hat mir von seinen drei Brüdern erzählt. Er wusste aber nicht, was aus ihnen geworden ist. Alles, was er wusste, hat er mir erzählt und ich habe es Ihnen erzählt. Ich will mein Geld testamentarisch vererben, möchte aber sehr genau wissen, an wen. Also möchte ich von Ihnen gleichsam einen Bericht über die drei Brüder, so sie noch leben, und ihre Nachkommenschaft. Dann werde ich sie beurteilen, auch kennenlernen und dann gleichsam maßgeschneidert testamentarisch bedenken. Klingt kompliziert."

„Ist aber ganz einfach", ergänzte Dr. Wolf, „ich habe verstanden. Wollen Sie abwarten, bis ich sie alle fertig habe, oder wünschen Sie Zwischenberichte?"

„Zwischenberichte, bitte. Sowie Sie einen fertig haben. Es werden ja sicher auch Fragen auftauchen. Wir bleiben in möglichst naher Verbindung."

10. In Wels

Dr. Wolf machte sich an die Arbeit. Und Ludwig ging daran, sich in seiner neuen Heimat einzurichten. Er war gerade 60 Jahre alt geworden, fühlte sich gesund. Ja, hin und wieder hatte einen ganz leichten Schmerz im Bauch.

„Ich habe auch hin und wieder Bauchweh", antwortete die Frau Pühringer, als er ihr von dem leichten Schmerz erzählte. „Sie kommen aus Amerika und sind unsere Kost nicht gewöhnt."

Ludwig meinte, das könne es nicht sein, denn es schmecke ihm alles sehr gut. Frau Pühringer kaufte ein und bekochte ihn.

„Nicht alles, was einem schmeckt, tut einem auch gut", meinte sie. „Im Gegenteil. Gerade von den Sachen, die einem gut schmecken, isst man oft zu viel, und das tut auch nicht gut."

„Hauptsache, Ihr Stuhl ist in Ordnung. Ist er doch. Oder?"

Ein wenig erinnerte ihn die muntere Witwe an seine Mummy. Auch sie hatte immer alles gewusst und apodiktisch verlautbart.

„Aber wenn Sie unsicher sind", meinte sie, „wir haben hier sehr gute Ärzte. Meiner ist der Dr. Huber, ein praktischer Arzt."

Ludwig verstand nicht sofort, was ein praktischer Arzt sei. Weil er seine Ordination in der Nähe hatte?

Frau Pühringer lachte: „Das auch. Er ist ein Allgemeinmediziner."

Jetzt verstand Ludwig. Aber da er Zeit seines Lebens immer gesund war, maß er dem leichten Bauchweh, wie Frau Pühringer es nannte, keine Wichtigkeit bei. Und wenn er etwas brauchte, dann hatte er ja die Frau Pühringer.

Ludwig genoss seine Lage. Er machte Spaziergänge, lernte einen Nachbarn kennen, der ungefähr in seinem Alter war, den Professor Hans Stadlmann, seines Zeichens längst in Pension befindlicher Latein- und Griechischlehrer, der im Humanistischen Gymnasium in Linz unterrichtet hatte. Jetzt beschäftigte er sich als Hobby-

Historiker. Als er hörte, dass Herr Dr. Ludwig Highrider, also Herr Heireider, Amerikaner mit elterlichen Wurzeln in Wels war, weckte das sofort sein Interesse. Wie es sich gehörte, machte er als Nachbar einen Antrittsbesuch. Eigentlich sollte es ja umgekehrt sein, der Neue sollte sich bei den Nachbarn vorstellen. Ludwig kannte diesen Brauch nicht und tat nichts dergleichen. Also blieb dem neugierigen Prof. Stadlmann die Aufgabe vorbehalten, mit dem neuen Nachbarn in Kontakt zu treten. Mit einer Flasche Obstler stand er eines Tages vor Ludwigs Haustüre. Die Frau Pühringer, die Stadlmann kannte, empfing ihn und führte ihn ins Wohnzimmer. Stadlmann stellte sich vor, sie fanden schnell Gefallen aneinander und trafen sich immer regelmäßiger auf einen Kaffee, einmal bei Prof. Stadlmann, einmal bei Ludwig, wo die Frau Pühringer sie versorgte. Stadlmanns Frau lebte in einem Pflegeheim, ebenfalls ganz in der Nähe. Stadlmann besuchte sie jeden Tag. Ludwig lernte so nebenbei das Zweier-Schnapsen, das Stadlmann mit Leidenschaft spielte.

Bei einer dieser Sitzungen bei Ludwig erschien Stadlmann mit einem großen Notizblock.

„Jetzt wollen wir einmal die Geschichte unseres abtrünnigen Welsers aufarbeiten. Einverstanden?"

Ludwig war so froh über die wunderbare Gesellschaft mit dem Professor, dass er freudig zustimmte.

Ludwig erzählte. Sein Vater, scherzhaft manchmal Ludwig der I. genannt, wurde geboren und wuchs auf in der Rosenauerstraße 12.

„Ich erinnere mich", sagte Stadlmann, während er seine Notiz machte, „dort sind Häuser gestanden, die nicht so ausgesehen haben, als hätte man drinnen wohnen können."

Ludwig erzählte weiter. Sie hatten eigentlich in einer Art Keller gewohnt, mit Fenstern oben.

„Vornehm ausgedrückt", nickte Stadlmann, „waren das Souterrain-Wohnungen, die am wenigsten Zins kosteten."

„Zins?"

„Miete."

„Aha. Es war aber nur ein großer Raum, der unterteilt war in Wohn-
bereich und Schlafbereich." Ludwig hatte den Raum bei ihrem Wels-
Besuch noch gesehen. „Der ganze Raum umfasste maximal 20 Quad-
ratmeter."

Der Professor seufzte: „Und dort mussten vier Menschen leben."

„Fünf", korrigierte Ludwig, „bis 1919 hat dort auch mein Großvater
gelebt, der einbeinig aus dem Krieg zurückgekommen ist."

„Bis 1919?"

„Ja. Dann ist er gestorben. Im selben Jahr ist mein Vater geboren.
Als Jüngster."

Ludwig erzählte von seiner Großmutter, die eine, so nannte es sein
Vater, vazierende Waschfrau war.

Stadlmann hielt inne: „Bei meinen Eltern hat immer eine Frau Gismayer gewaschen."

Jetzt war Ludwig den Tränen nahe: „Gismayer. Das war meine Großmutter. Damals haben alle bei uns Gismayer geheißen. Auch mein
Vater."

Es dauerte bis in den Abend hinein, bis Ludwig endlich in seiner Erzählung in Wels gelandet war. Der Professor notierte und notierte, er
war so begeistert von der Geschichte, dass Ludwig ihn bremsen
musste: „Das ist keine Geschichte. Das ist ein ganzer Haufen geleb-
tes Leben!"

Der Professor nickte sehr ernst: „Verzeih!"

Sie waren im Lauf der Erzählung per du geworden.

Eine Frage hatte Stadlmann noch: „Und warum bist du jetzt in Wels
gelandet? Ich meine, du hättest in Amerika mit deinem Reichtum
doch ein wunderbares Leben gehabt."

Ludwig erklärte ihm auch das noch. Er wolle sein Geld sinnvoll vererben. Er strebe ein maßgeschneidertes, er kam von dem Wort nicht
los, Testament an. Der Professor war zufriedengestellt und packte
stolz seine Notizen zusammen. Zwei Stamperl Obstler beendeten die
lange Sitzung. Stadlmann verkündete, er müsse das alles jetzt verarbeiten.

Immer wieder machte Ludwig zu Fuß Ausflüge durch Wels. Am Kaiser Josef-Platz konnte er der Versuchung nicht widerstehen, das Hotel Greif zu betreten. Im ebenerdigen Café fand er einen Fenstertisch. Es war nicht viel Betrieb. Ludwig bestellte einen großen Braunen und ein Stück Guglhupf. Er erinnerte sich, dass sein Vater einmal in L.A. gesagt hatte, er müsse eine Original-Guglhupf-Form besorgen. Dazu war es aber nie gekommen. Dem freundlich, etwa 30-jährigen Kellner, der aufgrund des schwachen Besuchs ein wenig Zeit zu haben schien, erzählte Ludwig, dass er Mitte der 60er-Jahre schon einmal in dem Hotel gewesen sei.

„Da war ich noch nicht auf der Welt", lächelte der Kellner.

„Lebt denn hier noch jemand aus der Zeit?" fragte Ludwig. Er dache vor allem an die beiden Rezeptionisten: „Der Herr Hans oder der Herr – wie hat der andere geheißen?"

Der Kellner sagte nichts und verschwand in der Küche, oder wohin die Türe führte, durch die er verschwand.

Ludwig fand das Verhalten eigenartig, zuckte die Achseln und vertiefte sich in eine Zeitung.

Da hörte er hinter sich eine Stimme: „1965 war es."

Ludwig erschrak, fuhr herum und sah einen sehr alten, aber noch immer aufrechten Mann, der eine beschwichtigende Geste machte: „Ich wollte Sie nicht erschrecken. Mein Name ist Brauer."

Ludwigs fragender Blick ließ ihn weiterreden: „Franz Brauer. Ich bin – ich war der Herr Franz an der Rezeption."

Jetzt erinnerte sich Ludwig an das Gesicht, wenn auch nur sehr dunkel: „A ja! Wollen Sie nicht Platz nehmen?"

Es klang entschuldigend: „Ich gehöre zum Haus."

„Wollen Sie nicht trotzdem Platz nehmen?"

Herr Franz setzte sich Ludwig gegenüber, bat den Kellner um einen Kaffee, er sagte: „Meinen Kaffee."

„Was ist denn Ihr Kaffee?", fragte Ludwig neugierig.

„Ein Häferl Milchkaffee", erklärte Herr Franz. „Das Herz …"

„Haben Sie Herzbeschwerden?"

„Nein, ich schone es nur prophylaktisch."

„Sehr gescheit", befand Ludwig. Er nahm das Thema auf. „Sie haben recht, es war 1965. In dem Jahr wurde ich 18 Jahre alt. Mein Vater schenkte mir eine Österreich-Reise."

„In seine alte Heimat", nickte Herr Franz.

„Ja", bestätigte Ludwig, „er ist in Wels geboren."

„Einer von den Gismayer-Buben."

Jetzt staunte Ludwig: „Haben Sie uns damals erkannt?"

„Leider nicht sofort. Erst als sie beide schon weg waren, hat mein Kollege, der Herr Hans gemeint, er kennt Ihren Vater. Den Gismayer Ludwig."

„Wir hatten doch damals, als wir zu Besuch waren, unseren amerikanischen Namen. Highrider. Woran haben Sie ihn erkannt?"

Herr Franz lächelte: „Der Vorname Ludwig. Ihr habt deutsch gesprochen. Und der Vater hatte unseren Dialekt."

„Die Gismayers waren doch arme Leute. Wieso kannte sie der Herr Hans?"

„Sein Sohn ist mit dem Ludwig, also Ihrem Herrn Vater, in die Schule gegangen."

Rührung keimte in Ludwig auf: „Wie geht es dem Herrn Hans?"

„Der ist schon vor einigen Jahren gestorben."

„Lebt der Sohn noch? Der mit meinem Vater in die Schule gegangen ist?"

Herr Franz überlegte: „Der müsste noch leben. Er ist Bilderrahmen-Macher geworden."

„Was?"

„Er hat Bilderrahmen angefertigt. Und ist nach Linz gezogen zu einer großen Bilderhandlung. Den Namen weiß ich nicht mehr."

„Wie hat der Sohn geheißen?"

„Wie der Vater, Hans Ploberger."

Ludwig bat um Papier, das Herr Franz dienstfertig brachte, auch einen Kugelschreiber. Ludwig notierte sich alles.

Herr Franz aber setzte fort: „Da ist aber schon noch etwas, das ich Ihnen erzählen muss. Wir hatten einige Jahre später den Besuch von Herrn Adolf Gismayer."

Ludwig bekam große Augen: „Mein Onkel Adolf? Der älteste Bruder meines Vaters. Lebte der nicht in Wels, ich meine, weil er ins Hotel kam?"

„Er dürfte beruflich nach Linz gezogen sein. Er war schon in Pension, bei der Eisenbahn geht man sehr bald in Pension."

„Eisenbahn?"

„Ja. Aber wo er dort gearbeitet hat, weiß ich nicht. Er muss einiges Geld gehabt haben, weil er ziemlich damit herumgeschmissen hat. Sie verzeihen, wenn ich das so sage, er war so etwas wie ein Neureicher, ansonsten aber ein ziemlicher Rüpel. Noch einmal Verzeihung, er fiel sehr auf durch schlechtes Benehmen."

„War er allein?"

Herrn Franz' Augen blitzten auf: „Jetzt, wo Sie mich fragen … Seine Frau war mit. Halb so alt wie er. Eine Wasserstoffblonde aus dem Ostblock. Milena oder so hat sie geheißen."

Ludwig notierte noch immer.

Herr Franz aber berichtete weiter: „Etwas war allerdings sehr eigenartig. Wir erzählten ihm, dass vor einigen Jahren sein Bruder Ludwig bei uns war. Sofort keifte er los, das gibt es nicht, der Ludwig ist tot. Wir haben den Totenschein."

Jetzt war Ludwig sehr erstaunt: „Onkel Adolf hat den Totenschein meines Vaters? Mein Vater ist 2004 mit 85 Jahren in Los Angeles gestorben."

Dass er in seinem Reisegepäck die Urne mit der Asche seines Vaters mitgebracht hatte, verschwieg er. Dabei fiel ihm ein, dass er noch für ihre Bestattung sorgen musste.

Zutiefst beeindruckt sage Ludwig: „Ich bin Ihnen sehr dankbar für das alles, was Sie mir erzählt haben."

„Verzeihen Sie meine Neugierde, aber Sie haben doch in Amerika gelebt. Was hat Sie nach Wels getrieben?"

Ludwig lächelte: „Erstens habe ich drüben keine Bindung mehr. Alles, was ich Verwandtschaft nennen kann, ist hier. Und da habe ich einiges vor, wobei Sie mir jetzt sehr geholfen haben."

Sie tauschten noch die Handy-Nummern aus. Als Ludwig zahlen wollte, winkte Herr Franz ab: „Das geht aufs Haus."

Daheim erzählte Ludwig dem eben die Spielkarten mischenden Prof. Stadlmann alles, was ihm der Herr Franz Brauer erzählt hatte. Auch von dem, er suchte auf seinen Notizen den Namen, Hans Ploberger, Bilderrahmenmacher in einem großen Geschäft in Linz. Er ging angeblich mit Ludwigs Vater in die Schule.

Stadlmann dache nach: „Der müsste jetzt an die 90 Jahre alt sein. Aber vielleicht lebt er noch?"

„Die größte Bilderhandlung in Linz – kennst du die?"

„Trap hat der Besitzer geheißen. Alfred Trap. Das Geschäft gibt es nicht mehr. Auch der Herr Trap ist schon tot. Aber sein Sohn Michael müsste noch leben …"

Sie suchten im Telefonbuch, fanden aber keine Nummer.

„Wahrscheinlich hat er ein Mobiltelefon", mutmaßte Stadlmann, „da stehen die Nummern nicht im Telefonbuch."

„Ploberger oder Trap", stellte Ludwig fest, „zwei Namen, die doch zu finden sein müssten."

„Liegt dir wirklich so viel daran", fragte Stadlmann, „diesen Ploberger zu finden?"

„Er hat meinen Vater als Schüler gekannt!"

Stadlmann zog noch einmal das Telefonbuch zurate.

„Unter Trap ist niemand. Aber bei Ploberger, Moment, das ist interessant. Ploberger – Rahmenhandlung, allerdings Georg Ploberger."

„Der Sohn?"

Stadlmann wählte die Nummer. Es dauerte einige Zeit, bis jemand abhob, eine unfreundliche Männerstimme: „Wieso rufen Sie meine Festnetznummer an? Ich habe gar nicht gewusst, dass die noch in Betrieb ist …"

„Jetzt wissen Sie's", meinte Stadlmann. „Wir suchen Herrn Hans Ploberger."

„Wer ist wir? Hat der Papa wieder was angestellt?"

„Was soll er denn anstellen?"

„Naja, er ist schon sehr alt und ist manchmal sehr verloren. Was wollen Sie von ihm, vor allem, wer will was von ihm?"

Stadlmann erklärte in übersichtlichen Worten den Grund des Anrufs. Ludwig hörte gespannt zu.

„Und der Vater von diesem Herrn ist mit meinem Vater in die Schule gegangen?"

„Ja. Und der Sohn von dem Herrn sitzt mir gegenüber und möchte Ihren Herrn Vater gerne kennenlernen."

Der alte Hans Ploberger wohnte im Haus seines Sohnes, der nun vorschlug: „Der Papa geht jeden Tag Zeitungen lesen gleich gegenüber ins Café Traxlmayr. Wann kann der Herr denn kommen? Wie heißt er überhaupt?"

„Ludwig Highrider."

„Komischer Name. Ein Engländer?"

„Ich gebe ihn Ihnen."

„Ich kann sehr schlecht Englisch", rief der jüngere Herr Ploberger. Aber da hatte Ludwig schon das Telefon am Ohr. Er stellte sich vor und fragte, wie ein Treffen zu bewerkstelligen wäre.

Ploberger schlug vor: „Morgen? Um 10 Uhr im Traxlmayr? Ich bin dann am Anfang auch dabei und erkläre dem Papa, wer und was Sie sind."

Morgen um 10 Uhr also.

Prof. Stadlmann war so neugierig auf das Treffen, dass er Ludwig anbot, ihn in seinem Opel Kadett nach Linz zu fahren. Um Dreiviertelzehn waren sie schon in dem schönen, Tradition ausstrahlenden Kaffeehaus. Beim Ober, der mit seinem eleganten Schnurrbart ebenfalls ein wenig einer anderen Zeit entsprungen schien, erkundigten sie sich nach Herrn Proberger, und erfuhren sehr amtlich, der sei noch nicht da, würde aber bald kommen. Es sei ja nur über die Straße. Da Plobergers Sohn auch mitkommen wollte, blieb auch Stadlmann bei Ludwig. Der Ober setzte sie an Herrn Plobergers reservierten Tisch und meinte noch: „Er ist sonst immer allein. Hoffentlich ist er nicht böse!"

Sie saßen kaum, da öffnete sich schon die Türe und ein sehr alter Mann, Vollglatze und ein rundes Gesicht, das ein wenig nach Grinsen aussah, wackelte herein. Hinter ihm ein jüngerer Mann, unübersehbar der Sohn des Alten. Der alte Herr Ploberger blieb bei der Türe stehen und schaute ratlos nach dem Ober. Der eilte sofort zu ihm, und redete auf ihn ein. Der junge war inzwischen zu dem Tisch, an dem sie beide saßen, gegangen, hatte sich kurz vorgestellt und schnell gefragt: „Wer ist jetzt der, mit dem ich telefoniert habe und wer ist der Gismayer?"

Stadlmann klärte das, währenddessen führte der Ober den Alten schon zu dem Tisch. Die Sitzenden standen auf und gaben dem Herrn Ploberger die Hand. Der brummte nur etwas, setzte sich auf seinen Platz – auf Anraten des Obers hatten sie seinen Platz freigelassen – und wirkte etwas eingeschüchtert.

Der jüngere Ploberger eröffnete das Gespräch, indem er das Personal klarstellte: „Schau Opa, das" – er deutete auf Ludwig – „ist der Sohn vom Ludwig Gismayer."

Der Alte schaute Ludwig lange an, dann nickte er: „Du bist der Bua vom Luki. Alt bist worden."

„Papa", fiel der jüngere ein, „der Luki ist sein Vater, der ist so alt wie du jetzt. Und das ist sein Sohn. So wie ich der deine bin."

Der Alte nickte: „Ich hab schon begriffen. Wie geht's dem Luki?"

Ludwig war sehr berührt: „Mein Vater ist vor zwei Jahren gestorben. In Amerika."

Lachend antwortete der Alte: „Der Luki war in Amerika? Der Rotzbua? Net bös sein, aber er war a Rotzpipn. Was macht ein Sattler in Amerika?"

„Er hat dort eine Firma aufgemacht und hat es zu was gebracht."

„Aber Moment", verdüsterte sich das Gesicht des Alten, „ist der Luki nicht in Frankreich gefallen? Du musst ihn mit wem verwechseln."

„Nein, der Ludwig Gismayer ist 85 Jahre alt geworden…"

„Ich bin 87", warf der Alte ein.

„…und gestorben."

„Aber der Adolf, der Häfenbruder hat gesagt, sein Bruder Ludwig ist irgendwo in Frankreich gefallen. Und der wirds wohl wissen."

„Und ich werde wohl wissen", entgegnete Ludwig, „wer mein Vater war. Und das war der Ludwig Gismayer, der mit Ihnen in die Schule gegangen ist."

Der Alte nickte lächelnd: „Die Rotzpipn."

Ludwig war neugierig: „Wieso war eine – was? Ich kenne das Wort nicht."

Jetzt lachte der Alte etwas hexenhaft: „Und du willst sei Bua sein?"

Der Jüngere mischte sich ein: „Papa, wieso war der Luki a Rotz-pipn?"

„Weil er so stur war. Weil er immer a Anführer war, obwohl er einer von den Kleineren war. Er hat auch a paar Mal eine Fotzn von mir gekriegt."

Wieder war Ludwig ratlos, diese Worte gehörten nicht zu seinem gelernten Wortschatz.

Wieder übersetzte der Jüngere: „Wieso hast du ihn geohrfeigt?"

„Was?"

„Na a Watschn gegeben."

„Weil er mir auf die Nerven gangen is, immer hat er alles besser gwußt. Er war halt der Gscheiteste von der ganzen Klasse."

Ludwig freute sich: „Er war der Gescheiteste in der Klasse?"

Der Alte verlor sich: „Die ganzen Jahr bin ich der Reihe hinter ihm gsessen. Acht Jahre lang habe ich seinen Plutzer vor mir gehabt."

„Seinen Kopf", übersetzte der Jüngere.

Der alte sinnierte weiter: „Er hat mir oft geholfen. Er war ein Meister im Einsagen, ohne dass es der Lehrer gemerkt hat. Er hat es mir gezeigt, wie er die ersten Haare unten gehabt hat."

„Ja, Papa", fiel sein Sohn ein, „ist schon gut!"

Der Alte lachte: „Seid's ihr so g'schamig? Das war damals wie ein Wettrennen. Der Luki war der erste."

„Mit was?"

„Na mit die Haar."

Jetzt kicherte der Alte ein wenig kindisch.

Der Junge frage: „Wie war er denn, der Luki?"

„A klasser Bursch halt."

„Hast du ihn mögen?"

Seufzend sage der Alte: „Ich hab ihn sehr gern g'habt. Wir waren auch in der Lehrzeit die besten Freunde. Die Gismayer waren ja arme Leut'. Ich hab ihm oft ausgeholfen mit meinem Taschengeld. Er hat ja nix g'habt, in der Lehre hat er in die Familienkasse einzahlen müssen, weil ihn seine Brüder ja erhalten haben. Er war mein bester Freund. – Bis uns der Scheißkrieg alles zerrissen hat. Alles. Ich hab vom Luki nix mehr g'hört."

Jetzt schaute er Ludwig an: „Bis heut'. Und jetzt sitzt sei Bua vor mir. Nach weit über 60 Jahr!"

Der Alte griff nach Ludwigs Hand und drückte sie: „I gfrei mi so!"

Dann atmete er tief durch und sagte sehr abschließend: „Das eine war. Dazwischen Scheiße. Und das andre is heut. Beides schön. Was will ich mehr?"

Vor lauter Reden hatten sie noch gar nichts bestellt.

Der Ober brachte eine Flasche Sekt und vier Gläser: „Die Lieblingsmarke vom Herrn Ploberger."

Der zog sich in sich zurück, schaute Ludwig scheu an und schüttelte ganz leise den Kopf. Und er lächelte.

Während der Rückfahrt sprachen sie kein Wort. Stadlmann brachte Ludwig nach Hause.

„Soll ich hineinkommen?"

Ludwig nickte: „Ich bitte sogar darum."

Stadlmann schenkte zwei Stamperln Obstler ein, sie tranken still.

Wie um die Sache abzuschließen, sagte Ludwig: „Heute hat sich das Bild von meinem Vater komplettiert. Schade, es wäre schön gewesen, die beiden miteinander plaudern zu sehen. Und vor allem zu hören."

Nun hatte Ludwig jede Menge Material, das er dem Ahnenforscher Dr. Wolf zukommen lassen musste. Er fasste daheim alles auf seinem Computer zusammen und schickte es dem Dr. Wolf als Anhang an eine E-Mail. Als nächstes nahm er die Urnenbestattung seines Vaters in Angriff. In der Abteilung Urnengrabstätten am Städtischen Friedhof mietete Ludwig eine schöne Nische für zwei Urnen, auch seine sollte einmal hier stehen. Etwas anderes fiel ihm nicht ein. Die Rosenauerstraße war so gut wie verschwunden, die Gräber seiner Großeltern waren längst aufgelöst, er musste für das Denkmal seiner Familie selbst sorgen.

Ludwig musste sich wärmere Kleidung besorgen, die aus Los Angeles mitgebrachte war zu leicht für die kalte Witterung. Hatte nicht sein Onkel Leopold in einem Herrenmodegeschäft gearbeitet? Stumpf & Söhne hieß es. Hatte es geheißen. Vielleicht gab es noch jemand, den er fragen konnte. Er suchte eigens nicht eine der Handelsketten auf, sondern ging in ein älteres, traditionelles Herrenmoden-Geschäft. Dort war zwar alles sehr teuer, aber wenigstens nicht Made in China oder Bangladesch oder Thailand. Ein deutlich schwuler Verkäufer von etwa 40 Jahren beriet Ludwig und zeigte sich auch ziemlich neugierig.

„Sie sind aber nicht aus Wels?“

„Wie kommen Sie darauf?“

„Ein Welser redet anders. Sie haben so ein internationales Deutsch.“

„Mein Vater war Welser. Ich komme aus Amerika.“

Der Verkäufer kannte sich sichtlich nicht aus. Ludwig aber konterte: „Wenn Sie mich schon so fragen, darf ich Sie auch etwas fragen?“

Etwas pikiert sagte der Verkäufer: „Bitte.“

„Gibt es das Geschäft Stumpf & Söhne noch?“

„Warum fragen Sie?“

„Vielleicht, weil es mich interessiert?“

Wieder war der Verkäufer pikiert und meinte: „Unser Senior müsste das vielleicht wissen. Ich hole ihn.“

Der Verkäufer drückte einen Klingelknopf, man hörte ein weit entferntes Läuten und gleich darauf eine rufende Männerstimme: „Was ist los?“

„Da ist ein amerikanischer Herr", rief der Verkäufer nun auch, er schrie fast, „der will was wissen."

Der Senior schrie zurück: „Was macht ein Amerikaner in unserem Laden?"

Wieder schrie der Verkäufer mit anzüglichem Unterton: „Vielleicht kauft er was!"

Da flog auch schon in der wunderschönen dunkelbraunen Holztäfelung eine Türe auf und ein steinalter Herr, gebeugt, mit einem Stock erschien. Er sah völlig vertrocknet aus, mager, ein nur mit Haut überzogener Totenkopf mit einer sehr spitzen Nase. Nosferatu in dem alten Horrorfilm, dem sah er verblüffend ähnlich. Von dem Vampir unterschied ihn allerdings sofort, dass er lächelte, es war sogar ein sehr gewinnendes Lächeln.

Der Verkäufer sagte mit eleganter Geste: „Das ist unser Chef, Herr Neumaier."

Herr Neumaier streckte die freie Hand aus, Ludwig ergriff sie und sagte: „Highrider."

„Heireider", wiederholte Neumaier, ein seltener Name. Er nickte und verkündete entschuldigend: „Sind Sie mir böse, wenn ich mich hinsetze? Ich bin nicht sehr gut zu Fuß."

In einer Ecke des eleganten Geschäftes standen zwei ledergepolsterte Sessel mit goldglänzenden Nägeln. Auf den einen plumpste Herr Neumaier, er lud Ludwig mit einer Handbewegung ein, auf dem anderen Platz zu nehmen: „Sie sind ja auch nicht mehr der Jüngste!"

Ludwig setzte sich.

Kaum saß er, kam Neumeier auch schon zur Sache: „So. Sie wollen was wissen, hat der Willibald gesagt. Was wollen Sie wissen?"

Ludwig fragte in wohlgesetzten Worten: „Einer meiner Onkel, ein Welser, hat in den 1930er-Jahren eine Lehre im Kleiderhaus Stumpf & Söhne gemacht."

„Oje", rief Neumeier, „das waren Juden. Die sind irgendwann in den 40ern arisiert worden. Das Geschäft hat ein Nazi übernommen. Kofler hat er geheißen. Hat aber schon in den 50ern zugesperrt."

Ludwig hatte etwas Ähnliches befürchtet: „Gibt es von der Familie Stumpf noch jemand?"

Neumeier schüttelte den Kopf: „Alle weg. Die ganze Familie. Komplett. Von der Gestapo abgeholt. Ausgerottet."

Das war für Ludwig wie ein Boxhieb in den Magen: „Und von diesen Koflers?"

„Keine Ahnung. Das Geschäft ist eine Bank geworden. Creditanstalt. Gibt es auch nicht mehr. Aber was interessiert Sie als Amerikaner denn an Stumpf?"

„Mein Onkel …"

„A ja, der hat dort eine Lehre gemacht."

„Leopold Gismayer hat er geheißen."

„Hat?"

Ludwig musste gestehen, dass er gar nicht wusste, ob Leopold noch lebte. Und wo.

„Ich bin Jahrgang 1927", erzählte Herr Neumaier, „und habe mit 14 Jahren auch meine Lehre begonnen. 1941. In der Berufsschule trafen sich alle Lehrlinge, auch die von den anderen Geschäften, man hat sich untereinander auch gekannt. Aber ein Leopold Gismayer ist mir nicht untergekommen. Warten Sie, da fällt mir doch noch was ein. Da wurde uns einer immer als warnendes Beispiel vorgehalten, weil er den Mund nicht gehalten hat. Damals war es besser, sicherheitshalber immer den Mund zu halten. Ich habe nur seinen Vornamen gehört, und ich glaube, der war Leo. Er soll über die Stumpf, wie man sagte, blöd geredet haben und wurde von denen hinausgeschmissen. Das war noch, bevor sie selbst …"

Ludwig war sehr bewegt und sagte leise: „Das wird schon der Leopold gewesen sein."

Nun war aber Herr Neumaier langsam misstrauisch: „Warum fragen Sie das alles?"

Ludwig erzählte ihm in kurzen Worten, dass er soeben dabei sei, seine Welser Familie zusammenzusuchen. Wegen der Erbschaft.

Da glänzte Herr Neumaier auf: „Aha, ein reicher Amerikaner. Willibald, willst du den Herrn nicht bedienen? Es ist alles billiger, weil wir mit dem Abverkauf beginnen. Der ganze Laden ist auch zu haben. Wir sperren nämlich zu."

Ludwig kaufte seine komplette Wintergarderobe, sehr zur Freude von Herrn Neumaier. Es kam so viel zusammen, dass Ludwig bitten musste, selbstverständlich gegen Bezahlung das Großpaket in sein Haus zu bringen.

Herr Neumaier war schon wieder auf dem Weg zu der Türe in der Täfelung: „Der Willibald wird das alles erledigen. Freut mich, Sie kennengelernt zu haben, Mr. Heireider."

Und verschwand – wie einstens Nosferatu.

Auch über dieses Forschungsergebnis informierte er Dr. Wolf, der antwortete, dass er sich mit Leopold noch gar nicht beschäftigt habe. Das beunruhigte Ludwig, er hatte nicht damit gerechnet, dass die Suche nach seinen Erben so lange dauern würde.

Zu Allerheiligen besuchte er die Urnennische seines Vaters. Platz für Blumen fand er nicht, die Nische war zu eng. Es war ein nasskalter Novembertag trotz des Wintermantels fror Ludwig ein wenig. Sehnsucht nach dem doch um einiges wärmeren Los Angeles? Nein. Es hatte längst akzeptiert, dass der Ort, an dem er sich jetzt befand, seine Heimat war. Er wurde zum Welser. Als wäre Amerika nur ein Ausflug gewesen. Sein Vater war geflohen aus dem kriegerischen Europa und vor der Armut seiner Herkunft. Je mehr sich Ludwig das Vorleben seines Vaters vergegenwärtigte, desto besser verstand er, dass er dahin nicht mehr zurückwollte. Dass er, der Sohn nun wieder gleichsam zurückgekehrt war und sogar so etwas wie Wurzeln hier verspürte, erstaunte ihn und freute ihn. Und er brachte schließlich viel Geld von dem Familienausflug nach Amerika mit.

„Kitschig" nannte es der Prof. Stadlmann, sein Schnaps-Spiel-Nachbar, gestand Ludwig aber zu: „Es ist doch ganz normal, dass man die Verbindung zu seiner Heimat nicht abreißen lässt."

„Aber ich bin in Amerika geboren", wandte Ludwig ein, „ich bin Amerikaner. Ich heißt nicht Gismayer, sondern Highrider. Heireider, wie man hier sagt. Ich habe gar nichts von da. Und dennoch – ich bin auf dem Weg nach Hause."

„Auf dem Weg", nickte Stadlmann, „und weißt du, wohin der Weg dich führt? Zu den Brüdern, deinen Onkeln. Hat dein Vater nie ein schlechtes Gewissen gehabt? Einfach abgehaut. Hinter mir die Sintflut!"

Ludwig nickte sehr bedächtig: „Ja, mein Vater ist geflohen. Er wollte damals nicht mehr heim. Das hat er sogar einmal, wirklich nur einmal gesagt. Es war aber auch eine Zeit, in der jeder auf sich selbst schauen musste. Sein Weg war, hat er auch gesagt, sehr weit. Aber es war sein Weg. Und ich gehe jetzt meinen Weg."

„Und der führt dorthin zurück, wo alles vor über einem halben Jahrhundert begonnen hat."

Ludwig zögere kurz und sagte dann, als wäre das ganz selbstverständlich: „Ja."

Im Dezember tat sich einiges. Ludwig suchte wegen seiner leichten, aber immerwährenden Schmerzen im Bauch einen Facharzt für Verdauungserkrankungen auf. Die Diagnose war nicht sehr beunruhigend. Der Arzt stellte einen sogenannten Reizdarm fest, offenbar stressbedingt.

„War Ihr Beruf in Amerika sehr stressig?", fragte der Doktor.

Ludwig musste zugeben, dass sein Leben und Arbeiten, vor allem auch das verpfuschte Privatleben nicht einfach war.

Der Arzt verschrieb ihm ein Medikament und meinte, er solle aufpassen mit der Ernährung: „Große Mengen an fettreicher Nahrung wie Schweinsbraten oder Torte sollten Sie meiden. Insbesondere verhängnisvoll ist die Kombination von zu viel Fett und zu viel Alkohol."

Als Ludwig das Prof. Stadlmann erzählte, maulte er: „Dafür bin ich nun nach Österreich gezogen, dass ich alles, was mir hier schmeckt, nicht essen darf."

„Man kann nicht alles haben", antwortete Stadlmann, „dafür hast du unmenschlich viel Geld."

„Ich verwalte es nur noch"; korrigierte Ludwig, „denn ich habe es mitgebracht, um es zu verteilen."

Ludwig war froh, die Formulierung mitgebracht, um es zu verteilen gefunden zu haben. Mit umso mehr Spannung wartete er auf die Ergebnisse, die ihm Dr. Wolf bringen sollte. Sie waren die Basis für den Verteilungsplan und letzten Endes für das Testament. Er wusste allerdings noch gar nicht, nach welchen Kriterien er das Geld verteilen wollte. Wer sollte bedacht werden? Wer war würdig, bedacht zu werden? Fast fürchtete sich Ludwig vor den Entscheidungen, die er dann treffen musste. Er war dann gleichsam ein Richter. Wie wollte er sie unterteilen? Wie beim jüngsten Gericht? Die Guten und die Bösen? Ludwig wusste nicht einmal bei sich selbst, ob er zu den Guten oder zu den Bösen zählen würde. Da gab es so viele Abstufungen. Jemand kann böse begonnen haben und geläutert sein. Oder jemand kann gut begonnen haben und dann abgerutscht sein. Warum abgerutscht? Aus eigenem Verschulden? Ludwig erkannte, dass er nicht nur belohnen, sondern auch strafen werde. Die Verwandten, die nichts bekamen, waren bestraft gegenüber den anderen, die etwas bekamen. Fast wollte er das ganze Unternehmen schon abblasen und nach seinem Tod die Abarbeitung dem Notar überlassen. Aber was würde dann wirklich mit seinem Geld geschehen? Die Verwandtschaft war, in Graden gemessen, teilweise so weit entfernt, dass die meisten nach der Notar-Methode vermutlich gar nichts bekämen. Das Geld würde dem Staat zufließen.

Eine Schnapspartie bei Hans Stadlmann verlor etwas an Gemütlichkeit, als Ludwig das Problem auf den Tisch brachte.

Stadlmann hörte sehr aufmerksam zu und sagte dann beinahe im Ton eines Urteil-sprechenden Richters: „Es ist dein Geld. Du bist dafür verantwortlich. Wenn du kein Testament machst, hinterlässt du ein Chaos. Aber solange du lebst, hast du die Chance, das Geld sinnvoll einzusetzen. Mit deinem Geld kannst du Gutes tun. Du kannst es samt und sonders einer oder einigen wohltätigen Institutionen vermachen, ehe es ganz dem Fiskus anheimfällt. Aber du hast deiner Rückkehr nach Hause selbst den Sinn gegeben, deinen Reichtum deiner

Familie sinnvoll zukommen zu lassen. Die karitative Form ist eine Kompromisslösung, die Sintflut-Lösung ist verantwortungslose Verschwendung. Also bist du gerufen, den Reichtum, den du und dein Vater angehäuft haben, ordentlich und anständig zu verwalten."

Die Erwähnung des Vaters, der ja von null an das aufgebaut hatte, das der Sohn nun abarbeiten durfte, war für Ludwig ein Schock. Ja, ob er wollte oder nicht, er musste für eine, wie es Stadlmann gesagt hatte, ordentliche und anständige Verwaltung sorgen.

Jetzt lächelte der Freund sogar: „Was sagt uns das? Auch die reichen Leute haben Sorgen."

Ludwig nickte, begann die Spielkarten zu mischen und teilte sie aus für das nächste Spiel.

Weihnachten verbrachte Ludwig mit Stadlmann. Der Freund hatte für die Weihnachtsfeiertage seine Frau aus dem Heim nach Hause geholt. Ludwigs Hausfrau, die Frau Pühringer, übernahm den gesamten Kochdienst. Es wurden sehr schöne Weihnachten mit Christbaum und Stille Nacht und kleinen, liebevollen Geschenken. Ludwig stellte unter Tränen fest, dass er in seinem ganzen Leben nie ein so schönes, stilles, inniges und persönliches Weihnachtsfest erlebt hatte. Wenn er da an den ohrenbetäubenden Lärm dachte, der in Amerika das Fest begleitete, war er zutiefst dankbar, zu Hause zu sein. Ja, betonte er für sich, zu Hause.

11. Die Ergebnisse des Ahnenforschers

Für den 7. Jänner des folgenden Jahres hatte Dr. Wolf seinen ersten Bericht angekündigt. Er betraf den ältesten der drei Onkel, Adolf Gismayer.

Dr. Wolf ersuchte Ludwig zu dem Zweck in sein Büro zu kommen. Also eigentlich war es kein Büro, sondern ein Schreibtisch und viele volle Wandregale in einem kleinen Zimmer, Kabinett genannt, seiner sehr ansehnlichen Wohnung. Frau Wolf, eine liebevolle ehemalige Volksschullehrerin – sie unterrichtete am liebsten nur die 1. Klasse, „da sind sie noch so lieb" – brachte Kaffee und den unverzichtbaren Guglhupf, sagte noch „Nichts anpatzen, gell?" und ließ die beiden allein.

Dr. Wolf platzierte sich hinter seinem Schreibtisch, Ludwig durfte im hochlehnigen Fauteuil Platz nehmen, unter einer sehr schönen, mit Fransen behangenen Leselampe. Als sie so saßen, stand Wolf sofort wieder auf, um Ludwig eine Mappe zu überreichen.

„Was ist das?", fragte er.

„Der Bericht betreffend Adolf Gismayer."

Ludwig verwehrte die Annahme und bat: „Erzählen Sie's mir bitte."

Wolf setzte sich wieder, schlug die Mappe auf, atmete tief ein und ebenso tief wieder aus, schob seine Brille ein kleines Stück in Richtung seiner Nasenspitze und begann: „Die auf den Tag genauen Daten lasse ich weg."

„Ganz wie Sie es wollen", antwortete Ludwig gnädig – und sehr neugierig.

„Adolf Gismayer ist 1911 geboren als der älteste Sohn des Ignaz und der Maria Gismayer. Er besuchte die Volksschule, anschließend das Gymnasium, wegen der nachgewiesenen Armut auf einem Freiplatz, machte 1929 die Matura und bewarb sich für den als Maturaposten ausgeschriebenen Stellvertretenden Fahrdienstleiter bei den Bundesbahnen.

Der Vater Ignaz ist 1919 gestorben an den Folgen seiner Kriegsversehrung.

Die Mutter starb 1929 an den Folgen ihres schweren Berufes.

Adolf lebte seit 1929 in Linz.

Er heiratete in Linz 1936 Beate Schindler, geb. 1911, 25 Jahre alt.

Sie starb 1960 mit 49 Jahren an einer Gebärmuttererkrankung.

1937 kam der eheliche Sohn Peter Gismayer zur Welt.

1939 die eheliche Tochter Annemarie Gismayer.

Dann hatte Adolf mit Beate keine Kinder mehr wegen ihrer beginnenden Unterleibserkrankung - vermutlich angesteckt durch die Seitensprünge ihres Gatten Adolf in ein dubioses Milieu.

Adolf war während des Krieges von 1939-1945 Disponent der Frachtabteilung der Bundesbahn, ab 1944 war er auch verantwortlich für die Abwicklung von Judentransporten.

Adolf war kein PG – Parteigenosse. Wie er angesichts seiner Tätigkeit der Mitgliedschaft entkommen ist, war nicht zu eruieren.

1945 ist er der SPÖ beigetreten, leistete eine eidesstattliche Erklärung, dass er kein PG war, das genügte, er wurde aufgenommen.

Adolf arbeitete weiter in der Frächterabteilung. Dort baute er sich ein Imperium auf, kurz gesagt, er war korrupt. Wenn etwas Verbotenes transportiert werden sollte, wendete man sich an ihn. Er ist reich geworden, verschleierte aber seine Zusatzeinkünfte.

Adolf wurde von einem Kollegen, mit dem er angeblich die Gewinne schlecht geteilt hatte, angezeigt. Es kam zu einem Gerichtsprozess.

Mangels an Beweisen wurde Adolf freigesprochen.

In den Zeitungen stand zu lesen: Ein dubioses Urteil.

1961, ein Jahr nach dem Tod der Beate, heiratete Adolf Milena Dworschak, geboren 1934, 27 Jahre alt. Adolf war 50 Jahre alt.

1964 wurde die eheliche Tochter Elisabeth geboren.

1965 wurde Adolf pensioniert – mit 54 Jahren – Eisenbahner gingen sehr früh in Pension.

Es war vermutlich eine Zwangspensionierung. Denn 1965 zeigte ihn ein Kollege wieder an. Steuerhinterziehung wurde nachgewiesen. Es gab eine Verurteilung, zwei Jahre Gefängnis unbedingt - bis 1968.

Zudem wurde er zu einer Nachzahlung von 250.000 Schilling verurteilt, die er sich nicht leisten konnte, da er mittellos war. Angeblich (nicht genau nachweisbar) hat ihn seine Frau Milena – wie man so sagt - abgeräumt.

1967, noch während Adolf im Gefängnis saß, ließ sich Milena scheiden. Die Tochter Elisabeth wurde ihr zugesprochen.

Adolf war nun geschieden und mittellos. Sein ganzer Besitz war gepfändet.

1969 zog Adolf in das Haus seines Sohnes Peter Gismayer. Dort gab es unüberwindliche Schwierigkeiten mit Peters Frau Hilde.

Adolf verfiel dem Alkohol und wurde betrunken immer wieder in Raufhändel verwickelt.

1974 verfrachtete ihn sein Sohn Peter in ein Pflegeheim.

Dort ist Adolf Gismayer im Jahr 1979 mit 68 Jahren gestorben.

Sein Grab befand sich am Linzer Stadtfriedhof. Es ist seit 10 Jahren aufgelassen."

Stille.

Ludwig war beeindruckt: „Kein schönes Leben!"

„Vor allem kein gutes Leben. Ihr Onkel Adolf war, wie man bei uns sagt, ein ziemlicher Hallodri."

„Gar nicht lustig", fand Ludwig. „Und wer lebt noch aus dieser verkorksten Linie meiner Familie?"

Dr. Wolf wehrte ab: „Gar so verkorkst ist sie nicht. Ab jetzt ging alles einen recht ordentlichen Weg."

Wolf blätterte eine neue Seite in seiner Mappe auf: „Adolfs Sohn Peter ist jetzt 68 Jahre alt und auch schon in Pension. Auch seine Frau Hilde lebt noch, 66 Jahre alt und auch in Pension. Sie leben in Linz. Peter Gismayer machte 1955 die Matura, ging nach Wien und studierte Medizin. Nach erfolgreichem Abschluss des Medizinstudiums machte er die neunmonatige Basisausbildung, die alle Medizinabsolventen abschließen müssen. Danach folgte die von ihm selbst gewählte Ausbildung zum Facharzt für Innere Medizin, die in seiner

Disziplin vier Jahre dauerte. Er wurde 1966 mit 28 Jahren fertig und sofort Internist im AKH Linz, ist mit 65 in Pension gegangen, arbeitet noch fallweise.

Seine Frau Hilde Gismayer, geborene Pokorny, arbeitet, als ihr Mann 1966 seine Privatpraxis eröffnete, als seine Sprechstundenhilfe.

Peter und Hilde Gismayer haben einen Sohn Alexander, geboren 1967. Alex Gismayer hat Physik studiert und ist sofort nach Beendigung seines Studiums nach England gezogen, er lebt in London und ist ledig.

Die Tochter Adolfs Annemarie, geboren 1939, verheiratete Kandler, lebt in St. Pölten ist 64 Jahre alt und in Pension. Die Ehe ist kinderlos. Annemarie war zuletzt Sekretärin in der Gemeinde St. Pölten.

Adolfs geschiedene Frau Milena wäre jetzt 71 Jahre alt, ist mitsamt ihrer Tochter nach Tschechien gezogen und unauffindbar."

„Die Wasserstoffblonde."

Dr. Wolf sagte nichts.

Ludwig aber fiel noch etwas ein: „Der Onkel Adolf soll bei einem Besuch in Wels im Hotel Greif gesagt haben, sein Bruder Ludwig, also mein Vater, sei tot. 1944 Normandie. Und er hat den Totenschein. Ist der aufgetaucht? Er ist ja irrelevant, weil mein Vater nachweisbar nicht in der Normandie gefallen ist. Dennoch …"

„Bei meinen Nachforschungen ist der Totenschein jedenfalls nicht aufgetaucht. Aber wenn Adolf Gismayer wirklich einen Totenschein hatte, dann hat Ihr Herr Vater für die ganze Familie wahrscheinlich als tot gegolten. Umso größer wird die Überraschung sein, wenn Sie auftauchen."

„Aber wo ist der Schein?"

„Das wird man erst klären können, wenn Sie bereit sind, persönlich in Ihrer Familie in Erscheinung zu treten. Es kann auch sein, dass diese Milena alles mitgenommen hat."

„Aber warum?"

„Herr Heireider, in Ihrer Familie gibt es so viele Warum…"

Ludwig besprach das alles mit Prof. Stadlmann. Der staunte über das Konvolut.

„Das ist aber noch nicht alles", wackelte Ludwig mit dem Kopf, „wer weiß, was der Leopold und der Josef noch zu bieten haben."

Stadlmann riet: „Für dich ist es am einfachsten, wenn du aus der ganzen Geschichte die für eine Erbschaft relevanten Personen herausfilterst. Alles andere ist Geschichte. Familiengeschichte. Interessant für das ganze 20. Jahrhundert, aber im Speziellen nebensächlich."

Ludwig war am Nachdenken und sagte leise: „Ich weiß nicht, ob es sehr klug von mir war, nach Österreich zu kommen und dieses Unternehmen zu starten."

„Und was", wandte der Professor ein „wäre in Amerika mit deinem Vermögen passiert?"

Ludwig nickte.

Stadlmann aber redete weiter: „Warum hast du selbst keine Kinder in die Welt gesetzt? Dann hättest du vielleicht die Firma gar nicht verkaufen müssen, die Kinder hätten sie weitergeführt. Selber schuld, mein Freund!"

Ludwig sah sich genötigt, die Story mit Kimberley Salinger zu erzählen.

Stadlmann lachte unangenehm schallend: „Ganz schön naiv, da hineinzufallen. Grotesk. Da ist bei dir irgendwas schiefgelaufen. Vielleicht liegt das in der Familie."

„Hör auf" rief Ludwig, „mein Vater war auch nicht eben erfolgreich in seinem Intimleben. Ich bin der einzige Erfolg, wenn ich überhaupt ein Erfolg bin."

„Du bist erfolgreich und du bist reich. Wenn das kein Erfolg ist?"

„Der Erfolg meines Vaters."

„So kommen wir nicht weiter. Dein Vater und du, ihr habt eine Firma gehabt. Dein Herr Vater hat sie gegründet und du hast den Erfolg fortgesetzt. Hör auf, wehleidig zu sein. Schau lieber, dass mit deinem Geld was Gescheites geschieht."

Ludwig schaute sich die noch sehr kurze Liste der relevanten Kandidaten an. Da tauchte schon zum ersten Mal die Frage auf, ob er die Eltern oder gleich deren Kinder bedenken solle. Zukunftsträchtiger schienen ihm da die Jüngeren. Umso gespannter wartete er auf die Storys der jüngeren Onkel.

Da erreichte ihn ein Anruf aus den USA. Aus Carson City. Jim Salinger selbst war sofort am Apparat. Rundheraus fragte er Ludwig:

„Willst du nicht noch einmal einsteigen?"

Ludwig lachte: „Eine seltsame Idee. Und sicher nicht grundlos. Also, was ist los?"

„Wir würden eine Geldspritze brauchen. Nicht viel. Ein kleiner Einbruch."

„Wie viel?"

Jim nannte eine Summe.

Ludwig rechnete: Das wäre etwa ein Fünftel dessen, was der Verkauf gebracht hatte. Also nicht so wenig, wie Jim tat.

Er fragte: „Wieso rufst gerade du an? Was sagt denn eure Investorengroup?"

„Die Zentrale in L.A. wartet. Wer das Geld bringt, hat das Sagen."

Verwundert fragte Ludwig: „Bist du nicht in der Zentrale?"

Er hörte einen Seufzer: „Sie haben mich in Carson City gelassen."

Ludwig verstand: „Da habt ihr euch aber kräftig verkalkuliert."

„Wer ihr?"

„Na du und deine charmante Tochter."

Wieder ein Seufzer: „Henderson hat ein neues Management."

Ludwig staunte immer mehr: „Kim ist gefeuert?"

„Außer sie bringt das Geld. Dann ist sie wieder drin."

Ludwigs Stimme hatte einen lachenden Unterton: „Und das alles soll ich jetzt an Land ziehen? Dich, der mich nicht vor Kim gewarnt hat und Kim, die mir die Nachkommenschaft verweigert hat? Für wie blöd hältst du mich?"

Jim jammerte: „Es ist deine Firma. Sie heißt immer noch Highrider."

„Ändert den Namen, es ist mir egal."

Jetzt klang Jim schon weinerlich: „Was würde dein Vater sagen?"

Ludwig explodierte: „Ist es dir nicht peinlich, meinen Vater ins Spiel zu bringen? Ihr habt mir die Lust auf Amerika verdorben. Hätte deine Tochter mit offenen Karten gespielt, wäre eventuell doch Nachwuchs möglich gewesen und alles hätte anders ausgeschaut. Vielleicht. Bedank' dich bei Kimberley. Die Madame Obergescheit soll sich was einfallen lassen."

Ludwig wusste, dass er seinen Ex-Schwiegervater jetzt niederwalzte. So klang er auch: „Sie haben von Kims sexueller Richtung erfahren."

„Und sie deshalb gefeuert? Da tut sie mir ja sogar noch leid, denn dafür kann sie nichts."

„Du könnest ihr helfen."

„Jim, ich bin gerade dabei, mein Geld an meine Erben in Österreich zu verteilen. Darin sehe ich einen Sinn. In deinem Vorschlag sehe ich keinen, außer, dass ich Geld verliere, das ich anderen zukommen lassen möchte."

Die Verabschiedung war kurz und unfreundlich.

Ludwig hingegen fand sich in einer eigenartigen Situation: Er hatte sein Vorhaben mit der Erbschaft untermauert und gegen eine, wenn auch unbrauchbare Alternative verteidigt. Und gut verteidigt, fand er. Dass er die Firma verkauft hatte, schien ihm so etwas wie ein letzter Augenblick gewesen zu sein. Glück gehabt. Das Glück des Tüchtigen klopfte er sich selbst auf die Schulter.

Schon nach einer halben Stunde hatte er Kim am Apparat.

Sie legte sofort los: „Bist du jetzt zufrieden, dass du deine Rachegelüste an uns auslassen kannst?"

Ludwig war nicht überrascht und daher sehr überlegen: „Ja, ein wenig Genugtuung ist es mir schon. Rechne einmal nach, wie lange du mich hingehalten hast mit deiner sogenannten Therapie, die eine glatte und ziemlich unverschämte Lüge war. Und eine undurchdachte Lüge noch dazu."

„Was war daran undurchdacht?"

„Hast du nie daran gedacht, was geschieht, wenn das aufkommt? Deine Lebensplanung, was mich betrifft, war eine so große Katastrophe, dass man dir eigentlich die Leitung einer Firma gar nicht geben dürfte in Anbetracht der Qualität deiner Entscheidungen und Planungen. Hirnlos nennt man das bei uns in Österreich. Ich höre, sie haben dich gefeuert."

„Du könntest mich retten."

„Sag' bitte, dass das nicht dein Ernst ist. Du lässt mich dastehen als gehörnten Tölpel und glaubst dann im Ernst, dass ich dich dafür belohne?"

Sie brach das Telefonat ab.

Ludwig war ein wenig traurig. Er dachte daran, wie schön das Leben mit ihr war, als er noch nicht wusste, wie es um sie stand. Aber sie hätte ja auch als Lesbe neun Monate ihres Lebens opfern können, um ein Kind auszutragen. Die Frage, was sie sich wirklich dabei gedacht hatte, Ludwig mit der Therapielüge hinzuhalten, blieb unbeantwortet. Denn irgendwann wäre er ja doch draufgekommen. Was dann? Ludwig war froh, offensichtlich auch hier rechtzeitig aus der Affäre herausgekommen zu sein. Noch einmal Glück gehabt.

Als er bei einer Schnapspartie dem Prof. Stadlmann in Stichworten zwischen den Ansagen 20 und 40 und Zudrehen das Angebot aus Amerika berichtete, musste dieser sogar lachen: „Deine amerikanische Verwandtschaft hat auch Überraschungen bereit. Nicht nur die österreichische."

„Ex-Verwandtschaft", korrigierte Ludwig, „von denen ist keiner erbberechtigt."

Schon wieder lachte Stadlmann: „Teilst du deine Verwandtschaft jetzt in Erbberechtigte und Nichterbberechtigte?"

„Das ist derzeit die einzige Möglichkeit für mich, die Orientierung nicht zu verlieren."

Stadlmann verlor das Bummerl.

Der nächste Bericht sollte in einer Woche kommen, kündigte Dr. Wolf an. Der Leopold-Bericht. Der mit dem Kleiderhaus-Lehrling, der blöd über seine jüdischen Chefs geredet haben soll. Herrenmoden Stumpf & Söhne. Eine von den Nazis ausgerottete Familie. Was wohl aus Leopold geworden ist?

Diese Frage stellte Ludwig gleich als erstes, als er in Dr. Wolfs Büro in seinem martialischen Fauteuil saß.

Dr. Wolf antwortete sehr kurz, weil auch nicht mehr zu sagen war: „Ihr Onkel Leopold ist tot.

Aber lassen Sie mich von vorne anfangen.

Leopold Gismayer, ist ehelich geboren im Jahr 1913, Ignaz und Maria Gismayer waren die leiblichen Eltern. Er besuchte die vierklassige Volksschule, dann die Bürgerschule. Nach Schulabschluss kam er 1927 mit 14 Jahren in eine Lehre im Kleiderhaus Stumpf & Söhne in Wels. Gleichzeitig besuchte er die obligate Berufsschule für Textilgewerbe. Dort bekam er Probleme, weil er, wie sie es nannten, blöd über seine Lehrherren geredet hat."

Blöd über jemand reden war damals offensichtlich eine schönfärbende Aussage.

Wolf hatte während Ludwigs Gedanken weitergeredet.

„Aus diesem Grunde wurde er 1929, es war das Todesjahr der Mutter, entlassen, hinausgeschmissen. Er besuchte daraufhin eine zweiklassige Handelsschule und wurde im Jahr 1931 mit 18 Jahren Buchhalter. Hierauf war er zwei Jahre arbeitslos. 1933 bekam er endlich einen Posten als Buchhalter in Limbach, einem kleinen Dorf in Oberösterreich, in der dortigen Fabrik für Tabakpfeifen und Zigarettenspitze. Die Familie Rosenstein waren die jüdischen Besitzer. Auch hier fiel Leopold bald auf, weil er schlecht über Juden redete. Das blieb folgenlos, vorerst. Er lernte die dortige Lehrerin Emilie Kindler, geboren 1914, kennen, sie heirateten 1938 (er war 25 Jahre alt, sie 24). 1939 wurde Leopold zum Militär eingezogen und musste in den Krieg. Seine Frau Emilie musste der NSDAP beitreten, um ihren Posten zu behalten. 1944 wird der Sohn Gernot geboren. 1946 kommt Leopold (33) aus der Kriegsgefangenschaft zurück. Die Firma, in der er vor dem Krieg gearbeitet hat, war arisiert worden, sie hatte neue Besitzer, Leopold kehrte zurück auf seinen Posten. Emilie (32) musste zwei Jahre als Lehrerin pausieren wegen ihrer Mitgliedschaft bei der NSDAP, wies nach, dass sie nicht freiwillig beitrat, wurde entnazifiziert und unterrichtete ab 1948 wieder. 1950 bekam die jüdische Familie Rosenstein ihre Fabrik zurück, sie wollten Leopold wegen seiner Äußerungen vor dem Krieg sofort entlassen, es kam zu einem Prozess vor dem Arbeitsgericht – das Urteil lautete: die Firma musste Leopold behalten. 1955 wurde Emilie mit 41 Jahren Direktorin der Schule, in der sie bisher Lehrerin war. Mit 55 im Jahr 1969 ging Emilie krankheitshalber in Pension. 1978 ging Leopold mit 65 Jahren in Pension. Emilie wurde 1979 mit 65 Jahren bettlägerig und verließ das Bett bis zu ihrem Tod nicht mehr. Leopold pflegte sie. 1984 mit 70 Jahren starb Emilie Gismayer. Leopold verfiel in Parkinson und Demenz, lehnte aber krankhaft stur jede Pflege ab. Sein Sohn Gernot und dessen Frau mussten ihn jeden Tag besuchen.1989 mit 76 Jahren kam Leopold sehr gegen seinen Willen in ein Pflegeheim, starb dort 1990 im Alter von 77 Jahren.

Damit sind wir bei seinem Sohn Gernot Gismayer, er wurde 1944 geboren von den leiblichen Eltern Leopold und Emilie Gismayer. Bis 1954 ging er in die Volksschule, 1954 wechselte er in das Humanistische Gymnasium, 1962, exakt mit 18 Jahren machte er seine Matura. Sein Studium absolvierte er an der Universität Wien für das Lehramt in Geografie und Geschichte. Im Jahr 1967 mit 23 Jahren hat er das Studium erfolgreich beendet, machte anschließend in Wien sein Probejahr und bekam 1968 mit 24 Jahren eine Anstellung am Akademischen Gymnasium in Linz. 1972, da war er 28 Jahre alt, heiratete er seine Professoren-Kollegin Erna Berger, geboren 1946, 26 Jahre alt. Prof. Gernot Giesmayer betätigte sich seither neben seinem Lehrberuf wissenschaftlich als Oberösterreich-Historiker und veröffentlicht etwa alle drei Jahre ein historisches Fachbuch. 1986 hat sich Erna Gismayer-Berger mit 40 Jahren als Schuldirektorin beworben, eine Kollegin von einer anderen Partei wurde ihr vorgezogen, was laut Aussagen die Frau Prof. Gismayer sehr frustriert haben soll. Sie wird 2006 mit 60 Jahren in Pension gehen, ihr Mann Gernot will bis 2009 unterrichten, da wird er 65 Jahre alt. Sie leben im Linzer Vorort St. Martin.

Nun zu den Kindern der beiden:

1979 wurde die Tochter Brigitte Gismayer geboren, sie machte 1997 mit 18 die Matura.

1981 wurde Sohn Bernhard Gismayer geboren, er machte 1999 die Matura.

Beide besuchten das Gymnasium, in dem auch ihre Eltern arbeiten.

Tochter Brigitte lernte ein Linz Kinderpädagogik und ist jetzt in dem Beruf tätig.

Sohn Bernhard studiert derzeit an der Linzer Johannes-Kepler-Universität Informatik.

Alle wohnen in dem Einfamilienhaus in St. Martin bei Linz."

Kurze Stille.

Ludwig war gefesselt: „Fertig?"

Dramatisch pochte Dr. Wolf aus das vor ihm liegende Papier: „Von der Familie Ihres Onkel Leopold leben somit noch die folgenden Personen:

Leopolds Sohn Gernot Gismayer, 61 Jahre alt (Linz)

Seine Frau Erna Gismayer geb. Berger, 59 Jahre alt (Linz)

Gernots Tochter Brigitte Gismayer, 26 Jahre alt (Linz)

Gernots Sohn Bernhard Gismayer, 24 Jahre alt (Linz)."

Erst jetzt klappte der Forscher die Mappe mit einem lauten Knall zu, stand auf und überreichte sie Ludwig, der ebenfalls aufstand und dem Dr. Wolf die freie Hand dankbar drückte.

„Ich weiß nicht", bemerkte Dr. Wolf, „ob ich Ihnen zu Ihrer Verwandtschaft gratulieren soll oder nicht. Aber mit fortschreitenden Generationen wird es immer besser. Ihr Testament möchte ich jedenfalls nicht verfassen müssen."

Mir graust auch schon, dachte Ludwig, er sagte: „Die Gismayer wachsen sich zu einem Clan aus."

„Gott sei Dank sterben immer wieder welche weg", antwortete Wolf sehr trocken, „das schränkt die Vermehrung etwas ein."

Das Gottseidank von Dr. Wolf klang noch eine Zeit lang in Ludwig nach. Er fand sich im Zweifel, ob er nicht auch froh war, die Brüder seines Vaters nicht mehr persönlich kennenzulernen. Sie hatten eindeutig nicht das erfolgreiche Leben ihres Bruders Ludwig geschafft. Zudem hatten sie ihn sicher längt vergessen, denn er galt ja für tot. Mit einem Totenschein, der noch dazu unauffindbar war. Vielleicht war er eine Erfindung des Onkel Adolf. Allerdings – wozu? Wozu sollte Adolf einen Totenschein erfinden? Ludwig mochte Sackgassen nicht, besonders, wenn er in eine geriet. Was den Totenschein betraf war er nun in einer gelandet. Er fragte sich auch, ob dieses Kurvendenken, in dem er sich bewegte, schon eine Alterserscheinung war. Bei einer Schnapspartie mit Prof. Stadlmann, bei der sie den Leopold-Bericht durchgingen, sprach er auch das Thema Totenschein an. Stadlmann sah das pragmatisch: „Erstens: Der Totenschein müsste etwa aus dem Jahr 1944 sein. Dein Herr Vater hat nachweislich länger gelebt. Also ist der Totenschein, so es wirklich einen gibt, falsch. Aber gegen Kriegsende ging es in der deutschen Armee schon reichlich drunter und drüber. Ich könnte da auch aus meiner Familie ein Beispiel erzählen. Zweitens: Der Totenschein ist unauffindbar, wir wissen, dass nur dein Onkel Adolf ihn kannte. Er wird allerdings sicher der ganzen Familie vom toten Bruder Ludwig erzählt haben. Nehme ich zumindest an. Denn den Rezeptionisten im Hotel Greif hatte er es ja auch erwähnt. Drittens: Entweder taucht der Totenschein irgendwo auf. Oder wenn du wirklich erpicht bist, von dem Schein zu erfahren, musst du dich an das Nazi-Archiv in Berlin wenden. Die haben alles aufgehoben und archiviert."
Ludwig versprach mit nicht sehr großer Überzeugungskraft, sich um die Sache zu kümmern. Er tat es auch wirklich nicht.
Aber er fragte weiter: „Was sagst du zu der Leopold-Familie?"
„Ich muss dem Dr. Wolf recht geben. Es wird immer besser. Die österreichische Gismayerfamilie arbeitet sich in akademische Höhen hinauf. Willst du die nicht doch einmal alle kennenlernen?"

„Hallo, Familie", alberte Ludwig, „ich bin der reiche Onkel aus Amerika. Und wenn ihr schön brav seid, bekommt ihr was von mir. Meinst du das so?"

Stadlmann klang verwundert: „Ich meine, die leben alle im Umkreis von ein paar Kilometern und sind ordentliche Leute, deren du dich nicht genieren musst. Vielleicht kann man das auch etwas diskreter, um nicht zu sagen, intelligenter und niveauvoller einfädeln."

Nun fühlte sich Ludwig gemaßregelt und verteidigte sich: „Du siehst aber schon ein, dass meine Situation sehr eigenartig ist. Die Geschichte umspannt das ganze 20. Jahrhundert."

„Was empfindest du daran als eigenartig?"

„Erstens steht da plötzlich ein Verwandter vor ihnen, der von einem längst tot geglaubten Onkel Ludwig stammt. Zweitens bringt der auch noch Geld mit. Du weißt sicher, dass in dem Augenblick, in dem Geld eine Rolle zu spielen beginnt, sich das Verhalten Betroffener oft sehr verändert."

„Du meinst, es wird zu Streitereien und Eifersüchteleien kommen."

„Genau deshalb war es ja auch mein Plan, mir die Leute, die ich mit meinem Geld zu bedenken gedenke, geheim und versteckt auszuspionieren und dann ein, wie ich es immer nenne, maßgeschneidertes Testament zu verfassen. Ich will kein Wettrennen um das Geld, weil das eine möglicherweise intakte Familie zerstören könnte."

Stadlmann war nun doch nachdenklich: „Du meinst, Geld könnte den Charakter deiner Leute beeinflussen. Geld verdirbt den Charakter …"

Ludwig nickte.

„Du solltest auch noch den Bericht über den dritten Onkel abwarten, dann eine Liste der relevanten Personen erstellen – und wie du es gerne sagst, maßschneidern."

Sie einigten sich auf eine weitere Partie Schnapsen.

Aber Amerika gab noch immer keine Ruhe. Ein sehr amtlich aussehender Brief aus Los Angeles kam, er stammte von dem Heim, in dem sie seine leibliche Mutter, die von seinem Vater geschiedene

Ursula, eigentlich Gisela Highrider untergebracht hatten. Sein Vater hatte die Bezahlung geregelt, die nun auf den Sohn übergegangen war. Der aber hatte längst vergessen, dass das Agreement noch immer lief. Sie teilten ihm mit, dass die Frau, für die Ludwig Highrider – sein Vater - zahlte, gestorben sei. Da nun der Sohn die einzige Kontaktperson war, fragten sie ihn, was mit dem Leichnam geschehen solle. Zudem könne er die Zahlungen einstellen, der Vertrag sei mit dem Tod der Gisela Highrider erloschen.

Es war ein Berg von Erinnerungen, der über Ludwig hereinstürzte. Seine Mutter hatte ursprünglich Hochreiter geheißen. Gisela hieß auf Amerikanisch Scheisela, darum hatte sie ihren Namen in Ursula geändert. Und sein Vater hatte die Gelegenheit ergriffen, den Namen seiner Frau Hochreiter anzunehmen und zu amerikanisieren in Highrider. Die schöne Frau, die in Hollywood in Alkohol und Drogen untergegangen war. Die ein außereheliches Kind hatte, eine Tochter, die noch irgendwo lebte. Geschieden von seinem Vater. Von ihm, dem Sohn hinausgeschmissen, vom Vater gleichsam aufgefangen und in ein Heim verfrachtet.

Diese Geschichte war nun ins Finale gekommen. Ludwig ordnete an, dass der Leichnam verbrannt werden solle. Was er nicht anordnete, war: Was geschieht mit der Urne? Die Antwort kam in Form eines Pakets, das ihm der Briefträger brachte, gegen Nachnahme. Ludwig musste erst die Einäscherungsgebühr bezahlen, bis er das Paket bekam. Er wollte schon die Annahme verweigern, da sah er den Absender, bezahlte und nahm es an. In dem Paket war die sorgsam verpackte, sehr einfache Urne mit dem kleinen Täfelchen Gisela Highrider und dem Sterbedatum.

Nun hatte er seine Mutter mitten auf dem Esstisch stehen. Was tun mit ihr? Er bat zur nächsten Schnapspartie den Prof. Stadlmann zur Abwechslung zu sich nach Hause. Als Stadlmann die Wohnung betrat und auf den Esstisch zuging, auf dem sie, wenn sie sich bei Ludwig trafen, immer spielten, staunte er, als er das Ding auf dem Esstisch sah und meinte: „Du solltest schon Blumen in die Vase tun. Wie schaut denn das aus?"

Als ihm Ludwig erklärte, dass das eine Urne sei, erschrak der Professor: „Willst du da drin einmal – begraben werden?"

Jetzt musste Ludwig sogar lachen: „Da ist schon jemand drin!"

„Wirklich?", erschrak Stadlmann. „Was hat denn eine Urne mit jemand drinnen auf unserem Spieltisch verloren? Wer ist denn da drinnen? Ist ja gruselig!"

„Meine Mutter."

Fast zerriss es den Professor: „Was? Wie kommt die denn daher?"

Mit gespielter Coolness antwortete Ludwig: „Na wie kommt eine Urne schon? Mit der Post."

Das Staunen Stadlmanns war groß: „Verschicken die jetzt auch Särge?"

Ludwig beendete das seltsame Gespräch und erzählte Stadlmann den Hergang.

„Und jetzt steht da meine Mutter, die mich verlassen hat, als ich zwei Jahre alt war. Ich habe sie ein einziges Mal gesehen. Nach 50 Jahren. Da war sie ein altes versoffenes Weiberl."

Ludwig lernte den Welser Dialekt. In der Abteilung für Urnenbestattungen auf dem Welser Friedhof hatte er eine Nische für zwei Urnen gemietet, die eigentlich für ihn selbst und seinen Vater vorgesehen war. Nun blieb ihm nichts anderes übrig, als seine Mutter an seinen Platz zu stellen. Da er aber ein Mann der Vorsorge war, mietete er eine Dreiernische, in die er nun Ludwig den I. und seine Mutter platzierte. Das Tragen der Urne von einer Nische in die andere hieß Umbettung und war kostenpflichtig. Wie alle reichen Menschen hasste Ludwig überflüssige Ausgaben. Schließlich hatte er die Urnen selbst getragen und gebettet. Einerseits gefiel Ludwig das Arrangement überhaupt nicht. Wieso kam seine Mutter, die sich aus einer schönen Frau in eine versoffene Schlampe verwandelt und für ihren Sohn keinen Finger gerührt hatte, jetzt zu der völlig unverdienten Ehre? Andrerseits hatte er doch neun Monate in ihrem Bauch verbracht zu einer Zeit, in der sein Vater seine Jussi noch geliebt hatte. Was also blieb aus der ganzen Affäre? Es würden einmal drei Urnen nebeneinanderstehen, Vater, Mutter und Sohn.

„Ist doch schön" vermerkte Stadlmann, „der Tod heilt eben doch alle
Wunden."
Ludwig überlegte: „Heißt es nicht, die Zeit heilt alle Wunden?"
Stadlmann gab sich philosophisch: „Der französische Philosoph und
Historiker Voltaire hat diesen Spruch im 18. Jahrhundert getätigt und
damit nur bedingt recht. Ich nehme für Wunden eine Heilsalbe. Die
sicherste Wundheilung bringt nur der Tod."
Abgesehen davon, dass es Ludwig gar nicht so genau wissen wollte,
fand er den Diskurs als Legitimation für seine Drei-Urnen-Lösung.

Es war Jänner, saukalt, feucht, die Gehsteige vereist, Ludwig traute
sich kaum aus dem Haus. Und wenn er ging, zog er Socken über
seine Schuhe, was die Rutschgefahr fast zu 100 % verringerte, also
genau genommen eliminierte. Ludwig gefiel sich darin, immer noch
exakt zu rechnen. Den Rutsch-Schutz brauchte er, denn Dr. Wolf, der
unermüdliche Ahnenforscher, kündigte seinen dritten Bericht an und
ersuchte Ludwig um sein Erscheinen in seinem Büro.
Nun saß Ludwig wieder einmal in dem Fauteuil, in dem er schon
über zwei seiner Onkel zum Zweck seiner Testamentsverfassung einiges erfahren hatte. Heute war sein jüngster Onkel Josef, auch Pepi
genannt, dran.
Aus der vor ihm liegenden Mappe begann Dr. Wolf etwas schulmeis-
terlich vorzutragen.
„Josef Gismayer ist im Jahr 1915 ehelich geboren. Vater Ignaz, Mutter Maria Gismayer. Er besuchte die achtklassige Volksschule,
machte ab 1929 – es war das Todesjahr seiner Mutter – eine Lehre
als Kraftfahrzeugmechaniker."
„Eine ziemlich neue Lehre", unterbrach Ludwig.
„Auch damals mussten Autos repariert werden", erklärte Wolf un-
gnädig, hörbar nicht erfreut über die Unterbrechung seines Vortrags.
„Darf ich weitermachen?"
Ludwig nickte, wie er meinte, gnädig.
„Danke. Die Lehrzeit dauerte dreieinhalb Jahre, er war im Jahr 1933
mit 18 Jahren fertiger Kraftfahrzeugmechaniker und fand sofort eine

Anstellung in Wels. Er wohnte in der Rosenauerstraße 12. Im Jahr 1937, Josef war 22 Jahre alt, lernte er die ebenfalls 22-jährige Marianne Koller kennen. Sie stammte aus Salzburg, wohin Josef ihr folgte und übersiedelte. Sie wohnten in der Wohnung ihrer Eltern, die ein Jahr zuvor bei einem Bergunfall tödlich verunglückt waren. Marianne Koller arbeitete als Sekretärin in dem Salzburger Autogeschäft, in dem Josef seine neue Anstellung fand. Im Jahr 1938 heirateten sie. Im Jahr 1939 wurde Josef zum Militär eingezogen und musste noch im selben Jahr an die Front. Im Jahr 1944, wohl als Folge eines Fronturlaubs, kam die Tochter Sabine Gismayer zur Welt. Josef hat seine Tochter nie gesehen, denn er ist im Jahr 1945 an einem der letzten Kriegstage gefallen. Eine versehentlich abgezogene Handgranate tötete ihn. Er wurde in Kroatien begraben.

Seine Witwe Marianne Gismayer heiratete nicht mehr und arbeitete bis 1965 als Disponentin bei einer Reinigungsfirma. Im Jahr 1966, mit 51 Jahren, starb sie an Brustkrebs. Die Tochter Sabine organisierte 1966 die Überführung des Leichnams ihres Vaters Josef nach Salzburg, wo er neben seiner Frau Marianne beerdigt wurde.

Die Tochter Sabine Gismayer, aktuell 61 Jahre alt, blieb unverheiratet, wechselte dreimal ihre Lebensgefährten und lebt mit dem aktuellen Lebensgefährten in Salzburg. Sie arbeitet als Chefdisponentin in der Reinigungsfirma, in der ihre Mutter gearbeitet hat."

Ludwig war entsetzt über den völlig widersinnigen Tod seines Onkels – und er war beeindruckt. Wieder lag da ein Stück Familiengeschichte aus dem so verdammten 20. Jahrhundert vor ihm.

„Ich erinnere mich", sagte er leise, „mein Vater hat mir erzählt, in Los Angeles habe ihn ein Österreicher in einer Autowerkstatt angesprochen, dass bei ihm oder mit ihm in Wels ein Pepi Gismayer in der Lehre war."

Dr. Wolf nickte wohlwollend, bat aber darum, weitermachen zu dürfen.

„Von Josefs Familie lebt nur noch die Tochter Sabine Gismayer, 61 Jahre alt; wohnhaft in Salzburg."

Wieder das Ritual. Dr. Wolf schloss pathetisch seine Mappe, beide standen sie auf, Wolf überreichte das Dokument.

„Damit dürfte meine Forschungsarbeit abgeschlossen sein. Ich schicke Ihnen in den nächsten Tagen die Rechnung."

Ludwig bejahte, hängte aber an: „Sollte ich noch Fragen haben …"

„… wenden Sie sich vertrauensvoll an mich, ist doch klar. Ich wünsche Ihnen viel Glück und vor allem viel Geschick bei der Durchführung Ihres Vorhabens."

Die Erstellung des maßgeschneiderten Testaments.

Dieses Testament! Ludwig war mit seinem Plan minutiös genau an dem Punkt angelangt, an dem er dem Ganzen die Krone aufsetzen musste. Er dachte wirklich in so dramatischen Worten. Seinem Vorhaben die Krone aufsetzen. Er hatte sich noch keine Liste der relevanten Personen angefertigt, wie Prof. Stadlmann es vorgeschlagen hatte. Über den Daumen geschätzt waren es acht oder neun Personen, die infrage kamen. Das sind ja gar nicht so viele, wunderte er sich. Er bedachte aber sofort, dass die Brüder seines Vaters samt ihren Gattinnen schon gestorben waren. Sie waren also alle, genauso wie Ludwig selbst, Nachkommen der ursprünglichen Welser Familie, von der alles seinen Ausgang nahm. Sein Vater wäre jetzt 86 Jahre alt. Ludwig der I. Der Begründer des Reichtums, den Ludwig der II., jetzt sich anschickte, zu verteilen. Gerecht zu verteilen. Genau da aber hakte es. Gerecht? Ökonomisch und auch vernünftig gedacht sollte er die Jungen bevorzugen. Bevorzugen. Schon wieder ein Stolperstein. Er wollte auswählen, nein, er musste auswählen. Er musste bewerten. Wer von denen war mehr wert, und vor allem, wer war weniger wert. Zu gleichen Teilen, Gesamtbetrag, dividiert durch? Bei zwei der Familien waren noch Väter da. Bei Josefs Familie fehlte auch der. Da war keine Symmetrie, da war keine Bewertungsgrundlage. Genau genommen konnte er das Geld zum Fenster hinauswerfen und rufen, nehme sich jeder, was er will. Oder was er braucht. Brauchen. Benötigen. Wer brauchte? Wer benötigte? Wo hingen Wünsche in der Luft, die nur mit Geld zu erfüllen waren?

Ludwig konnte an dem Fragenkatalog noch so lange basteln, keine führte ihn zu der schlüssigen Antwort. Schlüssig. Der Schlüssel. Er musste einen Schlüssel finden. Einen Aufteilungsschlüssel.

Prof. Stadlmann allerdings gab ihrem Gespräch eine ganz andere Richtung.

„Du schaust nicht gut aus, Ludwig", stellte er fest.

Ludwig verstand nicht: „Ich finde mich immer noch recht gutausse-hend."

„Du schaust nicht gesund aus. Tuts dir irgendwo weh?"

Ludwig musste nachdenken. Ja, ein Arzt hatte einen Reizdarm bei ihm festgestellt. Die Tablettenschachtel hatte er längst geleert und keine nachbestellt. Da hätte er wieder zu dem Arzt gehen müssen, und der hätte sicher wieder etwas bei ihm gefunden. Dafür war ein Arzt ja schließlich da.

Das erzählte der dem Professor.

Der wackelte mit dem Kopf: „Hoffentlich hat sich dein Reizdarm nicht weiterentwickelt."

Ludwig lachte: „War unter deinen Vorfahren eine Unke?"

Stadlmann aber war ernst: „Ich würde mir das anschauen lassen. In unserem Alter soll man das regelmäßig tun. Wenn da nämlich wirk-lich was Ernstes wäre, dann hättest du einen zeitlichen Rahmen mit deinem Testament einzuhalten."

„Wieso?"

„Wenn es zum Beispiel ein Krebs ist, würdest du vielleicht nicht mehr sehr lange leben. Ganz einfach."

„Ganz einfach", empörte sich Ludwig, „du bist mir ein schöner Freund. Sprichst gleich ein Todesurteil über mich."

Stadlmann blieb ernst: „Lass dich untersuchen, dann weißt du es. Mit dem Testament oder was immer daraus werden soll, würde ich an deiner Stelle jedenfalls bald anfangen."

„Siehst du mich schon tot?"

„Nein, aber wenn du so weiter zögerst möglicherweise den einen oder den anderen deiner Erben!"

Ludwig war sauer. An dem Tag gab es keine Schnapspartie.

Am nächsten Tag sprach er mit seiner Frau Pühringer, ob man einfach zu einem Arzt gehen könne, um sich untersuchen zu lassen.

„Freilich geht das", antwortete sie. „Im AKH machen sie das sogar ambulant."

„AKH?"

„Allgemeines Krankenhaus. Ich gebe Ihnen die Telefonnummer."

Ludwig wartete zwei Tage, weil er sich von Prof. Stadlmann nicht drängen lassen wollte. Dann aber rief er doch an. Da er Privatpatient war, bekam er schon für den nächsten Tag einen Termin. Sein Bauch war schmerzfrei, er ärgerte sich, dass er sich von dem offenbar hypochondrisch veranlagten Stadlmann da hineinhetzen ließ.

Zudem hatte Ludwig eine bestimmte Angst: „Arbeitet dort nicht einer von den Gismayers? Was ist, wenn ich dem plötzlich gegenüberstehe?"

Stadlmann beruhigte: „Du wirst ihn nicht erkennen. Eine schlechte Ausrede, ich weiß!"

Auch die Frau Pühringer drängte: „Jetzt seien Sie nicht stur, der Professor hat schon recht. In unserem Alter muss man aufpassen."

In unserem Alter, Ludwig konnte diesen Hinweis schon gar nicht mehr hören. In unserem Alter! Er war 61 Jahre alt. Sein Vater war 84 geworden und hatte nie von unserem Alter gesprochen.

Der Notar Dr. Adalbert Meissner meldete sich und fragte, wie es denn nun mit dem Testament weitergehen solle. Die Ahnenforschung sei schließlich abgeschlossen. Was stünde denn jetzt noch im Wege?

Ludwig ärgerte sich, dass sie ihn plötzlich von allen Seiten drängten. Seine Unsicherheit in der Sache verbarg er hinter der notwendigen ärztlichen Untersuchung, die er machen musste.

„Sind Sie krank?", fragte der Notar.

„Nein", antwortete Ludwig, „reine Vorsorge. Dauert nur ein paar Tage, dann melde ich mich."

„Wie Sie meinen", resümierte der Notar und legte auf.

Wie Stadlmann meint, murrte es in Ludwig. Und das Versprechen, sich in ein paar Tagen zu melden, hielt er für äußerst mutig angesichts seiner Ratlosigkeit dem Testament gegenüber.

Er informierte Stadlmann telefonisch mürrisch, dass er für die nächsten drei bis vier Tage ins AKH gehe zur Durchuntersuchung.

„Damit du beruhigt bist", sagte er mit einem leicht bissigen Unterton.

Stadlmann konterte: „Ich bin beruhigt."

„Und warum?"

„Dass du vernünftig bist."

Ludwig höhnte: „Jetzt fehlt nur noch in unserem Alter."

Stadlmann lachte und legte auf.

Zum vereinbarten Termin rückte Ludwig ein, wie er es nannte. Da er Privatpatient war, ließen sie das ganze Repertoire auf ihn los. Ein Heer von Ärzten, Schwestern und sonstigen Fachleuten kümmerte sich ausführlich um ihn. Lunge, Herz, Nieren wurden untersucht, Hals, Nase, Ohren, immer von einem jeweiligen Facharzt. Ein Orthopäde ließ ihn auf dem Gang zehnmal auf und ab gehen. Kniebeugen musste er machen bis fast zum Umfallen, ein Belastungs-EKG wurde gemacht, bis er fast vom Fahrrad fiel. Sogar sein Hirn untersuchten sie mit einem EEG. Ein Psychiater verwickelte ihn in ein langes Gespräch, ein Ernährungsfachmann erklärte ihm richtiges Essen und Trinken, ein Internist knetete auf seinem Bauch herum, bis ihm fast schlecht wurde.

Am dritten Tag war plötzlich Stille. Er lag aufgerichtet in seinem Bett und ärgerte sich, dass er nichts zum Lesen hatte.

Nach dem faden Mittagessen wurde ihm die Visite eines Arztes angekündigt, der ihn über die Ergebnisse der Befunde informieren sollte. Wenn alles in Ordnung wäre, könne er nach Hause gehen. Ob ihn jemand abhole? Ja, er konnte Stadlmann anrufen. Der hatte ihn schließlich hierhergedrängt.

Der Internist kam. Er war ein älterer Herr, wohl etwas älter als Ludwig. Misstrauisch, wie Ludwig in der Sache nun einmal war, weil er das ganze Theater für überflüssig hielt, stellte er fest, dass sie ihm zu allem Überdruss auch noch einen alten Arzt schickten. Der Doktor stellte sich vor, irgendwas Gemurmeltes, bat Ludwig, beim Esstisch Platz zu nehmen, er selbst setzte sich dem Patienten gegenüber. Vor sich hatte er eine Mappe liegen. Sehr sachlich ging er die Befunde Blatt für Blatt durch. Kurzgefasst: Alles an Ludwig war nicht mehr ganz neu, aber alle wichtigen Organe arbeiteten einwandfrei oder unauffällig, wie es in der Medizinersprache hieß. Ein Befund sei noch ausständig, das sei aber bedeutungslos. Der Reizdarm sei wohl ein Problem, das aber noch medikamentös behandelt werden konnte. Es wäre allerdings empfehlenswert, sich etwa jedes halbe Jahr anschauen zu lassen.

Ludwig nahm alles zur Kenntnis. Er musste sich eingestehen, dass er auch beruhigt war. Nicht nur Stadlmann.

Der Internist erlaubte ihm, nach Hause zu gehen und gab ihm zum Abschied noch seine Karte: „Ich ordiniere aber nur noch privat."

Ludwig bedankte sich, schaute auf die Karte und las: Dr. Peter Gismayer.

Der Arzt war schon unter der Türe, da rief ihn Ludwig zurück: „Moment. Gismayer?"

Aber die Türe war schon zu. Von außen. Sollte er ihm nachgehen? Nachrennen? Das konnte er gar nicht, denn er war starr vor – ja, vor was? Schreck? Freude? Überraschung? War es ein Schock? Schließlich hatte er sich sehr lang mit den Namensträgern Gismayer beschäftigt, und plötzlich stand einer von denen ihm gegenüber.

Er rief Prof. Stadlmann an, der ihn mit seinem Auto abholte. Ludwig wollte vorerst in Stadlmanns Domizil gebracht werden.

„Ich muss dir nämlich was zeigen."

Stadlmanns Neugierde hielt sich in Grenzen. Sie saßen im Wohnzimmer des Professors, Ludwig sagte: „Was ich befürchtet habe." Und zeigte dem Professor die Visitkarte.

Jetzt war Stadlmann doch höchst erstaunt.

„Dr. Peter Gismayer?", sinnierte er mit nachdenklich gerunzelter Stirn. „Das ist, wenn ich mich recht erinnere, der Sohn deines Onkel Adolf. Der ist doch meiner Rechnung nach längst in Pension."

Sie schauten im Adolf-Bericht des Dr. Wolf nach.

„Seit drei Jahren", stellte Stadlmann fest.

„Er hat gesagt, er ordiniert nur noch privat."

Stadlmann pochte auf die Visitenkarte: „Das sollte doch dein Einstieg in die Familie Gismayer sein."

Ludwig spürte eine eigenartige Rührung. Er drückte es so aus: „Es ist doch ein Unterschied, wenn man von jemand nur redet, oder wenn man ihm plötzlich persönlich gegenübersteht."

„Eine eigenartige Situation", konstatierte Stadlmann, „du weißt jetzt, wer er ist, aber er weiß nicht, wen er behandelt hat."

„Einen Patienten namens Ludwig Highrider."

Der Professor seufzte: „Die Gelegenheit ist also vorbei. Jetzt brauchen wir einen anderen Weg. Wie auch immer, die Tür ist offen. Einer von deiner Sippschaft ist jetzt wenigstens ein Bekannter von dir. Und was tun wir jetzt?"

Ludwig schaute ratlos. Er war noch wie benommen von dieser überraschenden Wendung. Jedenfalls schaffte er keinen klaren Gedanken in der Sache.

„Du könntest", sondierte Stadlmann bedächtig, „ihn um einen Termin in seiner Privatordination ersuchen."

„Und dann?"

„Dein Geheimnis vorsichtig lüften. Ihr seid Cousins. Du bist der Sohn seines Onkel Ludwig. Wenn das geschafft ist, wirst du ja sehen, wie es weitergeht. Wird er dich einladen? Vielleicht beruft er einen Familienrat ein? So erfährst du wenigstens, wie es mit der Stimmung in deiner Familie steht. Du musst ja nicht sofort vom Geld reden. Das würde ich erst tun, wenn du einen persönlichen Überblick hast."

Ludwig dachte ein wenig nach, dann nickte er: „Du hast es gut."

„Warum?"

„Du bist objektiv in der Sache. Ich aber bin ein Bestandteil des Problems. Ich bin subjektiv."

„Lern erst einmal einige von deinen Leuten kennen, dann wirst du es auch zur Objektivität schaffen, die du für dein Vorhaben brauchst.

Und damit du wieder ein wenig locker wirst, hole ich die Schnaps-
karten."

Ludwig ließ zwei Tage verstreichen, immer bedrängt von Stadlmann.
„Hast du deinen Cousin schon angerufen?"
Seinen Cousin. Ludwig musste sich erst daran gewöhnen, dass die
abstrakten Namen, die ihm der Ahnenforscher geliefert hatte, Verwandte waren.
An dritten Tag rief er an. Auf der Visitkarte war nur eine Nummer
abgedruckt, Ludwig nahm an, dass es die Nummer der Ordination
war. Er hatte sich gar nicht zurechtgelegt, was er denn nun sagen
wollte. Er wurde der Verlegenheit enthoben, denn er landete auf einem Anrufbeantworter. Eine Frauenstimme: „Guten Tag. Hier ist die
Ordination von Dr. Peter Gismayer, Facharzt für Innere Medizin. Sie
rufen außerhalb unserer Ordinationszeiten an. Sie können uns aber
eine Nachricht hinterlassen, oder Sie sagen uns Ihre Telefonnummer,
dann rufen wir Sie in absehbarer Zeit zurück." Dann kam ein Piep-
ton. Ludwig stammelte schnell seine Telefonnummer und legte auf.
Seinen Namen hatte er nicht gesagt. Der Rückruf würde in absehbarer Zeit kommen. Absehbar war dehnbar. Hätte er seinen Namen gesagt, würde der Anruf wohl schneller kommen. Andrerseits war es
ganz gut, dass er noch Zeit gewann, so konnte er sich etwas sam-
meln.
Er erkannte sich selbst nicht wieder. Was war aus dem selbstsicheren
amerikanischen Firmenchef geworden! Wieso zitterte er so sehr vor
seiner ohnedies schon recht weit entfernten Verwandtschaft? Er war
doch der Reiche, genau genommen brauchte er die ganze Sippschaft
nicht. Aber irgendwie stand hinter ihm sein Vater. Um ihn ging es eigentlich. Er war der leibliche Bestandteil der Menschen, die jetzt auf
Ludwig des II. Erbenliste standen. Er musste einen Kreis schließen.
Er musste. Er musste? Gar nichts musste er. Aber wozu hatte er dann
seinen Plan gemacht? Schließlich hatte er schon in Los Angeles alles
genau festgelegt. Den Notar. Den Ahnenforscher. Den Transfer seines Geldes. Die Übersiedlung nach Wels. Ihm wurde schwindlig.

Den Plan hatte er nicht nur gemacht, er funktionierte ja auch. Er war seinem gesetzten Ziel kontinuierlich nahegekommen. Jetzt galt es, in das Finale einzutreten. Er wollte seine Familie kennenlernen und dann entscheiden. Das war das Muster. Selbstbewusst musste er sein. Vor wem hatte er denn solchen Respekt? Sie sollten Respekt vor ihm haben. Da war es sogar ganz gut, dass das Schicksal es so gefügt hatte, dass er vorerst den ältesten seiner noch lebenden Verwandtschaft kennenlernen und einweihen konnte.

Langsam richtete sich Ludwig auf.

Stadlmann fragte ihn: „Na? Wie weit bist du?"

„Ich warte auf den Rückruf", antwortete Ludwig, „dann werden wir weitersehen."

„Na also", Stadlmann war zufrieden. „Und vergiss nicht, zur Sicherheit alle Papiere mitzunehmen, damit du auch beweisen kannst, dass du ein amerikanisierter Gismayer bist. Du musst die Namenskette Highrider – Hochreiter – Scheismeidscha – Gismayer entwirren."

Jetzt lachte Ludwig sogar, weil er die Namenskette komisch fand.

„Der Peter wird Augen machen!"

„Siehst du, jetzt nennst du ihn schon Peter. Steck immer dein Mobiltelefon ein, damit du den Rückruf nicht verpasst."

Alles war also vorbereitet. Perfekt vorbereitet, wie Ludwig meinte. Er hatte sich selbst wieder gefunden. Ludwig Highrider, der reiche Onkel der Gismayers aus Amerika.

Der Rückruf kam nach drei Tagen eines Morgens, Ludwig war noch beim Frühstück, die Frau Pühringer brachte ihm das Telefongerät, das er im Vorzimmer liegen gelassen hatte.

Eine Frauenstimme: „Hier ist die Ordination Dr. Gismayer. Sie haben angerufen?"

„Ja."

„Wie ist Ihr Name?"

Ludwig zögerte: „Highrider. Heireider. Er hat mich im AKH behandelt."

„Bitte. Was kann ich tun?"

„Ich hätte gerne einen Termin bei – dem Herrn Doktor."

„Um was geht es?"

„Ich – hätte mit dem Herrn Doktor etwas zu besprechen."

Die Frau klang genervt: „Geht es um das Nachbargrundstück? Oder ist es etwas Medizinisches. Ich bin nur für das Medizinische zuständig."

Ludwig ging zum Angriff über: „Es ist etwas Privates."

„Also doch das Nachbargrundstück. Wenden Sie sich bitte an unseren Anwalt."

Ludwig hatte Angst, sie würde auflegen und rief schnell: „Nein, nein! Sagen Sie bitte dem Herrn Doktor – schöne Grüße von seinem Onkel Ludwig."

Schweigen auf der anderen Seite.

Ludwig rief: „Hallo?"

Da sagte die Dame: „Übermorgen um 11 Uhr. Ich reserviere 30 Minuten. Haben Sie die Adresse?"

„Ja, sie steht auf der Visitkarte."

„Auf Wiederhören."

Aufgelegt.

Was war das jetzt? Abwimmeln war es nicht, sie hat 30 Minuten reserviert. War sie erschrocken? Oder dachte sie einfach, das soll er sich mit dem Doktor ausmachen?

Ludwig suchte Prof. Stadlmann auf.

Der zeigte seinem Gast ein neues Paket Spielkarten. „Die alten waren schon so unappetitlich abgegriffen."

„Und wahrscheinlich von dir schon gezinkt", alberte Ludwig.

Sie lachten.

Ludwig gab sich verwundert: „Was ist los mit dir? Du fragst gar nicht, wie weit ich mit meiner Verwandtschaft bin?"

„Ich bin ja nicht neugierig. – Na sag's schon!"

„Ich habe einen Termin mit meinem Cousin, dem Dr. Peter Gismayer, übermorgen um 11. Eine halbe Stunde hat die gestrenge Sprechstundenhilfe reserviert."

„Wie hast du's gesagt?"

„Ich habe gebeten, Sie möge dem Doktor einen schönen Gruß von seinem Onkel Ludwig ausrichten."

„Da bist du aber gleich mit der Tür ins Haus gefallen."

„Sonst hätte sie womöglich aufgelegt. Also habe ich eine kleine Bombe gezündet."

Sie spielten, wie immer kraftvoll und mit laut auf den Tisch geknallten Karten.

Stadlmann mischte soeben, da meldete sich Ludwigs Telefon. Er schaute auf die Nummer und lächelte: „Vielleicht zündet die Bombe schon."

Er hob ab.

Eine rabiate Männerstimme war auf der anderen Seite so laut zu hören, dass Stadlmann mithören konnte.

„Sind Sie dieser Heireider, den ich vor ein paar Tagen im Spital hatte?"

„Ja."

„Was soll der Unsinn mit meinem Onkel Ludwig?"

„Das ist kein Unsinn."

„Hören Sie, wenn Sie mich verarschen wollen, sollten Sie besser recherchieren. Mein Onkel Ludwig ist seit 1944 tot. Gefallen. Und das wars jetzt!"

Aufgelegt.

Stadlmann und Ludwig sahen sich verblüfft an.

Ludwig löste sich: „Jetzt weiß ich nicht, soll ich verärgert sein oder lachen?"

Stadlmann war ernster: „Da hat der Doktor die gerade ein wenig offene Tür wieder zugeschlagen. Wir müssen schon wieder von vorne anfangen."

„Vielleicht" gab ihm Ludwig recht, „hätte ich die schönen Grüße am Telefon nicht sagen sollen."

„Jedenfalls wissen wir jetzt", stellte Stadlmann fest, „dass in deiner Familie dein Vater tot ist. Mit diesem Totenschein."

„Soll ich zu dem Termin in die Ordination gehen?"

„Da riskierst du, dass er dich hinausschmeißt. Oder hinausschmeißen lässt. So, wie er geklungen hat, ist er ziemlich aufgebracht."

Ludwig überlegte kurz und sagte dann: „Bleibt nur noch der Notar. Der muss ihm einen Brief schreiben. Gleichsam als notarielle Beglaubigung meiner Behauptung."

„Eine Bestätigung."

Ludwig nickte: „Jetzt weiß ich endgültig, dass ich in Österreich bin."

Stadlmann fühlte sich verletzt: „Ich weiß schon, in Amerika ist alles besser."

„Manches schon", antwortete Ludwig sehr kurz angebunden.

Noch am selben Tag suchte Ludwig den Notar Dr. Adalbert Meissner auf. Er berichtete ihm den ganzen Vorfall.

Meissner antwortete: „Wieso soll er Ihnen glauben? Haben Sie ihm Beweise vorgelegt?"

„Nein. Die haben doch Sie. Sie sind Notar und somit der Einzige, der meine Identität bestätigen kann."

„Und wie stellen Sie sich das vor?"

Ludwig sprach, als würde er diktieren: „Ich, Notar Dr. Meissner bestätige hiermit, dass Herrn Ludwig Highrider, geboren am bla bla, der Sohn des Herrn Ludwig Gismayer, geboren am blabla in Wels, verstorben am bla bla 2004 in Los Angeles. So irgendwie."

Der Notar überlegte kurz: „So kann es gehen. Wenn ich die blabla noch mit den richtigen Zahlen füttere …"

„Die haben Sie ja. Also!"

Einige Tage später erhielt Dr. Peter Gismayer an seine Privatadresse einen eingeschriebenen Brief von einem Notar Dr. Adalbert Meissner. Als der Briefträger den Brief abgeben wollte, war bei Gismayers niemand zu Hause. Der Doktor musste sehr verärgert auf das Postamt gehen, wo der Brief hinterlegt war, musste sich ausweisen, erst dann bekam er das Schreiben ausgefolgt. Daheim warf er es auf die Kommode im Vorzimmer und vergaß es bis zum Abend. Seine Frau Hilde entdeckte den Brief.

„Sicher wegen dem Nachbargrundstück", tat er es ab. „Ich will den Brief gar nicht lesen."

Seine Frau öffnete das Schreiben, las es und sagte schließlich zu ihrem Gatten: „Du solltest das aber schon lesen. Er betrifft nicht das Grundstück, sondern deinen Patienten und geheimnisvollen Anrufer Highrider."

Der Doktor las den Brief und war perplex. Lange starrte er vor sich hin, dann sagte er: „Wenn ein Notar das schreibt, dann wird es wohl stimmen."

„Wenn dein Onkel wirklich so lang gelebt hat – in Amerika – und dieser Ludwig Highrider wirklich sein Sohn ist, dann seid ihr Cousins."

Gismayer rechnete nach und meinte dann: „Du meinst, ich soll mich mit ihm treffen."

„Naja, mit deinem Cousin Gernot und deiner Cousine Sabine bist du je auch in Verbindung. Und jetzt habt ihr halt noch einen Cousin bekommen. Es ist nie zu spät!"

Der Dr. Gismayer starrte ungläubig vor sich hin. Dann sagte er: „Du meinst, ich sollte ihn anrufen."

„Und zu uns einladen. Und dich entschuldigen."

So geschah es. Peter Gismayer rief Ludwig an, entschuldigte sich und lud ihn zum Abendessen ein: „Wenn ich schon per Notariatsakt einen neuen Cousin bekomme, dann sollte ich ihn doch kennenlernen."

Ludwig sagte gerne zu, Peter nannte ihm noch die Adresse: „Am besten kommen Sie mit dem Taxi, sonst finden Sie nicht her."

Stadlmann und Ludwig schauten sich die Adresse auf dem Stadtplan an. Sie lag auf der anderen Seite des Flusses Traun in Thalheim.

„Eine gute Wohngegend", stellte Stadlmann fest, „ein Haus in der Gegend muss man sich erst einmal leisten können."

„Verdienen Ärzte hier so viel?", fragte Ludwig.

„Privatärzte schon."

Tags darauf fuhr Ludwig mit einem Blumenstrauß bewaffnet zu der angegebenen Adresse. Es war eine nicht ganz neu aussehende Villa, jedenfalls kein Nachkriegsbau. Ein gepflegter Vorgarten vorne ließ auch einen Garten hinten vermuten. Das Grundstück nebenan war leer, es sah so aus, als wäre da ein Haus abgerissen worden. Vermutlich war es das Grundstück, wegen dem die Sprechstundenhilfe so böse war. Ludwig läutete an, der Hausherr öffnete. Nun standen sie einander gegenüber, nicht als Arzt und Patient, sondern neuerdings als Cousins. Hinter Peter tauchte mit einer Küchenschürze eine ältere Frau auf: „Hilde, meine Frau und Sprechstundenhilfe."

„Wir haben telefoniert. Die Grüße vom Onkel Ludwig habe ich meinem Mann ausgerichtet."

Ludwig überreichte den Blumenstrauß: „Bringt man in Amerika der Hausfrau auch Blumen?"

„Meine Frau Pühringer hat mich belehrt, dass sich das hier so gehört."

Frau Hilde meinte: „Ich habe noch in der Küche zu tun. Ihr habt sicher einiges zu reden."

Peter und sein neuer Cousin Ludwig nahmen im Wohnzimmer in zwei sehr bequemen Fauteuils Platz.

Peter schaute Ludwig mit großen Augen an: „Mein notariell beglaubigter neuer Cousin. Wie alt sind Sie – entschuldigen, wir könnten eigentlich in das du wechseln."

„Gerne. Ich bin 62", antwortete Ludwig.

Das folgende Gespräch wühlte sich fast durch das ganze 20. Jahrhundert. Ludwig der I., Ludwig der II. nannte ihn so, um eine Verwirrung zu verhindern, war der jüngste der vier Onkeln. Gelernter Sattlermeister. Kam im Krieg in die Normandie …

„Wo er gefallen ist", warf Peter ein. „Das ist unser Wissensstand. Der Onkel Adolf hat den Totenschein gehabt."

„Hast du den Schein jemals gesehen?", fragte Ludwig, der sich schnell an das du gewöhnte.

„Nein. Und wenn ich nachdenke, dann hat ihn eigentlich niemand von uns gesehen. Diese Milena, angeblich. Aber die hat gelogen, wenn sie nur den Mund aufgemacht hat."

„Wer sollte Interesse haben", fragte Ludwig, „meinen Vater tot zu sehen. 1944 war er gerade 25 Jahre alt."

Peter seufzte: „Mein Vater, dein Onkel Adolf, war leider ein ziemlich unangenehmer Geselle. Bei dem lief nichts den geraden Weg. Er ist ganz arm gestorben."

„Womit hast du dein Medizinstudium finanziert?"

„Zu der Zeit hat mein Vater noch Geld wie Heu gehabt. Es hat mir an nichts gefehlt. Heute weiß ich, dass es großenteils ergaunertes Geld war, was mir aber egal war, damals. Vielleicht wollte mein Vater etwas Linkes drehen mit dem Schein. In der Zeit der sogenannten Wiedergutmachungen war angeblich einiges Geld herauszuschlagen."

Mittlerweile hatte Hilde das Essen im Speisezimmer serviert, faschierten Braten mit Erdäpfelpüree. Dazu tranken Sie auf Ludwigs Wunsch Bier. „Ist auch besser bei deiner Neigung zum Reizdarm", diagnostizierte der Doktor.

Nach dem Essen fragte Frau Hilde, ob sie sich zu den Herren setzen dürfe, die Resi würde die Küche erledigen. Und die Familiengeschichte interessiere sie schließlich auch.

Sie saßen bis weit in die Nacht hinein. Onkel Ludwigs Weg nach Amerika, Hollywood, die Firma, die Heirat mit Gisela Hochreiter, die Entwirrung des Namenswirrwars, wie aus dem Scheismeidscha der Highrider wurde, die Geburt Ludwigs des II., die Scheidung von Ursula, seine eigene Verheiratung mit Kim Salinger, die kinderlos blieb und in einem Fiasko mit Scheidung endete, schließlich Onkel Ludwigs Tod. „Die Firma, die mittlerweile so etwas wie ein Imperium geworden war, habe ich übernommen. Als ich feststellte, dass ich genau genommen in Amerika keine Verwandten habe, wegen denen ich dortbleiben soll, habe ich beschlossen, zurück zu meines Vaters Wurzeln zu ziehen. Und da bin ich."

„Und warum sprichst du so gut deutsch? Du bist doch geborener Amerikaner und dort auch aufgewachsen."

„Mein Vater hat immer Deutsch mit mir gesprochen. Er hat gesagt, er will die Heimat nicht ganz verlieren."

Peter und Hilde waren beeindruckt. Dass er die Firma verkauft und daher viel Geld hatte, verschwieg Ludwig. Die beiden fragten auch nicht nach, sondern erzählten kurz ihre eigene Geschichte.

Gegen Mitternacht – Frau Hilde war schon ins Bett gegangen, sie hatte Frühdienst in ihres Gatten Ordination – fragte Peter: „Hast du mit der Verwandtschaft schon Kontakt aufgenommen?"

„Nein", erklärte Ludwig, „du bist der erste."

„Und warum ich?"

„Du bist der erste, der mir über den Weg gelaufen ist. Zufällig."

„Du hast nicht gewusst, dass ich im AKH arbeite?"

„Gearbeitet hast. Ich weiß, dass du schon in Pension bist."

„Personalmangel", seufzte Peter.

Stille.

„Wo waren wir stehen geblieben?", fragte Peter.

„Bei der anderen Verwandtschaft. Es geht ja hauptsächlich um die direkten Blutsverwandten."

Peter zählte sie an den Fingern ab: „Da sind einmal unser Sohn Alex, der lebt in London, meine Schwester Annemarie, sie wohnt in St. Pölten, dann die beiden Kinder – Kinder, sie sind beide um die 60 – vom Onkel Leopold, sein Sohn Gernot, und der hat ja auch zwei Kinder Brigitte und Bernhard. Und die Tochter vom Pepi, die Sabine. Die lebt in Salzburg. Die anderen sind alle in Linz. Nur wir sind in Wels picken geblieben."

Ludwig wiederholte: „Alex, Annemarie, Gernot, Brigitte, Bernhard und Sabine. Und die jeweils angeheirateten. Die würde ich natürlich auch alle kennenlernen. Kannst du das organisieren?"

„Alle auf einmal oder zizerlweis?"

„Wie?"

„Nacheinander.

„Das überlasse ich dir. – Bist du mir böse, wenn ich jetzt müde bin?"

Ludwig fuhr mit dem Taxi nach Hause.

Schon am nächsten Tag rief Dr. Peter Gismayer alle Verwandten an. Die Headline seiner Nachricht war: „Onkel Ludwig ist nicht 44 gefallen, er ist nach Amerika ausgewandert und erst dort gestorben. Sein Sohn, der auch Ludwig heißt, sozusagen Ludwig der II. ist in Wels. Was sagt ihr dazu?"

Die Reaktionen waren unterschiedlich.

Peters Cousin Gernot, Leopolds Sohn, der Geografie-Geschichte-Lehrer und Historiker, wollte es nicht glauben: „Zuerst der Totenschein, den keiner kennt – und jetzt eine Amerika-Story wie aus dem Bilderbuch, was denn noch alles."

Dann aber begann er doch zu revidieren: „Kommt ein wenig Abwechslung in unsere fade Familie. Ein neuer Cousin – Wels – Amerika - Wels – mein Historikerherz lacht."

Peters Schwester Annemarie Kandler, die 66-jährige kinderlose pensionierte Gemeindesekretärin in St. Pölten meinte auch zuerst: „Der ist doch im 44er-Jahr gefallen. In der Normandie. Ich meine den alten Ludwig. Und jetzt kommt da einer und sagt, er ist sein Sohn?"

Peter erwähnte die notarielle Beglaubigung, worauf Annemarie antwortete: „Bruderherz, da hat unser Herr Vater wahrscheinlich wieder irgendeine Sauerei mit dem Totenschein vorgehabt. Und jetzt ist der Sohn – heißt auch Ludwig – in Wels? Auf Dauer?"

Das wusste Peter nicht, danach hatte er nicht gefragt.

Seinen Sohn Dr. Alex Gismayer, den Physiker, erreichte Peter in seinem Labor in London. Die Reaktion war lustig: „Na also. Wie in der Operette. Der reiche Onkel aus Amerika gibt uns die Ehre."

„Wie kommst du auf reich?"

„Wenn einer in Amerika eine Firma hat oder gehabt hat, dann hat er sicher auch viel Geld. Wo wohnt er denn in Wels?"

„Er hat sich angeblich eine Villa in der Pernau gekauft."

„Na bitte. Gekauft? Das heißt, er bleibt. Und eine Villa in der Pernau kriegst du nicht geschenkt."

Daran hatte Dr. Peter noch gar nicht gedacht. Ludwig musste ziemlich reich sein.

Gernots Tochter Brigitte, die Kinderpädagogin in Linz, freute sich: „So viel Positives auf einmal! Der Onkel Ludwig ist gar nicht im Krieg umgekommen, sondern hat in Amerika sein Glück gemacht. Und sein Sohn ist jetzt da? Hat er uns was mitgebracht?"

Ähnlich reagierte Gernots Sohn Bernhard, der Informatikstudent: „Ein Amerikaner in unserer Familie! Wer hätte das gedacht! Solange er kein Republikaner ist … Der reiche Onkel. Wie in einem schlechten Film."

„Reich?"

„Entschuldige, wenn so einer in Amerika was wird und dann nach Europa zurückkommt, dann hat er sicher was auf der Seite."

Blieb nur noch Josefs Tochter Sabine, die in Salzburg lebte und mit der Familie nicht immer gut war: „Ein reicher Ami? Da können wir uns jetzt als Erbschleicher betätigen. Ihr könnt ihm gleich sagen, ich brauche nichts."

Die Freude des Dr. Peter Gismayer über seinen neuen Cousin Ludwig war durchmischt. Wobei er bei sich selbst feststellen musste, dass seine Freude nicht eben überschäumend war. Aber warum freute er sich nicht überschäumend? Es kam ihm vor, als hätte die Familie Nachwuchs bekommen, nur eben keinen Jungen. Ein trauriges Kapitel der Gismayer-Familiengeschichte wühlte alles auf. Die vier Brüder Adolf, Leopold, Josef und Ludwig waren in ein schreckliches Jahrhundert hineingeboren. Alle hatten sie Schwierigkeiten mit den Stolpersteinen in ihrer Lebenszeit, vor allem auch schon in ihrer Jugend. Seit Vater Adolf hatte gut begonnen, auf einem damals sogenannten Maturaposten. Für einen Fahrdienstleiter bei der Bahn brauchte man die Matura. Dann aber, als Adolf in die Frachtabteilung versetzt wurde, begann sein Leben aus den Fugen zu geraten. Schwarzgeld floss in seine Geldtasche, Judentransporte organisierte er, Steuern hinterzog er, ins Gefängnis kam er, die Geldstrafen ruinierten ihn. Peter hatte ihn nach seiner Zwangspensionierung in sein Haus aufgenommen. Er näherte sich aber seiner Frau Hilde höchst unanständig, also schickte ihn Peter in ein Altenheim, wo er wohl durch seine Demenz bedingt keinen Unfug mehr trieb, sondern einfach starb, arm wie eine Kirchenmaus. Der pompös auftretende Geldmann war aus eigener Schuld wieder in die Armut zurückgefallen, aus der er gekommen war.

Peters Schwester Annemarie heiratete nach St. Pölten und beteuerte immer wieder, wie froh sie sei, weit vom Schuss zu sein.

Der zweite der vier Gismayerbrüder, Leopold stolperte über sein blödes Gerede über die Juden vor und nach dem Krieg und rettete sein Berufsleben auf dem Land. 1989 starb er – auch in einem Heim.

Und Josef? Mit 29 Jahren, schon auf der Heimreise aus dem Krieg zerriss ihn eine angeblich versehentlich abgezogene Handgranate. Was aus ihm wohl geworden wäre? Er war Kfz-Mechaniker.

Die Krone der Geschichte aber bildete Ludwig. 1944 als gefallen gemeldet und 2006 wieder aufgetaucht, in Gestalt seines Sohnes.

Als er diese Geschichte resümierte, kam in Peter Gismayer doch plötzlich Freude auf. Die Familie hatte so viel durchgemacht, da war es doch wunderbar, wenn eine der grauslichen Geschichten nicht stattgefunden hatte, sondern ein schönes Ende zu finden sich anschickte. Ludwig der II., wie er sich selbst nannte, war die Korrektur eines Kriegsschicksals des 20. Jahrhunderts. So weit war Peter Gismayer mit sich ins Reine gekommen.

Aber es waren noch viele Fragen offen. War Ludwig wirklich reich? Sie hatten darüber nicht gesprochen. Er hatte, bevor er nach Wels anreiste, einen Notar und einen Ahnenforscher beauftragt. Beauftragt wofür? Was hatte Ludwig vor?

„Du wirkst gar nicht sehr lustig"; stellte Stadlmann fest, als sie sich am Tag nach Ludwigs Besuch bei Dr. Peter Gismayer wieder zum Schnapsen trafen.

„Woran merkst du das?", fragte Ludwig.

„Du spielst schlecht. Unkonzentriert. Abgelenkt. Verwirrt."

Ludwig warf mitten im Spiel die Karten auf den Tisch: „Du beschreibst genau meinen Zustand. Unkonzentriert, abgelenkt – und noch was …"

„Verwirrt."

„Ja. Verstehst du das nicht? Bis tief in die Nacht sind wir gesessen und haben Jahrzehnte unserer Familie aufgearbeitet."

„Wirklich aufgearbeitet?"

„Was glaubst du, was wir stundenlang geredet haben!"

„Und warum spielst du jetzt schlecht?"

„Weil ich, ehrlich gesagt, nicht weiß, wie es jetzt weitergehen soll. Ich nehme an, jetzt wissen alle, dass ich da bin. Und? Was jetzt?"

„Was erwartest du?"

„Genau das ist ja meine Frage. Was jetzt?"

„Hast du irgendwas gesagt, dass du viel Geld hast."

„Nein."

„Warum nicht?"

„Soll ich sagen, Hallo, ihr armen Schlucker, ich bin steinreich?"

„Du bist albern."

„Ich frage dich: Wie sagt man einem Verwandten, dass man reich ist. Und vor allem, warum? Ich habe meinen Cousin Peter auch nicht gefragt, ob er Geld hat oder wie viel Geld er hat."

„Also hast du vom Testament auch nicht gesprochen."

„Testament. Sterben. Tod. Es war kein Anlass, davon zu reden. Außerdem sollte das Testament ja der Output meiner Erkundigungen über meine Verwandtschaft sein."

„Output!"

„Amerikanisch, ich weiß."

„Wie seid ihr denn verblieben?"

„Gar nicht. Ich war müde und bin heimgefahren. Nichts weiter ausgemacht. Ehrlich gesagt, ich weiß nicht, was ich tun soll."

„Vielleicht sollest du gar nichts tun", schlug Stadlmann vor.

„Nichts tun?"

Stadlmann sprach wie einer, der einen Plan hat: „Du warst bei dem Arzt Peter Gismayer. Der hat sicher sofort alle Verwandten informiert. Du kannst annehmen, dass es jetzt alle wissen. Vor allem alle, die für dein Testament infrage kommen. Gib ihnen einige Tage Zeit, die Sache zu verarbeiten. Man kriegt nicht alle Tage einen 60-jährigen Zuwachs zu einer kleinbürgerlichen Verwandtschaft."

„Kleinbürgerlich …"

„Wels, Linz, St. Pölten, Salzburg …"

„… und London. Peters Sohn lebt in London."

"Gut, ich nehme kleinbürgerlich wieder zurück. Es ändert aber nichts an deiner Situation. Wart ab! Und jetzt konzentrier dich bitte ein wenig auf die Karten. So oder so, dein Leben geht weiter. Und meines auch."

Zwei Tage später bekam Ludwig einen Anruf aus Amerika. Das Büro Jim Salinger. Ludwig befürchtete, dass es wieder um seine geschiedene Kim gehen würde, etwas anderes fiel ihm nicht ein.

Es kam aber doch etwas anderes.

Jim Salinger war am Apparat. Nach einigen üblichen Höflichkeitsfloskeln fragte Ludwig mutig, was ihm denn die überraschende Ehre verschaffe.

Jim berichtete tatsächlich Überraschendes: „Ich habe eine Anfrage erhalten. Sie betrifft Ludwig Highrider. Ein E-Mail. Es klingt, als wollte da jemand dich auskundschaften."

„Wieso kommen sie da zu dir?"

Jim seufzte: „Immerhin bin ich der Chef der Highriders. Zumindest auf dem Papier."

Ludwig ahnte etwas: „Wer hat angefragt?"

„Ein Physiklaboratorium in London."

„Und wer?"

„Unterschrift: Alexander Scheismeidscha. Wie man den Namen wirklich ausspricht, weiß ich nicht."

„Gismayer! Und was will er wissen?"

„Nur zwei Fragen: War Ludwig Highrider der Inhaber der Firma und wieso ist er es nun nicht mehr?"

„Was willst du antworten?"

„Frage eins: Ja. Frage zwei: Er hat die Firma verkauft. Aber zuerst muss ich ja wohl dich fragen, ob ich das überhaupt beantworten soll."

Ludwig freute sich: „Ja. Genau so. Ja und verkauft. Schreib aber bitte nicht, dass du mit mir Rücksprache gehalten hast."

„Warum nicht? Ich will mich keiner Indiskretion schuldig machen."

Ludwig lächelte, was Jim natürlich nicht sah: „Der Alex Gismayer ist einer von meinen Verwandten hier in Österreich. Sie wollen mehr über mich wissen."

„Ob du Geld hast, nehme ich an."

„Kann sein. Muss nicht sein. Meine Familie ist hier recht gut situiert."

Wieder seufzte Jim: „Was du hier bei uns nicht geschafft hast, scheint bei dir drüben zu gelingen."

Das ließ Ludwig unkommentiert.

„Wann schreibst du die Antwort? Warte einen Tag. Lass sie ein wenig zappeln."

„Sie?"

„Ich nehme an, dass Alex im Namen der Verwandtschaft diese Erkundigung einholt."

„Dein Problem", finalisierte Jim das Gespräch. „Dein Wunsch sei mir Befehl, morgen früh geht die Antwort hinaus. Nach London."

Sie verabschiedeten sich. Nach Kim hatte Ludwig gar nicht gefragt. Genau genommen interessierte sie ihn nicht mehr.

Sofort wanderte er wieder zu Stadlmann.

„Morgen in der Früh erfahren sie, ob ich Geld habe."

„Von wem?"

Ludwig erzählte von dem Telefonat.

„Alex Gismayer, Sohn Peters und Physiker in London, hat per E-Mail bei meinem geschiedenen Schwiegervater angefragt, ob es mich wirklich gibt und wieso ich nicht mehr Chef bin."

„Und was wird er antworten?"

„Ja, den Ludwig Heireider gibt es und er hat die Firma mit Butz und Stingel verkauft."

Stadlmann nickte weise: „Jetzt erfahren sie, dass du Geld hast. Viel Geld. So musst du es ihnen selbst nicht sagen. Musst nicht protzen,

sondern kannst den Bescheidenen mimen. Morgen früh, ich nehme an Los Angeles Zeit erfahren sie es. Via London."
„Also eigentlich morgen Abend. Neun Stunden Zeitunterschied."
„Dann eben übermorgen. Ich bin neugierig."
Bei der folgenden Kartenpartie war Ludwig wieder in Form.

Der nächste Tag kam und verging ereignislos. Am folgenden Tag, eher am Abend würde Alex Gismayer in London die Antwort Jim Salingers bekommen. Ludwig nahm an, dass er seinen Vater sofort informieren werde. Seine Ungeduld machte ihn nervös. Wenn Alex nicht bis zum Abend arbeitete, konnte es sein, dass er die Nachricht erst übermorgen in der Früh in seinem Mailprogramm finden würde. Ludwig blieb nichts anderes übrig, als zu warten. Worauf warten? Na, irgendwer von denen wird sich schon rühren, dachte er. Unkonzentriert versuchte er in seinem aktuellen Buch weiterzulesen. Es war der Zauberberg von Thomas Mann, sicher ein Roman, den man unkonzentriert nicht lesen kann. Stadlmann hatte ihm das Buch geschenkt und dazugesagt: „Dieser Roman hat die gesamte Romanliteratur des 20. Jahrhunderts geprägt. Er ist gleichsam der Ur-Roman des Jahrhunderts. 1924 hat Thomas Mann das Riesenwerk geschrieben."
Ludwig stöhnte. Zwei Bände, zusammen über 1000 Seiten. Wer sollte das lesen? Zweierlei erlebte er, als er sich doch zwang, weiterzulesen: Es war ihm langweilig – und er konnte nicht zu lesen aufhören. Er war ein wenig stolz darauf, dass sein vom Vater gelerntes Deutsch sogar für Thomas Mann weitgehend genügte. Ein paar altertümliche Ausdrücke übersprang er, weil er meinte, nichts zu versäumen.
Stadlmanns Frau ging es nicht gut, er war fast den ganzen Tag bei ihr im Heim. So war Ludwig auf sich selbst angewiesen. Er ging spazieren, nicht sehr weit, weil er sehr bald müde wurde. Frau Pühringer beriet ihn, was er jeweils anziehen solle. Die Kälte des Winters war Ludwig nicht gewöhnt.

In Wirklichkeit schlug er nur die Zeit tot. Die Zeit bis zu dem Augenblick – ja, welchem Augenblick? Er würde vermutlich ein Telefonanruf sein, der ihn erlöste.

12. Beschleunigung

Das Telefon meldete sich. Es war der Tag nach dem Abend, an dem die Nachricht in London eingetroffen sein musste. Es war also doch so, wie Ludwig vermutet hatte, Alex fand die Mail erst am nächsten Tag.

Es war das AKH, eine Frauenstimme. Sie ersuchte Ludwig, zu einem Gespräch mit Herrn Dr. Kreitner zu kommen. Sie könnten sofort einen Termin ausmachen.

Ludwig fragte: „Darf ich vorher wissen, worum es geht?"

„Irgendwas mit den Befunden. Der Herr Doktor wird es Ihnen sagen."

Sie vereinbarten einen Termin gleich morgen.

Ludwig war unruhig. Was hatte das zu bedeuten. Er rief bei Stadlmann an, der war zu Hause.

Ludwig wanderte zu ihm und erzählte ihm von dem Anruf aus dem AKH, der ihn sehr beunruhige.

„Was soll schon sein?", beruhigte Stadlmann. „Wie heißt denn der Arzt?"

„Dr. Kreitner."

„Kenne ich nicht."

Sie schauten im Telefonbuch nach und fanden unter dem Namen Kreitner einen Facharzt für Onkologie.

„Was ist das?", fragte Ludwig.

Stadlmann war nun doch etwas ernster: „Ein Onkologe ist ein Internist, der sich auf Tumorerkrankungen und im Besonderen auf sogenannte maligne Tumore spezialisiert hat."

„Tumorerkrankungen?"

„Krebserkrankungen."

„Und maligne Tumore?"

„Bösartige."

Beide schwiegen und schauten sehr bestürzt drein.

Ludwig fragte: „Heißt das, ich habe Krebs?"

„Wenn der Arzt mit dir reden will, wird schon irgendwas sein."

Die Sache mit dem Geld trat nun vollkommen in den Hintergrund.

Ludwig war nur von dem einen Gedanken beherrscht. Krebs.

Er schlief schlecht und war am nächsten Tag schon eine halbe Stunde zu früh im AKH, wo dieser Dr. Kreitner ordinierte.

Der Onkologe war ein liebenswürdig dreinschauender älterer Herr.

Ein Bilderbucharzt vom Aussehen her. Dieser nette Kerl sollte jetzt die Hiobsbotschaft für Ludwig haben? Ludwig war fast schon wieder beruhigt.

Der Doktor hob an: „Der letzte Befund ist gestern gekommen."

„Wieso hat das so lang gedauert, die Untersuchung war schließlich schon …"

Kreitner unterbrach ihn: „Wir haben unseren Befund an die Universitätsklinik in Wien geschickt, um eine kompetente Zweitmeinung einzuholen. Der Kollege in Wien hat das bestätigt, was ich selbst festgestellt hatte."

Sarkastisch antwortete Ludwig: „Das beruhigt mich sehr! Und? Was habe ich?"

„Morbus Hodgin."

„Was ist das?"

„Lymphdrüsenkrebs."

Ludwig schluckte und starrte den Doktor entgeistert an.

„Und was heißt das jetzt?"

„Ich werde Sie noch einmal genau untersuchen. Sie müssen allerdings damit rechnen, dass Ihre Lebenszeit ab nun begrenzt sein kann."

„Was bedeutet das im Detail?"

„Das kann ich erst abschätzen, wenn ich Sie untersucht habe. Leiden Sie unter Appetitlosigkeit?"

„Nein. Das heißt jetzt, wo Sie mich fragen …"

„Gewichtsverlust?"

„Ich habe ein wenig abgenommen, ja, aber ich wollte abnehmen."

„Fieber, hin und wieder, in Schüben?"

„Nein.“

Der Doktor stand auf und drückte Ludwig links und rechts am Hals.

„Ja, schon ziemlich vergrößert:“

„Sie haben gesagt, begrenzte Lebenszeit. Was heißt das?“

„Es kann durchaus sein, dass eine Chemotherapie hilft. Sie sind möglicherweise schon in einem etwas fortgeschrittenen Stadium, zumindest sagt das der Wiener Befund.“

„Heilungschancen?“

„Fifty-fifty.“

„Nicht gerade berauschend.“

„Niedrigmaligne Non-Hodgkin-Lymphome sind in fortgeschrittenen Stadien bislang meist gar nicht heilbar.“

Ludwig schüttelte den Kopf: „Hodgkin, Non-Hodgkin, maligne, niedrigmaligne. Sagen Sie mir bitte einfach den Worst Case.“

„Wie Sie wollen“, sagte Kreitner, nun gar nicht mehr liebenswürdig. „Sechs bis acht Monate. Sie wollten es genau wissen.“

Ludwig erklärte: „Eine meiner Methoden bei Firmenentscheidungen war immer das Einbeziehen des schlimmsten Falles.“

Der Arzt nickte: „Sehr gescheit!“

„Muss ich jetzt ins Spital?“

Kreitner erklärte ihm: „Ich stelle einen Therapieplan auf. Erst einmal entnehmen wir Gewebeproben, um den genauen Status festzustellen.“

Ludwig nickte: „Hodgkin oder Non-Hodgkin.“

Kreitner nickte, während er sich Notizen machte.

Ludwig vervollständigte: „50 % heilbar oder sechs bis acht Monate.“

Wieder nickte der Arzt: „Ich bewundere Sie, wie exakt Sie das analysieren. Sie sind sehr gefasst.“

Langsam sage Ludwig: „Ich habe niemand, dem ich wehtun kann. Mein Tod bringt vielleicht für manche einen Segen.“

Dr. Kreitner erschrak sichtlich: „Wie meinen Sie das?“

Ludwig lächelte: „Klingt schlimm, ist es aber nicht. Ich freue mich, dass manche Leute von meinem Tod sogar etwas haben werden.“

Noch immer verstand Kreitner nicht, schüttelte den Kopf und sagte in abschließendem Ton: „Ich muss nicht alles verstehen. Bitte seien Sie immer für uns erreichbar. Wir haben keine Zeit zu verlieren."

Schon auf dem Heimweg pendelte Ludwig zwischen zwei Empfindungen. Einerseits war er erleichtert über die Klarheit, die er jetzt hatte. Andrerseits störte es ihn schon, dass möglicherweise die nächsten Weihnachten für ihn kein Thema mehr waren. Ihn selber erstaunte allerdings, dass er sich dem Ende eines Wegs näherte – und er fand es gut so.

Genau das sagte er auch Stadlmann.

Der wundere sich: „Du bist ja richtig erleichtert. Spinnst du?"

Ludwig analysiere: „Wahrscheinlich liegt es daran, dass ich in der Geld- und Testamentsangelegenheit so quälend unsicher war. Da ist jetzt weg. Das Ziel, das ich immer gebraucht habe, ist jetzt definiert. Jetzt kenne ich mich aus. Endlich."

„Dafür hast du dir eine grausame Alternative eingehandelt", rief Stadlmann. „Du hast ein potenzielles Todesurteil kassiert."

„Ja. Jetzt muss ich anschieben in der Geldsache. Gut so. Ich habe jetzt zwei Aufgaben: Dr. Kreitners Plan und die wunderbare Geldverteilung. Lass mich einmal darüber schlafen, dann gehe ich es an."

Lang schaute Stadlmann seinen Freund an, dann sagte er: „Großartig, wie du diese Hiobsbotschaft ins Brauchbare umdenkst. Ich bewundere dich, und ich bin sehr dankbar, dich zum Freund zu haben."

Stadlmann hatte Tränen in den Augen.

Ludwig lächelte: „Jetzt fang nicht an zu heulen, ich lebe ja noch."

Ludwig ließ die Untersuchungen des Onkologen über sich ergehen. Die Gewebeproben wurden nach Wien gebracht. Kreitners Untersuchungen gingen weiter. Ludwig hielt sich an die Termine, wann immer sie stattfanden. Er war in Kreitners Hand und folgte ihm selbstverständlich kooperativ. Schließlich ging es um sein Leben.

Parallel aber ging es um sein Geld. Die Waage Leben gegen Geld schlug eindeutig in Richtung Leben aus. Ludwigs Leben setzte den zeitlichen Rahmen, es war der Taktgeber und gleichzeitig der Unsicherheitsfaktor. Das Geld war sicher, es lag noch in Liechtenstein. Angesichts seiner aktuellen Situation war jetzt wohl die Zeit für ein Testament gekommen. Sarkastisch stellte Ludwig fest, dass er noch immer im Plan war, allerdings beschleunigt durch seine Lymphen.

13. Die Verwandtschaft

Am selben Tag, an dem Ludwig sein Schicksal beim Onkologen erfuhr, setzte sich auch in der Verwandtschaft einiges in Bewegung. Alex rief seinen Vater an und teilt ihm das Ergebnis seiner Rückfragen in Los Angeles mit.

„Ludwig Highrider war der Inhaber der von seinem Vater Ludwig Gismayer gegründeten Firma. Er hat sie verkauft. Und jetzt ist er da."

Peter Gismayer fand sich bestätigt: „Ludwig muss also mörderisch viel Geld haben."

„Das wird wahrscheinlich einige Erbschleicher in unserer Familie in Bewegung setzen."

„Glaubst du?", Peter Gismayer zweifelte.

Alex blieb hart: „Wenn Geld winkt, verlieren manche Menschen ihre Prinzipien."

„Hast du die anderen auch schon informiert?"

„Nein. Nur dich. Und ich überlasse auch dir als Doyen der Familie die Entscheidung über das weitere Vorgehen. Klar ist aber, dass dein Cousin Ludwig ein sehr interessanter Mensch geworden ist."

„Wegen dem Geld?"

„Nein. Weil wir jetzt vermutlich alles wissen. Und das ist nicht wenig."

„Wer weiß, wie lange er noch lebt!"

Peter ertappte sich dabei, dass er soeben auch an das Geld gedacht hatte.

Wir wissen jetzt alles über Ludwig. Dieser Satz ging ihm nicht aus dem Kopf. Was für ein verrücktes Schicksal. Sein Onkel Ludwig, der Sattlermeister, den der Krieg an die Front in der Normandie geworfen hat und der mit einem Gefangenentransport nach Amerika befördert und zum Firmengründer und Firmenchef und damit steinreich wurde. Der Spruch von Amerika, dem Land der unbegrenzten

Möglichkeiten bewahrheitete sich nicht nur in mehr oder weniger erfundenen Geschichten.

Ludwig hatte außer Prof. Stadlmann und Frau Pühringer niemand gesagt, wie es um ihn stand und was die vielen Termine, die er nun hatte, bedeuteten. Er hatte beiden auch strengstes Stillschweiger auferlegt, er ließ sie sogar schwören.

Stillschweigen hielten aber auch Peter und Alex Gismayer gegenüber der Verwandtschaft über ihr Wissen um den Onkel aus Amerika. Aber was wussten sie denn nun? Ludwig Highrider, genau genommen sogar Dr. Ludwig Highrider – Ludwig hatte ja fertigstudiert – war der Chef eines Firmenimperiums gewesen, hatte es verkauft und sich in Wels, der Heimatstadt seines Vaters mit seinem – sicher großen, genaues wussten sie ja nicht – Reichtum zur Ruhe gesetzt. Mehr war es nicht. Warum verschwiegen sie es dann den anderen gegenüber? Vor allem Alex, der Londoner Physiker, stand auf der Bremse. Er hatte es aber seinem Vater, als dem, wie er es ausdrückte Doyen der Familie überlassen, wie das weitere Vorgehen aussehen sollte. Vorgehen! Was für ein Vorgehen? Seine Frau Hilde, bei der es sich nicht vermeiden ließ, dass sie auch eingeweiht werden musste, fragte ihren Mann: „Wann sagst du es den anderen?"

Da er es sich selbst nicht erklären konnte, schob er die Sache auf Ludwig: „Sollte das nicht der Ludwig machen? Schließlich geht es um ihn."

Hilde Gismayer gab sich mit der Antwort zufrieden. Es ging um Ludwig.

Der nahm brav seine Arzt-Termine wahr und musste auf die endgültigen Befunde warten, die die Entscheidung bringen sollten: Behandelbar oder sechs bis acht Monate. Frau Pühringer kochte für ihn leicht verdauliche Speisen.

„Ich wusste gar nicht, dass Diätessen so gut schmecken kann", sagte er zu ihr und nannte sie seinen Schutzengel.

Frau Pühringer war sehr gerührt, sie wusste ja, dass Ludwigs Leben auf der Kippe stand.

Stadlmann tat so, als wäre nichts. Er vermied jedes Wort, das auch nur annähernd an Ludwigs Situation erinnern hätte können.

Dr. Peter Gismayer machte rein zufällig eine Entdeckung. Wirklich rein zufällig! Einer seiner Patienten im Spital lag auf der Onkologie-Abteilung. Nach einer Visite schrieb er im Stützpunkt seinen Bericht. Der Name seines Patienten begann mit H. Beim Suchen der Akte seines Patienten sah er den Namen Highrider. Nun ist das ja ein recht seltener Name, daher fiel er ihm auf. Peter tat dann etwas, das an sich unter Ärzten unstatthaft ist, er schaute in die Akte hinein – und wurde blass. Er leitete aus dem Gelesenen ab, dass Ludwig in absehbarer Zeit sterben würde. Schnell machte er die Akte, die ihn ja nichts anging, wieder zu. Das Wissen aber hatte er. Ludwig war mit hoher Wahrscheinlichkeit ein Sterbefall. In absehbarer Zeit, weniger als einem Jahr jedenfalls. Peter war ratlos, was er mit diesem Wissen jetzt anfangen solle.

Seine Frau Hilde bemerkte beim Abendessen, dass ihr Gatte anders war als sonst. Nervös, zerfahren und unleidlich fand sie ihn. Und es wäre nicht Hilde, wenn sie ihn nicht gefragt hätte.

„Was ist los mit dir, Peterle?"

Peter hatte es nicht gern, wenn sie Peterle zu ihm sagte. So hatte ihn immer sein Vater genannt, besonders wenn er betrunken war. Es war aber immer höhnisch gemeint.

Peters Antwort war sehr kurz: „Der Ludwig."

„Was ist mit ihm?"

„Er – macht mir Sorgen."

„Wenn er wirklich so viel Geld hat, warum macht er dir dann Sorgen?"

Das Geld! Peter kämpfte mit sich. Unterlag sein neues Wissen über den Cousin dem Arztgeheimnis? Das hatte er selbst schon verletzt, indem er in den Akten seines Kollegen gestöbert hatte. Andrerseits – ja was andrerseits? Es gab nur einen, mit dem er darüber eventuell reden konnte, seinen Sohn Alex, den Physiker in London, mit dem er allerdings nur telefonieren konnte.

Hilde war achselzuckend schon wieder irgendwo im Haus verschwunden. Draußen schien ein wenig die Sonne, Peter ging in den Garten, setzte sich auf die Bank, die ganz an der Hauswand stand, sodass er nicht gesehen werden konnte. Warum die Geheimnistuerei? Peter fragte sich auch, aber er war in einem Sog. Wie unentrinnbar. Er rief seinen Sohn Alex an. Während er noch dem englischen Telefonton zuhörte, kam er sich plötzlich sehr schlecht vor. Die Frage schwelte in ihm wie ein schlecht gelöschter Brand: Ludwig war ein Sterbefall – was geschah mit dem vielen Geld? Wenn das nicht geordnet wurde, verfiel es irgendwem. Und wenn er das Geld irgendwo im Ausland, in Amerika oder sonst wo liegen hatte, dann war es vielleicht weg. Auf Geld muss man schauen, hatte Adolf, sein Vater immer wieder gesagt. Peter erschrak. Verhielt er sich jetzt wie sein Vater? Der war ja letzten Endes mit seiner Finanzpolitik gescheitert. Und es war großenteils unrechtmäßig erworbenes Geld. Das Geld, mit dem unter anderem sein Studium finanziert wurde. Sind Eigenschaften eines Vaters an einen Sohn vererbbar? Er horchte noch immer stupide auf das englische Telefongeräusch. Alex war nicht erreichbar. Peter legte auf. Was tun? Was zum Teufel jetzt tun?

Ludwig machte sich Gedanken, wie er mit seinem Geld umgehen solle. Er dachte noch nicht unter Zwang, das Urteil war noch nicht gefällt. Aber er wollte nicht unter Druck geraten. Warum machte er sich so viele Gedanken? Er musste doch einfach eine Liste derer aufstellen, die er bedenken wollte, und dann sein Vermögen durch die Anzahl dividieren und das in das Testament schreiben. Er wollte nicht werten. Er hatte sich entschlossen, nicht festzustellen, wer mehr wert war und wer weniger. Er fand, dass ihm das nicht zustand. Er wollte auch auf Prof. Stadlmann und die Frau Pühringer nicht vergessen. Da sich das erst nach seinem Tod abspielen würde, war es ihm reichlich egal, wie alles ablief. Angst vor Erbschleichern hatte er nicht, es wusste ja niemand die Summe, um die es ging. Es war auch noch niemand fragend an ihn herangetreten. Soweit er es überblickte, war nichts Verdächtiges im Gange. Prof. Stadlmann mahnte ihn

allerdings zu Vorsicht. Wenn die Summe, die übrigens auch Stadlmann nicht kannte, einmal doch in der Familie publik würde, käme
sicherlich einige Bewegung in die Sache. Aber auch er fand, dass es
derzeit ruhig war. Was Stadlmann beunruhigte, war, wie lange es
dauerte, bis der endgültige Befund für Ludwigs Krebs kam. Das Stadium.
Es fiel ihm immer schwerer, Ludwig gegenüber so zu tun, als wäre
da nichts.

Das Telefongespräch zwischen Peter und seinem Sohn Alex fand erst
am nächsten Tag statt.
„Ich war mitten in einer Versuchsreihe", erklärte Alex, „aus der ich
nicht einfach raus konnte. Wir sind da leider nicht auf dem neuesten
Stand, es fehlt wie überall das Geld."
Peter fühlte sich tief getroffen, dass sein Sohn, wenn auch unbeab-
sichtigt und sicher ohne Hintergedanken das Geld erwähnte. Er kam
auch sehr schnell zum Kernthema seines Anrufs: „Ich muss dir ein
Arztgeheimnis verraten, bitte dich also um Stillschweigen. Kannst du
mir das schwören?"
„Schwören", wiederholte Alex, „um Gottes Willen, was ist denn pas-
siert? Ist was mit der Mama?"
„Ludwig hat Krebs."
Vorerst Schweigen, dann: „Und?"
„Mit hoher Wahrscheinlichkeit unheilbar."
„Und warum tust du da so geheim? Du bist doch Arzt."
„Ludwigs Behandlung macht der Dr. Kreitner, ein Onkologe. Lud-
wig ist in der Sache nicht mein Patient."
Alex wirkte ziemlich gelassen: „Ok. Und? Was machen wir jetzt?"
„Du bist aber nicht sehr erschüttert!"
„Entschuldige, der Ludwig ist so weit weg von mir, dass ich es natür-
lich schrecklich finde mit dem Krebs, aber es ist halt so. Er ist zu-
rückgekommen, um hier zu sterben. Ein reicher Mann kann sich das
leisten."
Peter musste seinem Sohn zustimmen.

Aber der redete weiter: „Wir sollten uns auf jeden Fall mit ihm gut-stellen, damit bei der Erbschaft was Ordentliches herauskommt. Ich könnte für mein Labor dringend einiges Geld brauchen. Der hat wahrscheinlich so viel, dass ich mein eigenes Labor eröffnen könnte."

War das hartherzig? Oder einfach logisch? Peter freundete sich eher mit der zweiten Fassung an. Es war logisch.

Alex fragte: „Hast du das mit dem Krebs den anderen schon er-zählt?"

„Nein. Nur dir. Und Hilde dürfte was ahnen."

„Hält die Mama dicht?"

„Du redest wie ein Verschwörer."

Alex lachte: „Vielleicht sind wir das jetzt? Wir sollten dem Alten helfen, sein Geld vernünftig anzulegen."

Langsam sagte Dr. Peter: „Noch ist er nicht gestorben."

„Wie stehen die Chancen?"

Diese Frage war Peter nun doch zu viel: „Es muss jedenfalls alles ge-schehen, dass er wieder geheilt wird."

„Abwarten!", murmelte Alex in London und legte auf.

Peter war irritiert. In ihren Gedanken waren sie schon Erbschleicher.

Eine Partie Schnapsen war für Ludwig wie eine Durchlüftung des Hirns.

Stadlmann konstatierte: „Thomas Mann zu lesen ist eben eine intel-lektuelle Herausforderung."

„Und eine ermüdende. Diese Satzwürmer, wo ich oft am Satzende nicht mehr weiß, wie er angefangen hat …"

„Da ist eine Kartenpartie der geeignete Ausgleich. Du gibst!"

Immer bemühte sich Stadlmann, dass er im Umgang mit Ludwig al-les penibel vermied, was an seine Krankheit anstreifen könnte.

Einen Anruf aber konnte er nicht verhindern. Ludwig nahm ihn ent-gegen, horchte kurz und sagte dann: „Morgen um neun Uhr" – und legte auf.

Sinnend starrte er sein Handy an: „Ich sage immer, ich lege auf. Aber beim Handy legt man nicht auf. Aber wie nennt man das, wenn man beim Handy – auflegt?"

„Du hast Sorgen", alberte Stadlmann. „Wer hat denn angerufen – morgen um neun?"

„Der Dr. Kreitner. Die Befunde sind da und die will er mit mir besprechen. Morgen um neun."

Die gute Laune war verflogen. Bei beiden. In beiden Gehirnen krampfte sich der Gedanke zusammen: Was bringen die Befunde. Die Variante Hoffnung? Oder die andere Variante? Stadlmann verweigerte sich das Weiterdenken. In Ludwig war es eiskalt geworden. Morgen kam das Urteil. So musste sich ein Delinquent in der Todeszelle fühlen, der ein Gnadengesuch eingereicht hat. Gnadengesuch. Gnade. Empfing er morgen die Gnade des Weiterlebens? Mit den Qualen einer Chemotherapie? Die ja doch nur das Sterben verschob, um ein Jahr vielleicht? Wäre es da nicht gescheiter …?

Ludwig zuckte ganz leicht die Schultern.

Stadlmann sah das und meinte: „Es bleibt dir sowieso nichts anderes übrig."

Sie spielten weiter mit der Verbissenheit des Verdrängens. Sie wollten jetzt Kartenspielen und nichts anderes.

Am Ende eines Bummerls, das Ludwig gewonnen hatte, sagte er leise: „Es wird alles gut."

„Wie kommst du jetzt darauf?"

„Ich habe für mich gedacht, wenn er liebe Gott mich das Bummerl gewinnen lässt, wird alles gut."

„Ein Gottesgericht", nickte Stadlmann. „Nur leider zählt das in unserer Zeit nicht mehr."

„Ich stehe mit dem Rücken zur Wand. Lass mich spielen. Ernst wird es auch von allein."

Die Tränen in den Augen Stadlmanns sah er nicht.

Am nächsten Tag um dreiviertel neun Uhr fand Ludwig sich in der Privatordination des Dr. Kreitner ein. Er musste warten. Punkt neun öffnete sich die Tür zum Behandlungsraum, Kreitner begrüßte Ludwig sehr herzlich, bat ihn hinein, bot ihm den Platz gegenüber von seinem Schreibtisch an, setzte sich ebenfalls und lächelte Ludwig an. Ludwig war nervös: „Lächeln Sie immer, wenn Sie ein Todesurteil aussprechen?"

Der Arzt lachte herzlich und erklärte: „Aus Ihrer Frage höre ich, dass Sie das Schlimmste erwarten. Da muss ich Sie enttäuschen."

„Enttäuschen Sie mich ruhig, ich habe nichts dagegen. Aber worin liegt der Grund für meine Enttäuschung."

„Weil Ihre Erwartung des Todesurteils nicht erfüllt wird."

„Also bin ich heilbar?"

„Auch nicht."

„Gibt es denn noch eine dritte Variante?"

„Ja. Und genau die trifft auf Sie zu."

„Und sagen Sie es mir auch?"

Dr. Kreitner holte tief Luft, schaute auf die vor ihm liegenden Papiere und erläuterte: „Kurz gesagt: Wir sind nicht heilbar, wir sterben aber auch nicht in absehbarer Zeit. Das ist es im Prinzip. Wir sind behandelbar."

„Eine Chemo-Therapie?"

„Eben nicht. Wir schaffen das medikamentös. Wie ich sagte: Behandelbar."

„Aber nicht heilbar?"

„Genau so."

Die Erklärungen, die der Doktor jetzt abgab, waren medizinisches Chinesisch, das nichts anderes kompliziert ausdrückte, was einfach gesagt so hieß: Behandelbar und nicht heilbar.

Jetzt aber kam auch noch eine Überraschung. Der Arzt fragte: „Sie sind doch Amerikaner."

Ludwig nickte.

„Haben Sie noch Verbindungen? Ich meine Leute, die drüben etwas für Sie besorgen könnten?"

Ludwig nickte wieder. Die Salingers konnte er vergessen, die würden sofort Geld verlangen. Aber in seiner ehemaligen Firma würde sich was machen lassen. Fragte sich nur, was.

Der Arzt erklärte: „Ich arbeite mit amerikanischen Universitäten zusammen an diversen Forschungsprojekten. Wir haben ein Medikament entwickelt, das in den USA bereits sämtliche Prüfinstanzen erfolgreich bestanden hat und seit einem Jahr zugelassen ist. In Kanada übrigens auch schon. Ein Kollege in den USA soll Ihnen das Rezept ausstellen."

„Ich kenne in den USA keinen Arzt, ich war immer gesund, bevor ich nach Europa gekommen bin."

„Danke für die Spitze. Den Kollegen für das Rezept besorge ich. Sie müssen nur jemand haben, der es abholt, also eine Vollmacht von Ihnen hat und es Ihnen schickt. Das muss doch zu machen sein, oder?"

Ludwig zögerte: „Ist das eine unsaubere Sache?"

Kreitner antwortete analytisch: „Sagen wir so: Sie sind Amerikaner, haben also das Recht, ein amerikanisches Medikament zu konsumieren. Wie das ist, wenn Sie es hier konsumieren, wo es noch durch die Zulassungsbürokratie läuft, weiß ich nicht. Das müssen wir riskieren, wenn Sie dabeibleiben wollen: Behandelbar."

Ludwig stimmte zu.

Kreitner freute sich sichtlich: „Da nützen wir den Vorteil aus, den Sie als USA-Bürger haben."

Sie besprachen die Vorgangsweise, Ludwig kannte sich aus und versprach, sich sofort zu melden, wenn alles erledigt sei.

Bei der Verabschiedung hielt ihn Dr. Kreitner noch einmal zurück: „Übrigens, das muss ich Ihnen doch sagen. Ihr Fall unterliegt voll meiner ärztlichen Schweigepflicht, an die ich mich auch halte. Strikt. Das ist nicht nur ein Gesetz, sondern auch ein Ehrenkodex. Allerdings wurde in der Station, in der Ihre Akte aufbewahrt wird, jemand beobachtet, der sie studierte. Es ist mir unangenehm, aber es war ein Kollege, der Sie bei Ihrem Durchcheck behandelt hat."

Als Kreitner schwieg, fragte Ludwig nach: „Wer war es? Ich ahne da nämlich etwas."

Der Arzt wand sich ein wenig: „Ich will nicht petzen. Sagen Sie mir, was Sie ahnen, ich nicke dann oder nicht."

„Gismayer?"

Dr. Kreitner hätte nicht zu nicken brauchen, sein Erschrecken sagte alles. Schließlich nickte er.

Ludwig nickte auch.

Kreitner war neugierig: „Ich frage Sie, Sie müssen mir nicht antworten. Warum haben Sie den Kollegen Gismayer – geahnt?"

„Weil er mein Cousin ist."

Noch einmal bekam Kreitner große Augen: „Wie kommen Sie zu einem Cousin in Wels?"

Kurz gefasst erzählte Ludwig, dass sein Vater ein Welser Gismayer war und in Amerika seinen Namen änderte. Scheismaydscha.

Kreitner lachte zuerst, dann aber folgerte er: „Zu dem Zeitpunkt, an dem der Kollege in die Akte spioniert hat, war die Diagnose noch eher negativ. Er könnte daraus ableiten, dass …"

„…ich bald sterbe", ergänzte Ludwig.

„Klar ist jedenfalls, dass in Ihrer Verwandtschaft Ihre angeschlagene Gesundheit bekannt ist. Und das mit einer unrichtigen Prognose."

„Sie meinen, der reiche Onkel aus Amerika …"

„Ich meine gar nichts. Ihre Akte habe ich unter Verschluss genommen. Und es ist leider Ihr Problem. Wenn es ein Problem sein sollte."

Mit den USA leitete Ludwig alles in die Wege. Ein Abteilungsleiter aus seiner ehemaligen Firma, dem Ludwig einmal aus der Patsche geholfen hatte, freute sich darüber, sich endlich erkenntlich zeigen zu können. Dr. Kreitner setzte seinen USA-Kollegen in Bewegung – Rezept, Vollmacht und Abholung - alles war wunderbar und präzise geplant, genau wie Ludwig es gernhatte.

Seinem Freund Stadlmann vertraute er die Vorgangsweise an. Der fand es großartig und meinte, er sehe da keine Unsauberkeit. Ludwig war USA-Bürger, ein USA-Arzt stellte das Rezept aus. Ob der

Import eines nicht zugelassenen Medikaments erlaubt war, wusste er nicht, meine aber, das sei egal. Der Plan war jedenfalls im Gange, und das war die Hauptsache.

Ludwig erzählte Stadlmann aber auch, dass sein Cousin Dr. Peter Gismayer unerlaubt in Kreitners Akte Ludwigs Krebs betreffend Einsicht genommen hatte.

Stadlmann wurde sofort kriminalistisch: „Zufällig oder absichtlich?"

„Das wissen wir nicht. Wichtig ist aber das Ergebnis: Die Familie weiß jetzt um meine Krankheit, allerdings nicht die neueste Diagnose, sondern die negative, die Dr. Kreitner vorerst befürchtete."

„Das heißt", folgerte Stadlmann, „deine Verwandtschaft könnte der Meinung sein, dass du bald sterben wirst."

„Ja", antwortete Ludwig unwillig, „der Dr. Kreitner hat auch in die Richtung geredet."

„Läge ja auch nahe …"

„Was läge nahe? Ihr nehmt alle an, dass in meiner Verwandtschaft nur miese Erbschleicher leben. Es gibt kein einziges Indiz dafür, nicht das geringste. Ihr denkt einfach schlecht. In meiner Jugend hat es ein Sprichwort gegeben: Wie der Schelm denkt, so ist er."

Stadlmann wehrte sich: „Ich will kein Geld von dir!"

„Du hast aber sicher nichts dagegen, wenn das meine Sache ist, dich sehr wohl in meinem Testament zu erwähnen. Die Frau Pühringer übrigens auch."

„Was ist mit mir?", kam es da von der Türe her, durch die Frau Pühringer soeben hereinkam.

Ludwig war leicht ungehalten: „Wenn Sie das nächste Mal vor dem Hereinstürmen anklopfen, sage ich es Ihnen. Vielleicht."

Sie entschuldigte sich und fragte, ob noch was gebraucht würde. Sie wolle nämlich nach Hause gehen. Das Abendessen für die Mikrowelle sei im Kühlschrank. Sie wünschte noch einen schönen Abend und ging.

„Die hast du jetzt beleidigt. Sie klopft doch sonst auch nicht an."

„Aber in diesem Fall", blieb Ludwig stur, „wäre Anklopfen angebracht gewesen."

„Woher soll Sie das wissen – von diesem Fall?"
„Du musst nicht immer recht haben!"
„Und du nicht immer das letzte Wort!"
Sie fanden sich in einer Schleife gefangen und lachten.

Nach ein paar Tagen rief Alex Gismayer wieder seinen Vater an.
„Die Sache lässt mir keine Ruhe! Wie geht es dem Alten?"
Peter störte die respektlose Wortwahl seines Sohnes: „Ludwig ist
jünger als ich, von wegen Alter!"
Alex ignorierte das: „Wie geht es ihm?"
„Meines Wissens unverändert."
„Könntest du dich nicht ein wenig um ihn kümmern?", schimpfte der
Sohn. „Schließlich ist bei dem einiges Potenzial drinnen."
„Wenn ich mich um ihn kümmere, dann sicher nicht, um sein Poten-
zial zu pflegen."
Alex versuchte einzulenken: „Du verstehst, was ich meine. Der Alte,
verzeih, dein Cousin hat viel Geld und braucht es nicht. Ich habe
kein Geld und brauche welches. Da muss doch was zu machen sein."
„Hast du einen Plan, den du realisieren möchtest?"
„Fix und fertig. Ein Laboratorium zur Entwicklung und Herstellung
von Medikamenten. Es könnte sogar in Österreich sein."
Peter war beeindruckt: „Da gibt es doch sicher Förderungen."
„Die sind alle an Auflagen gebunden, die das Leben nur schwer ma-
chen."
Der Vater machte einen Vorschlag: „Wie wäre es, wenn du mit dei-
nem Plan ganz einfach direkt an Ludwig herantretest. Er ist Ge-
schäftsmann. Vielleicht will er investieren?"
Kurze Stille auf der Londoner Seite, dann: „Ok. Kannst du das einfä-
deln?"
Peter erklärte sich bereit: „Ich mache einen Termin mit Ludwig. Da
musst du aber nach Wels kommen!"
„Wenn du den Termin hast."

Während Ludwig per E-Mail die Nachricht entgegennahm, dass sein Vertrauensmann in Los Angeles das Medikament sicherheitshalber ganz neutral verpackt abgeschickt hatte, sodass es in den nächsten zwei bis drei Tagen eintreffen müsste, bekam er einen anderen Anruf. Sein Cousin Dr. Peter Gismayer ersuchte ihn um einen Termin. Ludwig wunderte sich ein wenig. Ein Termin? „Ich bin ja da, ruf‘ einfach an und es passt."

Peter erklärte, dass sein Sohn Alex, der Physiker aus London, anreisen wolle, daher der Termin. Ludwig war instinktiv misstrauisch und versprach seinem Cousin, zurückzurufen.

Peter Gismayer seinerseits war nun etwas erstaunt, dass Ludwig zuerst sagte, er sei ja eh da, und dann plötzlich doch nicht sofort einen Termin anbot. Hatte es damit zu tun, dass auch Alex zu dem Termin kommen wollte?

Ludwig zog Stadlmann zurate.

„Mein Cousin Peter will einen Termin bei mir. Mit seinem Sohn Alex."

„Peter", fragte Stadlmann, „ist das der, der in deiner Akte gestöbert hat?"

„Ja."

„Und jetzt will er einen Termin bei dir? Mit seinem Sohn? Ist das der Physiker in London?"

„Ja."

Stadlmann überlegte: „Auf die Gefahr hinauf, dass du mich wieder beschimpfst, sage ich dir: Es scheint loszugehen."

Betrübt gab ihm Ludwig recht: „Darum habe ich ja auch nicht sofort einen Termin ausgemacht, sondern gesagt, ich rufe zurück."

Lächelnd antwortete Stadlmann: „Jetzt ist er misstrauisch, weil er ahnt, dass du misstrauisch bist. Sehr gut. Weißt du, was dein Cousin oder sein Sohn von dir wollen könnten?"

„Wahrscheinlich Geld", sagte Ludwig verwundert.

„Das ist klar. Aber weißt du auch, wofür?"

„Keine Ahnung."

Folgende Vorgangsweise schlug der weise Mann vor: „Da dir dein Cousin Peter amtlich kommt, er will einen Termin, kannst du ihm auch amtlich kommen. Biete ihm einen Termin in deinem Haus in drei Tagen an."

Ludwig zweifelte: „Der Alex muss aus London anfliegen …"

„Wenn er wirklich was will, wird er da sein, verlass dich drauf."

Ludwig hatte noch eine Frage: „Willst du bei dem Termin dabei sein?"

„Als was?"

„Freund? Berater?"

„Ich würde sagen, mich heben wir uns für später auf, wenn es notwendig ist."

„Gut."

Stadlmann klopfte dem Freund auf die Schulter: „Ludwig! Erinnere dich! Du warst ein höchst erfolgreicher Geschäftsmann."

„Ja, aber Verwandtschaft ist doch etwas anderes."

„Wenn es etwas Geschäftliches ist und um viel Geld geht, dann gibt es für dich keine Verwandtschaft. Lass dir Unterlagen vorlegen und mach eine Frist, die Unterlagen zu prüfen."

Es schien, als würde der alte Geschäftsmann in Ludwig wieder erwachen. Seine Antwort legte in Stadlmann jedenfalls die Vermutung nahe.

„Es wäre ja auch nicht das erste Mal, dass jemand mit einem Vorschlag an mich herantritt. Und da sie sich plötzlich an mich wenden, wo sie meinen, dass ich bald sterben werde, bin ich sogar verpflichtet, genau zu prüfen."

„Na also!"

Stadlmann war zufrieden.

Ludwig blieb im Plan. Morgen würde er seinen Cousin anrufen und ihm einen Termin in drei Tagen anbieten. Peter sollte von Anfang an klar sein, dass Ludwig auf Korrektheit Wert legte. Und wenn seine und Stadlmanns Annahme ein Irrtum war, umso besser.

Einen drängenden Anruf seines Sohnes Alex fertigte sein Vater ab:
„Es nützt nichts, wenn du dauernd anrufst. Ludwig hat gesagt, er
wird mich zurückrufen."
„Hat dein alter – Cousin so viele Termine?"
„Das kannst du ihn ja dann selbst fragen!"

Am nächsten Tag meldete sich Ludwig bei Peter und verkündete:
„Am kommenden Montag, 11 Uhr, in meinem Haus."
„Wieso erst am Montag? Heute ist Donnerstag."
„Ich kann nichts dafür, dass ein Wochenende dazwischen ist."
„Und Montag, 11 Uhr, hoffentlich schafft der Alex das mit dem
Flugzeug."
„Das ist aber nun wirklich sein Problem. Oder euer Problem. Bis
Montag!"
Als Ludwig das Gespräch beendete, fühlte er sich richtig wohl. Sau-
wohl. Und das hieß, er fühlte sich wie früher.
Peter hingegen musste akzeptieren, dass er es in Ludwig nicht nur
mit einem Cousin, sondern vor allem mit einem Geschäftsmann zu
tun hatte. Noch dazu mit einem sehr erfahrenen, sehr erfolgreichen,
sehr reichen und sehr selbstbewussten. Er frage sich, woher Ludwig
in seinem Gesundheitszustand die Kraft und die Energie hernahm. Er
beschloss, den Versuch zu unternehmen, noch einmal an die Krankenakte des Cousins heranzukommen.
Am nächsten Tag ergab sich sogar eine Gelegenheit. Sein Staunen
war groß, als er feststellen musste, dass die Akte nicht mehr da war.
Er war enttäuscht und entsetzt, zumindest aber sehr beunruhigt. Hatte
jemand bemerkt, dass er die Akte gelesen hatte? Wenn ja, hatten sie
das dem Kollegen Kreitner gesagt? Wenn ja, hatte Kreitner das Ludwig mitgeteilt? Wenn ja, was konnte Ludwig daraus ableiten? Erbschleicherei? Vielleicht war Ludwig deshalb so amtlich? Peter hatte
nun jedenfalls vor, das mit seinem Sohn sehr genau zu besprechen,
bevor sie auf den kranken Ludwig trafen.
Die Annahme vom kranken Ludwig bekam am Freitag eine Korrektur. Dr. Peter Gismayer, der ja bei Ludwigs Durchcheck als Internist

involviert war, traf den Dr. Kreitner und frage ihn so von Kollegen zu Kollegen: „Wie gehts denn unserem Patienten, diesem Amerikaner?"

Kreitner fand die Situation reichlich komisch, schließlich wusste er, dass der Amerikaner und Gismayer Cousins waren. Gismayer wusste aber nicht, was Kreitner wusste. Also antwortete der Onkologe unverfänglich, aber mit eindringlicher Deutlichkeit: „Besser! Sehr viel besser! Wieso interessieren Sie sich für ihn. Kennen Sie ihn?"

„Reine Neugierde", winkte Gismayer ab und ging seines Weges. Kreitner schaute ihm nach. Das mit der Neugierde glaubte er dem Kollegen sogar.

Der Freitag war ereignisreich, denn am selben Tag traf das Paket mit dem Medikament an Ludwigs Privatadresse ein. Sofort rief er den Dr. Kreitner an. Der bat ihn noch heute mit dem Paket zu sich in die Ordination.

Bevor sie noch in die Behandlungsdetails kamen, berichtete Kreitner so nebenbei: „Ihr Herr Cousin hat sich bei mir für Sie interessiert."

Ludwig nickte: „Das glaube ich!"

Aha, dachte Kreitner, was Familiäres und wechselte das Thema.

Sie besprachen die Vorgangsweise in Ludwig medikamentöser Behandlung. Der Patient bekam einen genauen Plan., wie und wann er die Tabletten einnehmen musste. Kreitner ermahnte Ludwig, den Plan minutiös einzuhalten. Dann bestünden gute Chancen auf ein verlängertes Leben. Ludwig versprach alles.

Als er weggehen wollte, fragte Kreitner doch: „Hat sich die Familie schon gemeldet?"

„Nicht mehr als sonst", antwortete Ludwig. Er wollte der intrigenbereiten Ärzteschaft keinen Stoff liefern.

Ludwig verbrachte das Wochenende so wie immer am Samstag bei Stadlmann, am Sonntag bei ihm daheim. Sie plauderten, inspizierten den Garten und – wichtig – spielten einige Schnapspartien. Am

Sonntag verwöhnte sie die Frau Pühringer mit einem köstlichen Ge-
selchten, mit Gugelhupf und Kaffee.

Bei den Gismayers war es nicht so ruhig. Alex reiste schon am Sonntag an, Flug nach Linz, sein Vater holte ihn mit dem Auto am Flughafen Hörsching ab. Kaum waren sie in Peters Haus eingetroffen,
drängte Alex schon auf ein Gespräch mit seinem Vater, und zwar
möglichst ungestört. Sein Wunsch hatte zur Folge, dass seine Mutter
Hilde ziemlich ungehalten war: „Da kommst du einmal im Jahr zu
uns, dann darf ich keine fünf Minuten mit dem Herrn Doktor aus
London reden? Macht euch euer Erbschleicherkomplott allein aus.
Ich will davon nichts wissen. Mir tut nur der Ludwig leid."
Sie verließ den Raum und ließ zwei ratlose Herren zurück.
Peter wollte ihr nachgehen, weil auch er das Benehmen seines Soh-
nes reichlich unpassend fand.
Alex aber hielt ihn zurück, sogar ziemlich vehement: „Lass sie! Wir
haben sicherlich Wichtigeres zu besprechen als die Launen deiner
Frau."
„Deiner Mutter", ergänzte Peter und ging ihr nach.
Sie hatten schon seit einigen Jahren getrennte Schlafzimmer, Peter
fand seine Hilde in ihrem Zimmer.
„Ich entschuldige mich für den Alex", sagte er und er meinte es ehr-
lich. „Aber er hat offenbar einiges vor."
„Ich wollt dem Ludwig Geld herauslocken", sagte Hilde und griff
nach dem Buch, das sie gerade las.
Peter wusste ja auch nicht, was Alex im Schilde führte: „Der Alex
hat irgendeinen Plan."
Hilde blieb konsequent: „Erbschleicher seid ihr. Und du hilfst ihm
auch noch. Weiß der Ludwig schon was davon?"
„Morgen um 11 haben wir einen Termin. Bei ihm daheim."
Hilde schüttelte den Kopf: „Er hat euch einen Termin gegeben? Wie
bei einem Geschäftsgespräch? Der weiß doch längst, was ihr wollt."
Nun war auch Peter etwas erregt: „Was wollen wir denn?"

„Den Kranken rechtzeitig abstieren. Ich höre, er ist unheilbar. Könnt ihr nicht auf das Testament warten? Anstandshalber?"

Peter korrigierte: „Es geht ihm laut seinem Behandler gut. Jedenfalls scheint er kein Sterbefall zu sein."

„Das auch noch", antwortete Hilde sehr sarkastisch. „Was wird denn die übrige Verwandtschaft sagen, wenn sie davon hört, dass ihr Ludwigs Vermögen schon zu seinen Lebzeiten anknabbern wollt?"

Peter war erschrocken: „Hilde, die anderen dürfen nichts davon erfahren."

Hilde nickte: „Erbschleicherei."

„Und wenn sie etwas erfahren", fuhr ihr Gatte fort, „dann weiß ich wenigstens, von wem sie es haben. Von dir."

Jetzt war Hilde endgültig auf Hundert: „Nicht nur erbschleichen, sondern auch drohen. So weit seid ihr schon mit euren Plänen?"

Von draußen hörten sie Alex rufen: „Kommst du auch wieder einmal zurück?"

„Ja!", schrie Peter und verließ seine Frau.

„Spinnt die Mama noch immer?", fragte Alex, als sein Vater wieder ins Wohnzimmer kam.

Peter war aufgebracht: „Ich werde jedenfalls dafür sorgen, dass deine Geldgier nicht unsere Familie ruiniert. Klar? Und jetzt beruhigen wir uns und du erzählst mir in aller Ruhe, wozu du das Geld brauchst."

Sie setzten sich an den Esstisch, wo Felix in aller Ruhe seine Pläne ausbreitete. Dann deutete er, immer noch ziemlich ungut, auf den Tisch und sagte: „Ok. Das ist es!"

Peter konnte naturgemäß mit dem Papierwust nichts anfangen und fragte: „Wenn du mir jetzt auch noch sagst, was das sein soll?"

„Der Plan für ein Physik-Laboratorium in zwei Varianten: Anmietung von Räumen oder kompletter Neubau, auch hier zwei Varianten: England oder Österreich."

„Mit Grundstückskauf und Widmung", ergänzte der Vater.

„Du sagst es."

Alex zeige eine ziemlich dicke Mappe: „Und das ist die komplette Kalkulation, die Ludwig als Geschäftsmann sicher lesen und beurteilen kann."

Bedächtig fragte Peter: „Und das soll der Ludwig finanzieren. Komplett?"

„Komplett. Ich habe keinen müden Cent."

„Und was hat der Ludwig davon? Ich meine, bietest du ihm was?"

„Anteile an der Firma."

„Welcher Firma?"

„Die zu gründen sein wird."

„Ach, die gibt es noch gar nicht?"

„Gehört zum Plan. Finanzierung – Firmengründung - Laboratorium. Wir werden es dann Institut nennen."

„Wir?"

„Du und ich."

Peter atmete tief durch und sagte schließlich leise: „Na bumm! Und das soll der Ludwig alles schlucken?"

„Wann genau ist der Termin?"

„Morgen um 11."

Ludwig fühlte sich wohl. Er nahm pünktlich seine Tabletten, hatte keine Beschwerden. Am Montag um 8 Uhr war Stadlmann schon bei Ludwig. Frau Pühringer erweiterte das Frühstück, sodass es für zwei reichte. Sie besprachen – eigentlich gar nichts. Ludwig hatte sich entschlossen, seinen Cousin und dessen Sohn im Pensionistenlook zu empfangen, also im Trainingsanzug. Oder Joggingkleidung.

„Ich weiß ja nicht, was sie wollen und ob sie überhaupt etwas wollen."

Stadlmann wackelte mit dem Kopf: „Und du glaubst, die nehmen dir das ab, dass du nichts ahnst?"

Sehr gut gespielt naiv fragte Ludwig: „Was soll ich denn ahnen?"

Fast staunte der Freund: „Du bist wieder der kalte Geschäftsmann. Sogar ich spüre jetzt deine Kälte."

Ludwig korrigierte: „Ich bin nicht kalt, ich bin neutral. Ich stehe auf null. Ob Plus oder Minus oder gar nichts wird mein Besuch bewirken, oder nicht."

Um halb 10 verabschiedete sich Stadlmann: „Ruf‘ mich an, wenn sich was tut, was immer sich tut."

„Die Frau Pühringer passt schon auf mich auf."

Sie kamen mit Dr. Peter Gismayers Auto, einem nicht ganz neuen BMW. Sie läuteten an, Frau Pühringer öffnete die Haustüre, bat sie herein, führte sie ins Esszimmer, lud sie ein, Platz zu nehmen und sagte: „Der Herr Doktor Highrider kommt in ein paar Minuten. Darf ich den Herren einstweilen etwas anbieten?"

Doktor? Staunte Alex. Sie bekamen Kaffee. Und dann trat Ludwig auf im Trainingsanzug. Als er die nun wieder Aufgestandenen erblickte, blieb er gespielt erschrocken stehen: „Oh, die Herren sind in Gala, da hätte ich mir auch was Ordentliches anziehen sollen. Aber das tut ja nichts zur Sache."

Peter stellte ihm seinen Sohn Alex vor – „Ah ja, der Physiker aus London! Unverkennbar Vater und Sohn, einer fescher als der andere. Nehmen Sie doch bitte Platz – Entschuldigung, ich nehme an, dass ich auch zum Herrn Sohn du sagen darf."

„Selbstverständlich!"

Sie setzten sich, Ludwig an der einen Schmalseite, die beiden Gismayers auf den beiden Längsseiten.

Peter kannte Ludwig ja schon. Alex sah ihn zum ersten Mal. Er hatte immer von dem Alten gesprochen. Was hatte er sich erwartet? Einen hinfälligen Tattergreis? Alles, was er bisher von Ludwig gesehen hatte, beeindruckte ihn. Ludwig präsentierte sich als vollgültiger und geschäftsfähiger Partner. Er präsentierte sich. Der Trainingsanzug bei ihm, die, wie er es genannt hatte, Gala bei den beiden Verwandten, das alles stellte eine Situation her, die nicht nach einem leichten Spiel roch. Die Überlegenheit, die Alex seinem Vater gegenüber ausgespielt hatte, war zumindest neutralisiert, wenn nicht sogar zusammengebrochen. Ludwig nötigte ihm Respekt ab.

Der führte das Gespräch in leichten Konversationston. Wie ist das Wetter in London, wie war der Flug, gibt es jeden Tag einen Flug von London nach Linz, nein nur dreimal pro Woche, schön, dass wir uns einmal sehen. Und so weiter.

Plötzlich schaltete Ludwig um und fragte: „Und jetzt sagt mir, was mir die Ehre eures Besuches verschafft. Alex ist extra aus London angereist, also nehme ich an, dass das Gewicht auf seiner Seite liegt. Ich bin Realist, also stelle ich gleich Alex zwei Fragen: Frage eins: Wofür brauchst du Geld, Frage zwei: Wie viel. Die Antwort auf die Frage zwei kommt bitte erst am Schluss, wenn die Frage eins ausreichend beantwortet ist."

Da die beiden ihn nur anstarrten, entschied sich Ludwig für Erstaunen: „Oder irre ich mich? Dann verzeiht meine Unhöflichkeit. Dann ist es eben ein reiner Verwandtschaftsbesuch, der mich sehr freut, wirklich sehr. Noch Kaffee?"

Peter sagte nur: „Alex?"

Der holte tief Luft, bedankte sich, dass Ludwig sich bereit erklärt hatte, sein Begehren anzuhören.

Ludwig sagt gar nichts. Er hörte zu.

Wie er es schon bei seinem Vater gemacht hatte, breitete Alex seine Unterlagen auf dem Tisch aus und gab die jeweilige Erklärung dazu. Ludwig war aufgestanden und studierte die Planzeichnungen sehr aufmerksam. Schließlich überreichte Alex ihm die dicke Mappe mit den Kalkulationen.

Ludwig zeigte sich beeindruckt und versuchte eine Zusammenfassung: „Das alles soll mit meinem Geld finanziert werden. Ich werde mir die Unterlagen genau anschauen. Allerdings muss ich etwas klären. Ich bin heimgekommen mit dem Vorhaben, mein Geld, da ich in Amerika keine erbberechtigte Verwandtschaft habe, meinen Verwandten in Österreich zu vererben. Testamentarisch. Das heißt: Die Gesamtsumme, dividiert durch die Anzahl der Erbberechtigten plus denen, die ich sonst bedenken will. Der Betrag wird gesplittet: 90 % gehen aufgeteilt auf die Verwandtschaft, 10 % auf die eventuellen anderen. Klar?"

So genau hatte Ludwig noch gar nicht geplant, aber es gefiel ihm. Peter und Alex nickten, wussten aber nicht, wo Ludwig damit hinwollte.

Aber der sprach sofort weiter: „Nun nehme ich an, dass das, was Alex mir zur Finanzierung vorlegt, den für ihn vorgesehenen Erbschaftsanteil übersteigen wird. Ich kann hier also nicht von einem Vorschuss auf das Testament sprechen, weil wir es bei Alex nicht mit der Erbschaft, sondern mit einer Investition zu tun haben. Das bedeutet aber auch, dass die Erbschaftsanteile der anderen damit geschmälert werden. Das heißt auch, dass ich einen aus der Verwandtschaft bevorzuge. Die anderen werden zurecht fragen, warum. Soweit klar?"

Alex wagte einen Einwand: „Die andere Verwandtschaft kennt doch die dividierte Gesamtsumme nicht …"

„Du meinst", fiel ihm Ludwig ins Wort, „sie müssen es ja nicht wissen, wenn es ihnen niemand sagt."

Alex schwieg.

Ludwig fuhr fort: „Die Gesamtsumme wird aber in meinem Testament stehen müssen."

„Abzüglich eventuell des Betrags, den du richtig als Investition bezeichnest."

„Höre ich das richtig?", staunte Ludwig, „ich soll zuerst dir das Geld für deinen Plan geben, die anderen bekommen den Rest? Also das, was du übriglässt?"

Alex schlug vor: „Du lebst ja noch. Wir sind noch nicht beim Testament. Ich bitte dich nicht um einen Teil der Erbschaft, sondern biete dir eine Investition an. Zu deinen Lebzeiten kannst du doch mit deinem Geld machen, was du willst. Da hat die Verwandtschaft nichts mitzureden. Oder?"

„Theoretisch liegst du richtig. Praktisch aber gebe ich dir Geld und den anderen vorderhand nichts. Du willst eine Bevorzugung herausschinden. Und das gefällt mir nicht."

Peter, der bisher nur fassungslos dem Feilschen der beiden zugehört hatte, wurde ungeduldig: „Was schlägst du vor?"

„Danke, Peter. Also: Zuerst einmal werde ich die Unterlagen prüfen und prüfen lassen. Ich habe meine Fachleute. Und dann möchte ich alle, die bei mir erbberechtigt sind, persönlich kennenlernen, wobei mich nur die direkten Blutsverwandten in erster Linie interessieren." Alex zeigte Erschrecken.

Ludwig blieb unbeirrt: „Das bin ich meiner Verwandtschaft, vor allem der Verwandtschaft meines Vaters schuldig. Zudem schütze ich euch zwei Hübschen vor dem Verdacht, mit mir hinter dem Rücken der anderen eine Mauschelei veranstaltet zu haben."

„Willst du eine Abstimmung machen?", fragte Alex entsetzt.

Ludwig wurde traurig: „Du enttäuschst mich. Ich rede mit euch. Ihr haltet das offenbar geheim. Das spiele ich nicht mit. Ich will auch mit den anderen reden. Nicht über das Geld, ich will mir ein Bild machen. Das hat mit meiner Entscheidung über Alex' Plan absolut nichts zu tun. Warum sollte es auch? Die Entscheidung treffe ich und sonst niemand."

Die beiden schwiegen, und sie wirkten eingeschüchtert.

Ludwig beruhigte: „Jetzt tut nicht so! Peter, du bist der Doyen der Familie. Stellst du mir die Kontakte zu den anderen her?"

Peter schaute fragend zu Alex, was Ludwig sofort aufgriff: „Ok, Familienrat. Ich würde sagen, wir beenden das Gespräch und ihr beratet und teilt mir das Ergebnis mit."

Ludwig stand auf. Das Gespräch war beendet. Alex räumte die Pläne zusammen.

„Darf ich die Pläne dalassen?"

„Natürlich", rief Ludwig, „die sind ja hochinteressant!"

Bei der Verabschiedung unter der Haustüre rief Ludwig noch: „Peter, herzliche Grüße an deine liebe Gattin!"

Im Auto redeten sie bis in Peters Haus gar nichts. Hilde begrüßte die beiden mürrisch dreinschauenden Herren mit den munteren Worten: „Na, wie wars? Habt ihr das Geld?"

Alex verschwand wortlos in das Zimmer, das ihm im Haus zugeteilt war.

Peter schüttelte den Kopf, zuckte die Schultern, machte eine hilflose Bewegung mit den Armen und sagte schließlich: „Ich weiß es nicht."
„Ihr habt doch über Geld geredet", vergewisserte sich seine Gattin.
„Ja", sagte ihr Gatte laut und unwillig, „Alex hat seinen Plan vorgelegt. Ludwig hat ihn behalten. Er wird ihn sich anschauen, er hat da seine Fachleute, hat er gesagt. Und er will jetzt die anderen Verwandten kennenlernen. Die anderen Erbberechtigten, die er mit seinem Testament zu bedenken gedenkt".
Sie fuhr ihm in die Parade: „Red' nicht so geschwollen. Seid ihr jetzt böse mit ihm?"
„Nein. Aber ich soll das einfädeln, das Kennenlernen der anderen Verwandten."
„Willst du ein Familientreffen arrangieren?"
„Das weiß ich noch nicht. Ich weiß auch nicht, wie er sich das vorstellt. Sollen sie alle bei ihm antanzen, oder will er sie alle besuchen. Wer ist denn überhaupt erbberechtigt? Er hat gesagt, er ist nur an den Blutsverwandten interessiert, an den Verwandten seines Vaters."
Hilde lächelte: „Auf gut Deutsch, er hat euch abblitzen lassen."
Alex kam soeben wieder aus seinem Zimmer. Er wirkte aufgeräumt: „Ludwig hat das getan, was jeder Reiche eben tut, er schaut auf sein Geld. Das ist sein gutes Recht. Es ist ja auch sein Geld."
Seinem Vater kam die Fröhlichkeit seines Sohnes verdächtig vor.
Der Arzt in ihm war wachgerufen: „Alex, hast du was geschluckt?"
„Was soll ich geschluckt haben?"
„Das weiß ich nicht. Aber das fehlt gerade noch, dass du Drogen nimmst. Wenn das der Ludwig erfährt, kannst du dein Institut gleich in den Kamin schicken."
Alex verschwand wieder in sein Zimmer, wobei er die Türe sehr laut zuknallte.
„Das auch noch", murmelte Peter.
Hilde resümierte: „Der Ludwig hat schon recht, wenn er vorsichtig ist."

Eine halbe Stunde nach dem Abdampfen der beiden Gismayers kam Stadlmann in Ludwigs Wohnzimmer. Er fand den Freund beim Tisch sitzend und in einer Mappe blättern.

„Wieso hast du nicht gleich angerufen?", fragte er tadelnd.

„Wart' ein bissel", bat ihn Ludwig und studierte die letzte Seite der Kalkulationsmappe.

Dann nickte er: „Was ich gesagt habe. Das kostet wesentlich mehr, als er erben würde. Das brauche ich nicht einmal nachrechnen."

Jetzt wandte er sich Stadlmann zu: „Wie du vermutet hast. Der Alex hat ein Projekt, für das er Geld braucht."

Er deutete auf die vor ihm liegenden Papiere: „Die Pläne habe ich mir noch nicht angeschaut. Die Kalkulation ist seriös."

„Was wirst du tun?"

Nach kurzer Überlegung antwortete Ludwig: „Das Geld gehört eigentlich meiner Verwandtschaft. Gesamtbetrag, dividiert durch die Zahl der Erbberechtigten – und fertig. Jetzt aber habe ich beschlossen, dass ich die alle kennenlernen möchte. Vielleicht gibt es doch Anlässe für eine abgestufte Bewertung."

„Willst du mit ihnen in Verhandlungen treten?"

„Nein. Vom Geld wird nicht geredet. Ich will mir ein Bild machen. Ich habe den Peter gebeten, das einzufädeln. Mich interessieren die direkten Verwandten meines Vaters. Es ist schließlich auch sein Geld, das ich da verteile."

Stadlmann fand das gut so: „Mach dir diese Liste. Und mach sie dir selbst. Damit nicht dein Cousin die eine oder die andere Person unterschlägt."

„Du denkst schon wieder schlecht."

„Bei Geld denke ich immer schlecht."

Ludwig war aufgestanden: „Ich hole einen Schreibblock und einen Kugelschreiber."

Stadlmann schaute sich einstweilen die Papiere an. Vor allem die Pläne interessierten ihn. Er staunte über die Ausführlichkeit. Die notwendigen Räume und vor allem die notwendigen Instrumente und

Apparate waren penibel aufgelistet. Er war zwar ein Laie, aber er erkannte doch, dass das wirklich sehr professionell sein dürfte.

Ludwig kam wieder zurück, setzte sich und sagte: „Also! Fangen wir beim ältesten der Brüder meines Vaters an.

Onkel Adolf,

sein Sohn Dr. Peter Gismayer,

seine Tochter Annemarie – ich glaube, sie heißt Kandler,

Peters Sohn Dr. Alex Gismayer.

Der zweite Onkel ist Leopold,

sein Sohn Dr. Gernot Gismayer,

dessen Tochter Brigitte Gismayer,

dessen Sohn Bernhard Gismayer.

Der dritte Onkel ist Josef,

seine Tochter Sabine – ob sie Gismayer heißt, weiß ich nicht.

Das sind alle, die mir einfallen."

Stadlmann hatte mitgezählt: „Sieben sind es. Es sei denn, da sind noch irgendwo Kinder dazugekommen."

„Das wird uns die Aufstellung Peters zeigen. Jetzt heißt es abwarten. Ich habe Zeit."

„Noch", sagte Stadlmann ziemlich uncharmant. „Wie geht es deiner Therapie?"

„Gut. Aber da mein Leiden unheilbar ist, hast du schon recht. Noch habe ich Zeit."

Im Hause Gismayer ist Unfriede ausgebrochen. Alex war verstimmt, weil sein Vater ihn des Drogenkonsums verdächtigt hatte. Zudem war er auch in Richtung Ludwig wütend: „Mit euch Alten ist man nur verlassen. Ludwig sitzt auf seinem sinnlosen Geld, statt es vernünftig einzusetzen."

„Was verstehst du unter vernünftig?", fragte seine Mutter Hilde, „dass er es dir schenkt, dass du dein Kiffen finanzieren kannst?"

Die Türen knallten, Alex reiste ab.

Peter Gismayer seufzte: „Den Ludwig haben wir gerade noch gebraucht."

„Den Ludwig braucht ihr nicht", stellte Frau Hilde kühl fest, „aber sein Geld. Und das gehört nun einmal ihm."

Peter saß vor einem Blatt Papier.

„Was tust du denn da?", fragte Hilde.

„Er will alle Verwandten kennenlernen", stöhnte er, „nur die Blutsverwandten, betont er dauernd. Also die von meinem Vater Adolf, vom Onkel Leopold und vom Onkel Josef."

„Sehr anständig von ihm", stellte Frau Hilde fest.

Peter sagte nur: „Es sind eh nur sieben. Und die werde ich der Reihe nach anrufen und sagen, dass der reiche Cousin aus Amerika sie kennenlernen will."

„Wenn du das Wort reich weglässt, klingt es sauberer."

Peter machte sich ans Werk. Er stöhnte.

Frau Hilde höhnte ihn fast: „Sieben Telefonate wirst du wohl noch schaffen, Liebling."

Schon beim ersten Telefonat war die Stimmung eher frostig. Es war Peters Schwester Annemarie, verwitwete Kandler, die als Gemeindesekretärin in St. Pölten schon einige Jahre in Pension war und sich ehrenamtlich karitativ betätigte, die ihm sofort ihr Misstrauen kundtat.

„Ja", sagte sie nicht eben sehr freundlich, „ihr habt ihn ja um sein Geld schon angeknabbert."

Peter war erstaunt: „Woher weißt du denn das?"

„Also stimmt es. Alex hat mich angerufen und mir erzählt, dieser Ludwig ist ein alter Knauserer, der nur Unfrieden stiften will."

Peter stöhnte. Wenn hier jemand Unfrieden stiftete, dann sein Sohn.

„Er will dich kennenlernen."

„Mich?"

„Alle. Darf ich ihm deine Telefonnummer geben?"

„Was will er?"

„Uns alle kennenlernen. Ich finde das sehr nett von ihm." Peter meinte das sogar wirklich.

„Gib ihm meine Nummer. Aber ich komme nicht nach Wels."

„Ludwig freut sich sicher auf St. Pölten."

Als zweiten rief er seinen Neffen Dr. Gernot Gismayer, den Gymnasialprofessor für Geografie und Geschichte und renommierten Lokalhistoriker.

Der freute sich: „Ja, ich habe schon gehört, dass der Sohn vom Onkel Ludwig in Wels ist."

„Er will dich kennenlernen."

„Schön. Aber eine Frage: Ist er wirklich so ein unangenehmer Typ?"

„Wie kommst du denn darauf?"

„Der Alex hat mich angerufen und es mir erzählt."

Peter wurde langsam böse, aber nicht zu Gernot: „Nein, das stimmt nicht. Der ist ein liebenswürdiger alter Herr. Darf ich ihm deine Telefonnummer geben?"

Langsam wurde Peter ziemlich wütend auf seinen Sohn. Was bezweckte er mit der Miesmacherei?

Als dann noch seine Frau Hilde kam und ihrem Mann ein kleines Päckchen mit einem weißen Pulver auf den Tisch warf, drehte er fast durch: „Was willst du mit dem Zeug?"

„Es war in der Lade, in der unser Sohn Alex seine Unterwäsche aufbewahrt hat. Hat er wohl vergessen. Willst du es ihm nachschicken?"

Die Stimmung im Haus Dr. Peter Gismayer war auf dem Nullpunkt angelangt. Peter litt darunter: „Hilde. Der Alex dreht offenbar gerade durch. Er hat schon bei der Annemarie und beim Gernot angerufen und denen den Ludwig als miesen, knausrigen alten Kacker geschildert. Es wird Zeit, dass wir die Geschichte zurechtrücken und dass du mir dabei hilfst."

Hilde stimmte ihm nachdenklich zu: „Nur weil er dem Alex nicht einfach ein paar Millionen so mir nichts dir nichts schenkt, ist er doch kein mieser Charakter. Ich finde ihn sogar ausgesprochen nett."

„Dann sind wir uns also einig. Er will alle kennenlernen, ich stelle jetzt die Kontakte her. Ich habe allerdings schon Angst, jetzt Gernots Kinder anzurufen. Vielleicht sind die Brigitte und der Bernhard auch schon von unserem Giftler verständigt."

Hilde mokierte sich über das Wort Giftler, verstand aber andrerseits Peters Groll.

Brigitte Gismayer, die Kinderpädagogin in Linz und Bernhard Gismayer, der Informatik-Student, auch in Linz, waren jetzt also dran. Die Telefonate waren wesentlich einfacher als die vorigen. Beide waren sie schon von ihrem Vater informiert worden und hatten sich darauf geeinigt, Ludwig zu sich nach Linz einzuladen. „Und wenn er kein Auto hat, holen wir ihn und bringen ihn auch wieder heim", boten sie an.

Peter war erleichtert. Da soll noch einmal jemand über die Jungen schimpfen!

Blieb noch Josefs Tochter Sabine Gismayer, die nach zwei geschiedenen Ehen wieder ihren Mädchennamen angenommen hatte. Sie war Disponentin in einer Reinigungsfirma und kinderlos.

„Ja" rief sie, „dein verkiffter Alex hat mich angerufen und mich Putzfrauen-Direktorin genannt. Der Ludwig muss Geld haben, sonst hätte der Alex nicht so sehr über ihn geschimpft. Ist er bei ihm leicht gar abgeblitzt?"

Schon wieder war Peter entsetzt. Verkifft ist er, geschimpft hat er über Ludwig, was noch alles?

„Er will uns alle kennenlernen. Alle direkten Verwandten, also auch dich."

Sabine gab sich kurz und bündig: „Natürlich. Aber nach Wels komme ich nicht. Ich lade ihn gerne zu mir nach Salzburg ein. Gibst du mir seine Nummer?"

Dieser abenteuerliche Ritt durch seine Familie nahm den Doyen, als der er sich nun wirklich fühlte, psychisch sehr her.

Zu Hilde meinte er: „Wir haben schon eine sehr seltsame Familie!"

„Du", betonte sie, „es ist deine Familie." Sofort lenkte sie ein: „Und natürlich unsere."

Peter sinnierte: „Aber gottlob halten die Jungen. Aber wenn Ludwig die Aktionen vom Alex erfährt, kann der sich seine Pläne in die Haare schmieren."

Wobei Peter resümierte, dass das, was er in der Ludwig-Sache mit seinem eigenen Sohn erlebte und was er da alles so nebenbei erfuhr, ihn am meisten kränkte. Er entschloss sich jedenfalls, Ludwig gegenüber mit offenen Karten zu spielen.

Schon am nächsten Tag setzte sich Peter in sein Auto und fuhr hinüber, wie er es nannte, zu Ludwig. Es war späterer Vormittag, also meinte er, nicht ungelegen zu kommen. Er läutete an, Frau Pühringer öffnete: „Oh, der Herr Doktor. Der Herr Doktor Heireider hat nur gerade Besuch."
Da kam auch schon Ludwig und erklärte ihr: „Mein lieber Cousin ist doch jederzeit willkommen. Er trinkt gerne Kaffee, oder?"
Im Wohnzimmer saß Stadlmann, Ludwig stellte die beiden vor, dann nahmen sie alle drei am Tisch Platz.
Peter hatte einen Zettel mit den Namen und den Telefonnummern der Verwandten, die Ludwig kennenlernen wollte, vor sich liegen.
Nachdem die Frau Pühringer alle versorgt hatte, Kaffee und ein paar Kekse, entschloss sich Peter, reinen Tisch zu machen. Er bat Ludwig, mit ihm unter vier Augen sprechen zu dürfen.
Ludwig antwortete: „Vor meinem Freund Prof. Stadlmann kannst du offen sprechen. Er weiß alles von mir. Außerdem kann es durchaus sein, dass wir einiges von dem, was du jetzt sagen willst, schon wissen."
Peter legte sozusagen ein volles Geständnis ab. Er gestand, dass er in Ludwigs Krankenakte nachgeschaut hatte und davon seinen Sohn Alex informierte. Alex äußerte den dringenden Wunsch, Ludwig sein Vorhaben zu präsentieren, um ihn zu einer eventuellen Finanzierung zu überreden, weil er meinte, dass Ludwigs Gesundheitszustand möglicherweise Eile gebot. Sie taten das alles, ohne die anderen Verwandten davon in Kenntnis zu setzen, um nicht böses Blut aufkommen zu lassen. Das Präsentationsgespräch kenne Ludwig ja. Alex sei sehr enttäuscht gewesen. Nein, entschloss sich Peter, bei der Wahrheit zu bleiben, Alex war stinksauer. Ludwigs Wunsch, die anderen Verwandten kennenzulernen, torpedierte Alex, indem er einige von

ihnen anrief und Ludwig nicht gerade in den schönsten Farben schilderte. Er, Peter, habe alle sieben, die infrage kämen, angerufen. Alle wollen jetzt Ludwig kennenlernen. Ludwigs Wunsch könne also friedlich und familiär in Erfüllung gehen.

Peter war fertig. Und erleichtert.

Ludwig und Stadlmann hatten sehr aufmerksam zugehört.

„Gut Peter", begann Ludwig, „erstens danke für deine Klarstellung, die allerdings zum großen Teil nicht notwendig war. Von deinem Kollegen Dr. Kreitner habe ich erfahren, dass du an meiner Krankenakte warst, die dich eigentlich nichts anging. Mein Freund und Berater Prof. Stadlmann und ich mutmaßten, dass vielleicht bald ein Ansinnen finanzieller Natur auf mich zukommen würde. Es ist nun einmal das Schicksal von Menschen, die ein bisschen Geld haben, dass man welches von ihnen haben will. Mein Gesundheitszustand war in der Akte, in die du unerlaubt Einsicht genommen hast, sehr schlecht beschrieben. Ich war gleichsam ein Sterbefall. Daher die von euch angewandte Eile. Mittlerweile habe ich ein Medikament, das mein Leben verlängern soll, mein Leiden aber auch nicht heilt. Ich war dann ein wenig enttäuscht, dass unsere Annahme, dass bald jemand Geld von mir haben wollte, noch dazu geheim vor den anderen so schnell real wurde. Ich habe zweierlei festgestellt: Die von Alex vorgelegten Unterlagen sind sehr gut, sehr professionell – und: Der verlangte Betrag übersteigt bei Weitem das, was bei einer Teilung durch sieben herausgekommen wäre."

„Ich hätte meinen Anteil dem Alex gegeben", warf Peter ein.

Durch Stadlmann und Ludwig ging ein kleiner Ruck.

Ludwig sagte: „Ihr habt also schon sehr detailliert mit meinem Ableben spekuliert. Darauf müsst ihr nicht stolz sein. Außerdem: Selbst wenn ihr eure Anteile zusammengelegt hättet, wäre es zu wenig gewesen. Denn eines ist mir klar geworden: Was Alex vorhat, ist einfach zu teuer. Dafür wird er keinen Investor finden. Mein Rat: Er soll seinen Plan auf das Wesentliche reduzieren. Aber das aus meiner Sicht nur nebenbei."

Peter stellte fest: „Du hast damit aber klipp und klar gesagt, dass du nicht einsteigen willst."

„Ja. Und ich sage noch etwas: Ihr müsst mit dem Geld, das ich euch testamentarisch vermache, eben auskommen. Und Vorschuss zahle ich keinen."

Peter nickte sehr ernst.

Jetzt meldete sich Stadlmann: „Herr Doktor, kehren Sie und Ihr Sohn zurück auf den Boden. Ludwig hat Geld, das er vererben will. Dafür ist er heimgekommen. Er ist todkrank mit einer verkürzten Lebenserwartung. Also bitte richten Sie Ihrem Alex und vielleicht auch der übrigen Verwandtschaft aus, sie mögen so geschmackvoll sein und warten, bis der testamentarische Fall eintritt."

Peter nickte wieder.

Stadlmann ergänzte: „Und Versuche von – verzeihen Sie, wenn ich es beim Namen nenne – Erbschleicherei gehen ins Leere. Dr. Ludwig Highrider ist nur korrekt. Seien Sie und die Ihren das bitte auch."

Ludwig hatte still zugehört und schaute nun seinem Cousin gerade ins Gesicht: „Peter. Wenn mein Geld solche Unruhe in einer intakten Familie erzeugt, kann ich mich auch zurückziehen. Ich würde mich aber freuen, wenn ihr mich nicht zu dieser Alternative zwingen würdet."

Peter nickte noch einmal, sagte aber sarkastisch: „Seid schön brav, dann kriegt ihr ein Geld."

„Wenn du brav durch anständig ersetzt, dann ja."

„Wortklaubereien", murmelte Stadlmann, „die nichts bringen."

Und an Ludwig gewandt schlug er vor: „Ludwig, arbeite jetzt die Sieben auf der Liste ab. Lerne sie kennen. Es ist dein gutes Recht, nach einem halben Jahrhundert deine Verwandtschaft kennenzulernen. Es ist auch dein gutes Recht, zu wissen, wohin dein Geld fließt. Du hast es ja nicht gestohlen."

Ludwig wurde ungeduldig: „Ich glaube, harte Worte haben wir genug geredet. Peter und deine Hilde, ich freue mich, so nette Verwandte zu haben. Das mit dem Alex werden wir schon auch noch ins Lot kriegen. Und jetzt freue ich mich auf die anderen."

„Der Alex hat was mit Drogen", sagte Peter leise.

Ludwig lehnte sich zurück: „Seine hektische und leicht aggressive Art hat mich irritiert. Ich habe mir fast so was gedacht. Du bist doch Arzt, hilf ihm!"

„Er ist 38 Jahre alt."

Stadlmann meinte begütigend: „Solange er nichts Böses anstellt … Er ist offenbar im Stress, da kann es schon zu so was kommen."

Peter wunderte sich und sagte das auch laut: „Habt ihr eigentlich für alles Verständnis?"

Ludwig lächelte: „Ich versuche es jedenfalls."

Dann schaute er Stadlmann an: „Du auch, nehme ich an."

„Verständnis für andere erhöht die eigene Lebensqualität", es klang wie ein Gebet.

Peter, der nun auch schon lockerer war, sagte: „Amen."

Ab nun redeten sie Allgemeines. Peter erkundigte sich bei Ludwig über seinen aktuellen Gesundheitszustand. Er fand es sehr schön, dass Ludwig die noch lebende Familie gleichsam komplettiere. Peter gab ihm den Zettel, auf dem die Kontaktdaten der Verwandten standen, die er kennenlernen wollte. Ludwig schaute sich die Liste an, kannte sich aus und dankte. Peter fragte auch, ob denn Ludwig nicht selbst eine Familie habe.

„Das erzähle ich dir einmal, wenn wir alles, wie sagt man, in trockenen Tüchern haben. Die Realität ist: Meine ganze Verwandtschaft ist hier. Und die möchte ich jetzt endlich kennenlernen."

Er stand auf, weil er das Gespräch und den Besuch nun beenden wollte.

„Ich bin müde!"

Peter bedankte sich für die Gastfreundschaft und wünsche Ludwig viel Glück beim Kennenlernen der Verwandtschaft: „Und ich wünsche dir keine Enttäuschungen mehr!"

Ludwig und Stadlmann begleiteten den Gast bis zur Türe und winkten dem Abfahrenden nach. Als sie wieder im Haus waren, setzten sie sich sofort an den Spieltisch, spielten aber nicht sofort.

„Enttäuschungen hat er dir angekündigt", murmelte Stadlmann.

„Er hat nur gesagt, er wünscht mir keine Enttäuschungen. Und er hat die Reißleine gezogen."

Stadlmann stellte fest: „Sein Geständnis fand ich ehrlich. Und notwendig. Zur Reinigung der Luft."

„Es ist gut so", nickte Ludwig, „Peter will den Frieden, der allerdings von seinem Sohn ein wenig getrübt wird."

„Was hältst du wirklich von dem Projekt, das dir Alex vorgeschlagen hat?"

„Wie ich es zu Peter gesagt habe. Das Projekt ist maßlos überzogen. Wenn er es auf das Wesentliche herunterschraubt, bekommt er immer noch, was er will. Und dann geht es sich auch mit dem Geld aus, wenn sie es wirklich zusammenlegen."

„Solltest du das nicht dem Alex direkt sagen?"

„Das ist nicht mein Problem. Ich", begann Ludwig bedächtig, „fühle mich auf null gestellt. Neutralisiert. Urbar. Bereit für alles. Unvoreingenommen. Erwartungsvoll. Und neugierig."

Stadlmann nickte und sagte nur: „Gut so!"

14. Das Testament

Mit dem Zug fuhr Ludwig nach St. Pölten. Peters Schwester Annemarie Kandler war die erste, die er besuchte. Sie wollte nicht nach
Wels kommen, aber Ludwig wollte seine Verwandtschaft ohnedies in
ihrer eigenen Umgebung kennenlernen. Für ihre 67 Jahre sah die
Dame – und das war sie – sehr frisch aus. Sie war Sekretärin in der
Gemeindeverwaltung gewesen. Ihr Mann Alois Kandler war Rechtsanwalt und politisch im Gemeinderat tätig, in der SPÖ. Vor knapp
zehn Jahren ist er gestorben. Lymphdrüsenkrebs. Ludwig sagte nicht,
dass er auf demselben Weg war. Die Ehe war kinderlos geblieben.
Sie reisten gerne, bereisten die ganze Welt. Reisen war sozusagen ihr
zweiter Beruf. Leider konnte sie sich jetzt solche Reisen nicht mehr
leisten. Mit ihrer Pension ging sich das nicht aus. Sie träumte sogar
ein wenig davon, vielleicht ganz wo anders hinzuziehen, wo es das
ganze Jahr wärmer ist.
„Aber was rede ich da", lachte sie, „in meinem Alter und mit meinem
Geld soll man nicht mehr träumen."
Sie sprachen über ihren Vater Adolf Gismayer.
„Er war ein Hallodri", seufzte sie, „eine Art Glücksritter. Und leider
auch kriminell. Eine Zeit lang steinreich, und am Schluss konnte er
sich das Heim nicht leisten, die Familie musste zusammenzahlen.
Mitbekommen haben wir von ihm nichts. Aber gelernt haben wir,
selbst zurechtzukommen. Auf eigenen Füßen. Was ja auch nicht
schlecht ist. Er war ein guter Kerl, aber schwach und stolz darauf,
manchmal ein Schlitzohr zu sein."
„Und dein Onkel Leopold?"
„Der hat das Maul nicht halten können. Woher er die Nazi-Gesin-
nung gehabt hat, weiß ich nicht. Genützt hat sie ihm jedenfalls
nicht."
Sie sprachen von Ludwig dem I., dem seit 1944 verschollenen Onkel,
der angeblich gefallen war, zumindest behauptete das ihr Vater.

Umso sensationeller war, als sie erfuhren, dass Ludwig der Sohn aus Amerika käme, um sich hier niederzulassen.

„Wir haben deinen Vater ja nie kennengelernt", sagte sie, „ja, ich habe ein Foto von ihm gesehen, ein fescher junger Mann, du schaust ihm sehr ähnlich. Wenn ich mich an das Foto erinnere, würde ich sagen, du bist der Onkel Ludwig, halt eben heute."

Sie lachten.

„Und du sollst ja sehr reich sein", ergänzte sie, hörbar ohne Hintergedanken.

„Wer sagt das?"

„Naja, du kommst aus Amerika dahergebraust, kaufst in Wels eine Villa in der besten Wohngegend, da muss man schon was auf der hohen Kante haben. Wie geht es dir gesundheitlich?"

Ludwig gestand alles.

„Oje", sagte sie, „da willst du uns alle noch einmal sehen und dann … traurig. Aber trotzdem schön, dass du da bist. Wir hätten uns früher kennenlernen sollen. Du bist doch was anderes als die ein wenig miefige Welser Partie."

Ludwig ließ das unkommentiert: „Vielleicht schaffen wir es, uns wieder einmal zu sehen. Wenn du nicht gerade verreist bist."

Sie lachten beide sehr herzlich.

Ludwigs Fazit Stadlmann gegenüber: „Eine ganz nette Frau. Wenn sie ein bissel mehr Geld hätte, ginge sie gerne noch auf Reisen."

Die Linzer Gismayers, sie stammten vom zweiten Bruder Leopold ab, luden ihn in das Haus des Vaters Prof. Dr. Gernot Gismayer ein. Gernots Sohn Bernhard holte Ludwig mit dem Auto in Wels ab. Die Familie wohnte im Stadtteil St. Martin in einem nicht sehr großen Einfamilienhaus mit einem hübschen Garten und einem betonierten Drei-Meter-Swimmingpool. Sie wurden schon erwartet von Gernot und seiner Frau Erna. Beide unterrichteten sie noch im Linzer Gymnasium, sie Deutsch, er Geografie und Geschichte. Beide hatten vor, in den nächsten Jahren in Pension zu gehen. Der Sohn Bernhard war 25 Jahre alt und stand knapp vor dem Ende seines Informatik-

Studiums an der JKU Linz. Er war groß, schlank, mit vollem braunem Haar, ein ernster junger Mann, der Selbstbewusstsein ausstrahlte. Die Tochter Brigitte war 27 Jahre alt, ausgebildete Kinderpädagogin und überhaupt nicht der Typ einer Kindergartentante, eher fast ein Pin Up Girl, eine fesche, fröhliche Person, die viel und gerne lachte. Bernhard wohnte in dem Studentenheim, das der Uni angeschlossen war, Brigitte, so erfuhr Ludwig, wollte demnächst heiraten, wohnte aber schon mit ihrem Zukünftigen zusammen in seiner Wohnung. Das Haus Gernots war nicht sehr groß. Als nun fünf Personen an dem Esstisch saßen, war es ein ziemliches Gedränge.

„Normalerweise sind ja nur wir zwei, Erna und ich, und wenn uns die Kinder einmal besuchen, geht es sich für vier Personen gerade aus."

„Außerdem sind wir ja hier aufgewachsen", ergänzte Bernhard.

„Gedenkst du auch einmal zu heiraten?", fragte Ludwig und fand seine Frage sehr konservativ angesichts dieser sehr modernen Familie.

„Ich bin schwul", antwortete Bernhard in einer Leichtigkeit, die Ludwig erstaunte. Bernhard fuhr fort: „Aber wir arbeiten politisch sehr zielstrebig an der eingetragenen Partnerschaft nach skandinavischem Muster. Dort dürfen wir nämlich schon."

Ludwig erfuhr auch, dass sie im Haus unter Platzmangel litten, weil Gernots Archiv für seine historischen Arbeiten unten im Keller unter der Feuchtigkeit litt. „Ich muss alles einmal im Jahr herausholen und entfeuchten", jammerte Gernot, „der Schimmel …"

„Wenn ich dann wieder da bin, kann ich dir ja helfen wie früher", meinte der Sohn Bernhard.

„Ziehst du wieder da her?", fragte Ludwig.

Bernhard seufzte fröhlich: „Naja, die erste Zeit nach dem Studium muss ich hier wohnen. Bis ich mir eine eigene Wohnung leisten kann. Wohnen ist in Linz nicht gerade billig. Und der Papa hat es hier sowieso so eng."

Vater Gernot führte Ludwig in den Keller und zeigte ihm stolz sein Archiv. Auf engem Raum standen dicht aneinander Regale mit

Ordnern und Schachteln, an den Wänden lehnten Bilder, in einer Ecke stand ein kleiner Schreibtisch. „Mein Refugium", sagte Gernot. Ludwig war beeindruckt, und er stellte fest, dass es in dem Archiv feucht muffelte.

„Erzähl mir von deinem Vater, meinem Onkel Leopold", bat Ludwig noch im Keller.

Gernot zögerte: „Sein Hauptproblem war seine Weltanschauung. Streng genommen war er ein Nazi. Sein Pech war, dass er immer wieder Posten in jüdischen Firmen hatte. Und jedes Mal haben sie ihn bald wieder entlassen, weil er sich mit antisemitischen Bemerkungen nicht zurückhalten konnte. Zucht und Ordnung waren seine Grundprinzipien, Weihnachten nannte er das Jul-Fest. Als er älter wurde, sagte er nichts mehr in diese Richtung. Er verstummte mehr und mehr."

„War er ein Parteigenosse?"

„Das wissen wir nicht. Wir sind diesem Verdacht immer aus dem Weg gegangen."

„Du bist doch Historiker."

„Mein Wissensdurst ist in diese Richtung schwach entwickelt. Mir war es wichtig, diese Gesinnung in meiner Familie nicht entdecken zu müssen. Das ist gelungen. Bernhard und Brigitte sind ok. Das ist mir wichtig."

Sie gingen wieder nach oben.

Vor allem der Student Bernhard war sehr neugierig und wollte über Ludwigs Vergangenheit mehr erfahren. Amerika! Sein Vater, Bernhards Großonkel Ludwig musste ja eine tolle Karriere hingelegt haben. Und jetzt – sein Sohn Ludwig der II. sozusagen – sie lachten alle – ein unglaublich weiter Weg. „Und historisch gesehen", meldete sich der Historiker Gernot, „eine Geschichte, die das ganze 20. Jahrhundert umspannt. Wann ist dein Vater geboren?"

„1919."

„Mein Vater Leopold ist 1913 geboren. Dein Vater war der jüngste von den vier Brüdern."

Ludwig wandte sich den Jungen zu: „Wie habt ihr euren Großvater erlebt?"

Bernhard schaute seinen Vater an: „Hast du's ihm gesagt?"

Gernot nickte.

Brigitte übernahm die Antwort: „Wir haben den Opa als stillen, netten, alten Herrn erlebt. Er hat nichts gesagt."

Bernhard fiel ein: „Ich hatte den Eindruck, er hat nichts mehr gesagt. Nichts mehr!"

Brigitte nickte zustimmend: „Er war der Opa."

„Und der Onkel Adolf?"

Gernot seufzte: „Er hat sein Leben gelebt, mit allen Mitteln. Er hat nichts ausgelassen."

Seine Frau Erna ergänzte: „Ich glaube, er war sehr tüchtig. Bei der Wahl der Mittel hat er sich leider vergriffen."

Sie hatten den Adolf eindeutig aufgearbeitet. Ludwig fühlte sich eingebettet in diese Familie. Alle waren sie so gefestigte Menschen mit klaren Ansichten und Plänen.

Als sie Ludwig nach seinen Plänen fragten, überlegte er, ob er seinen Gesundheitszustand erwähnen sollte, entschied sich aber dann doch dafür, weil die Verwandtschaft auf den gleichen Wissensstand gebracht werden sollte. Ein Hauch von Traurigkeit senkte sich über die Gruppe, aber der so sympathische Bernhard meinte: „Ist halt so."

Ludwig nickte: „Genauso denke ich auch."

Zum Abschied entkorkte Gernot eine Flasche Prosecco.

Sohn Bernhard trank nichts: „Ich muss den Onkel Ludwig noch heimfahren."

„Ein Glas ist nicht gefährlich", wandte sein Vater ein.

Aber der Sohn blieb dabei: „Wenn ich Auto fahre, kein Alkohol."

Stadlmann war tief berührt, mit welcher Begeisterung Ludwig von der Familie Gernots, Leopolds Nachfahren erzählte.

„Die sind alle so glücklich und stehen so fest auf ihren Beinen. Beneidenswert. Die Brigitte heiratet demnächst. Der Bernhard wird demnächst mit dem Studium fertig und braucht eine eigene

259

Wohnung. Die Eltern Gernot und Erna gehen demnächst in Pension. Alles demnächst. Und der Historiker Gernot hat ein tolles Archiv, das in einem feuchten Keller vor sich hin muffelt. Aber alle sind sie großartige Typen."

„Machst du dir eigentlich Notizen über den Finanzbedarf deiner Erben?"

Ludwig lachte: „Also, was ich bis jetzt gesehen habe, reicht der Anteil, den ich für sie vorgesehen habe, bei weitem."

„Außer beim Alex."

„Du hast recht, dem muss ich schreiben. E-Mail am besten."

„Warum rufst du ihn nicht an?"

„Zuerst das Schriftliche!"

Stadlmann zuckte die Achseln.

Aber Ludwig entschied sich doch, Alex in London anzurufen. Er machte sich auf ein möglicherweise etwas ungemütliches Gespräch gefasst. Es ging aber alles viel reibungsloser.

„Schön, dass du anrufst, Onkel Ludwig. Mein Vater hat mir schon erzählt, was du von meinem Plan hältst."

Ludwig wusste nicht, wie er diese Doppeldeutigkeit interpretieren solle. Aber Alex redete weiter: „Mein erster Plan beinhaltet die absolut optimale Lösung, also Neubau eines Gebäudes und Einrichtung eines Labors mit modernsten Geräten."

Ludwig wandte ein: „Aber wenn du dein Institut in bestehende Räumlichkeiten einbaust, natürlich mit den modernsten Geräten, kommst du um 30 bis 40 % runter."

„Würdest du dann finanziell zusteigen?"

„Nein."

„Nein? Wozu reden wir dann!"

„Dreh nicht gleich durch. Dann reicht der dir zugedachte Erbschaftsteil. Besonders, wenn dein Vater dir hilft, wie er mir gesagt hat."

„Aha."

„Wenn du mich aber jetzt fragst, wann ich zu sterben gedenke, dann fliegst du aus der Erbschaft."

„Wie mein Vater gesagt hat: schön brav sein."

„Und wenn du auch noch zu kiffen aufhörst, bekommst du ein Bussi drauf."

Jetzt lachten beide.

Alex ergänzte: „Du bist ja doch der gute, reiche Onkel aus Amerika." Ludwig meinte Rührung in Alex' sonst so harten Stimme zu hören.

„Der Onkel aus Amerika. Wie in einer schlechten Operette. Übrigens, wie hast du denn deinen Großvater, meinen Onkel Adolf in Erinnerung?"

Ludwig bemerkte deutlich das Zögern bei Alex: „Er – war letzten Endes ein armer Kerl mit einem verpfuschten Leben."

Ludwig gab sich zufrieden.

Stadlmann gegenüber ergänzte er: „Weil du mich gefragt hast, ob ich mir Notizen über den jeweiligen Finanzbedarf mache – bis jetzt sehe ich noch keinen Anlass, irgendjemanden zu bevorzugen."

Zwischendurch hatte er immer wieder Termine bei seinem Onkologen Dr. Kreitner. Der beobachtete Ludwigs Fortschritte genau, stellte aber bald fest, dass die Fortschritte immer kleiner wurden. Aber es waren Fortschritte, wenn auch auf einem niedrigen Niveau. Vorsichtig teilte er das auch Ludwig mit, der selbst schon bemerkt hatte, dass sich seine Lymphen negativ veränderten.

Er fragte den Arzt kurz und bündig: „Heißt das …?"

Der Arzt antwortete: „Naja. Aber nicht sofort."

„Ich habe noch einen Besuch vor mir", erklärte er. Da Dr. Kreitner nicht wusste, welche Besuche sein Patient meinte, nickte er nur.

Ludwig beobachtete seine eigene Situation sehr aufmerksam. Genau genommen war er im Sterben, gebremst durch das amerikanische Medikament. Nun begriff er auch den Unterschied, der in der Wortwahl angebracht war: Das eine war das Sterben, und das Ende des Sterbens war der Tod. Das Sterben erlebte er, den Tod wohl nicht. Er sah sich selbst dabei zu, wie er eine Erfahrung machen musste, mit der er nichts mehr anfangen konnte. Über das Sterben konnte er reden, da entwickelte er sich soeben zu einer Art Fachmann. Aber über den Tod? Immer wieder wird gerne die Frage gestellt: Fürchtest du ich vor dem Tod? Vor dem Tod muss man sich nicht fürchten, denn er beendet das Sterben. Allerdings damit auch das Leben. Vielleicht haben deshalb so viele Leute Angst vor dem Tod. Welch eine sinnlose Angst! Ludwig schwang sich zu einer seltsamen Souveränität auf, fast war er stolz darauf, sogar im Sterben souverän zu sein. Oder würde die Angst doch noch kommen? Ludwig bekam Angst vor der Angst, er wollte sie nicht, er wollte vor seinem Tod keine Angst haben. Er wollte überhaupt keine Angst haben.

Er musste sich zwingen, mit dem Grübeln aufzuhören, weil es ihm genau das machte, was er vermeiden wollte, Angst.

Zu Stadlmann sagte er nur: „Die Kurve geht bergab."

Der reagierte ruhig: „Wie leider zu erwarten war."

Ludwig freute sich auf Salzburg. Die weltberühmte Stadt kennenzulernen war für ihn ein Geschenk. Sabine Gismayer holte ihn vom Bahnhof ab. Sie erkannte ihn sofort. „Das typische Gismayer-Gesicht", stellte sie fest. „Und sehr fesch bist du außerdem."

Ludwig fühlte sich geschmeichelt. Ich alter Depp, dachte er, eine Frau sagt, du bist fesch, und schon reckst du dich um Zentimeter. Sabine war 62 Jahre alt, eine resolute, sehr zur Lustigkeit neigende Frau und offenbar eine sehr tüchtige Geschäftsfrau. Sie machte sofort eine kleine Stadtführung mit ihm, sie fuhren auf die Feste hinauf, besuchten den Jedermann-berühmten Domplatz. Ludwig gab zu, vom Jedermann wohl gehört zu haben, ihn aber nicht zu kennen. „Eine Schauspieler-Parade", sagte sie, „seit bald 100 Jahren. Lauter gute Rollen. Ein Rührstück, mit dem vor allem die Kritiker sehr zu kämpfen haben."

„Und das Publikum?", fragte Ludwig.

„Die einen weinen, die anderen finden es verlogen, wie der Jedermann im letzten Augenblick vor seinem pathetischen Hinabsteigen ins Grab doch noch vor dem Teufel und damit vor der ewigen Verdammnis gerettet wird. Viel bombastisches Theater um das Sterben eines reichen Mannes."

Sabine erzählte das so fröhlich, dass Ludwig keine Zeit hatte, daran zu denken, dass das Sterben eines reichen Mannes bald sein Thema sein würde. Sollte er ihr erzählen, dass er sich bald in Jedermanns Situation finden werde? Nein. Er wollte die so gute Stimmung nicht verdüstern. Er wollte sein Schicksal auch nicht als Jedermanns Schicksal gesehen wissen. Es war sein Schicksal ganz allein. Kein martialisches Theaterstück, sondern noch gelebte Wahrheit.

Die Wasserspiele im Schloss Hellbrunn, gefielen ihm, er wurde sogar ein wenig nass. Der Festspielbezirk besuchten sie, eine Führung durch das Große Festspielhaus beeindruckte ihn, die Pferdeschwemme samt ihrer Geschichte gefiel ihm.

Ludwig lachte: „In Amerika würden diese Sehenswürdigkeiten für zehn Städte reichen."

Im Café Bazar tranken sie einen Kaffee, dort kamen sie auch ins Gespräch. Sabine erzählte ihrem Gast die schreckliche Geschichte ihres Vaters Josef, den sie nie gekannt hatte. Nach Beendigung des Krieges schon auf der Heimfahrt irgendwo in Jugoslawien, eine Handgranate … Ihre Mutter suchte seine Leiche fast ein Jahr lang, bis sie ihren Mann nach Salzburg überführen und hier begraben konnte.

„Aber dein Vater war zuerst auch 1944 in der Normandie für tot erklärt. Hat zumindest der Onkel Adolf immer gesagt. Er hat einen Totenschein, hat er auch gesagt, hat ihn aber nie jemand sehen lassen. Wahrscheinlich wollte der alte Gauner damit etwas Linkes drehen."

Sie erzählte auch, dass sie zweimal verheiratet war, beide Ehen seien Katastrophen gewesen. Der erste hat gesoffen und der zweite war eine verklemmte Schwuchtel. Aber beide haben sie Geld gehabt, so ist sie aus den beiden Scheidungen sogar mit einigem Gewinn ausgestiegen.

Ludwig wusste nicht recht, sollte er die Skrupellosigkeit oder ihre sehr realistische Tüchtigkeit bewundern.

„Jetzt bin ich Chefin eines Reinigungsinstitutes. Der Alex, der verkiffte Neffe, hat mich Putzfrauen-Agentin oder so was genannt."

Vorsichtig fragte Ludwig aber doch: „Was macht ein Reinigungsinstitut wirklich?"

Sie holte weit aus: „Die gesamten Festspiele gehören uns, das Landestheater, das Mozarteum, die Landesregierung, der Magistrat - überall wird Dreck gemacht, den wir wegputzen."

Ludwig war beeindruckt: „Da seid ihr ja eine Großfirma."

„Kann man wohl sagen. Und der alte Chef lebt nicht mehr lang. Ohne Erben. Er will die Firma verkaufen. Hat sie mir auch angeboten. Ich habe ihm ins Gesicht gelacht, da hätten Sie mir mehr Gehalt zahlen müssen, dass ich mir das leisten kann. Aber noch eine gute Scheidung werde ich wohl nicht mehr schaffen. Willst du mich nicht heiraten, du reicher Pinkel?"

Sie lachten. Die Frau ist schon in Ordnung, dachte sich Ludwig und fand auch dieses Kennenlernen dankbar als Bereicherung.

Zusammenfassend gedacht: Er war sehr zufrieden.

„Naja", sagte Stadlmann, „jetzt hast du alle abgeklappert und kannst ans Werk gehen. Oder fehlen dir noch Unterlagen? Du hast dir keine Notizen gemacht."

„Weil ich, was die sieben Verwandten betrifft, zu gleichen Teilen vererben werde. Plus die zwei oder drei Legate."

Stadlmann holte tief Luft, weil die kommende Frage einiges Gewicht hatte: „Wie hoch ist eigentlich der Gesamtbetrag?"

Ludwig lachte: „Das weiß ich selbst nicht. Das Geld ist gut angelegt und es ist wahrscheinlich schon wieder mehr als das letzte Mal."

„Und wie viel war es das letzte Mal?"

Wieder lachte Ludwig: „Das habe ich vergessen. Ich habe andere Sorgen, ich kann mir nicht alles merken."

Stadlmann wusste, dass es sich um einen dreistelligen Millionenbetrag in Dollar handeln musste. Dass man sich darum keine Sorgen machte, sondern, wie Ludwig sagte, andere Sorgen hatte, leuchtete ihm bei bestem Willen nicht ein. Aber das war eben Ludwig, seiner Aufgabe bewusst, seinem Vorhaben treu, gerecht bis in die Knochen, Stadlmann konnte ihn nur bewundern.

Dass Ludwig nicht wusste, wie viel Geld es wirklich war, das er zur Verteilung bringen wollte, stimmte nicht, denn selbstverständlich erkundigte er sich bei der Bank in Liechtenstein nach dem Betrag. Er fragte aber auch, wie eine Übertragung nach Österreich durchzuführen wäre.

Da hatte Stadlmann wie immer einen praktischen Vorschlag: „Gib doch deinem Notar den Auftrag, den ganzen Transfer zu organisieren. Und er soll nach deinen Angaben auch das Testament aufsetzen."

Ludwig fand den Vorschlag sehr gut, gleichzeitig aber wagte er eine Frage an den Freund: „Du weißt schon, dass das, was du mir da so akribisch vorzubereiten hilfst, mein Tod ist."

Stadlmann nickte: „Ja. Was wundert dich daran?"

„Dass du das so – wie sagt man heute – cool siehst. Als ginge es um die Frage, was essen wir heute."

Der Angesprochene schaute Ludwig intensiv ins Gesicht: „Ludwig, dein kommender Tod ist eine Realität. Realitäten sind unverrückbar. Sterben musst du selbst, aber ich kann bei der Planung helfen. Ich kann nicht für dich sterben, so gerne ich es vielleicht täte."

Ludwig umarmte Stadlmann und sagte nur: „Wir planen mein Ende. Der Stichtag ist mein Todestag. Alles, was ich mit dem Notar besprechen werde, tritt mit diesem Tag in Kraft."

Dr. Kreitner, der eine neuerliche Untersuchung vornahm, konstatierte: „Der auslösende Tumor ist gewachsen. Er wird jetzt zu streuen beginnen. Machen Sie sich auf einige Symptome gefasst. Sie werden schwächer werden, appetitlos, möglicherweise auch Fieberschübe bekommen. Schonen Sie sich. Wenn Sie Glück haben, werden keine Schmerzen kommen."

Ludwig ersuchte den Notar Dr. Adalbert Meissner, ihn bei sich zu Hause auszusuchen und sich mindestens eine Stunde Zeit zu nehmen. Der Notar kam schon am nächsten Tag. Stadlmann war nicht dabei, Ludwig wollte seinen letzten Willen, wie es so poetisch heißt, allein besprechen. Er gab dem Notar alle Unterlagen, die notwendig waren, um den Geldtransfer von Liechtenstein nach Österreich und die Umwechslung des Geldes von Dollar in Euro durchzuführen. Der Notar brauchte den Herkunftsnachweis, den Nachweis des Geldweges und so weiter. Ludwig hatte alle Unterlagen und übergab sie dem Notar. Sollte etwas fehlen, möge der Notar es besorgen, Ludwig gab ihm die Vollmacht dazu, in seinem Namen zu agieren.

Das zweite Thema der Konsultation war das Testament. Er erklärte dem Notar: „Ich werde keine Geldbeträge hineinschreiben, sondern Prozente, wie der Betrag aufgeteilt werden soll. Stichtag ist der Tag meines Todes. Der Betrag, der an diesem Tag auf dem Konto liegt, ist der Betrag, der nach Abzug Ihres Honorars aufgeteilt werden soll."

Als Testamentsvollstrecker ernannte er Prof. Hans Stadlmann.

Die Prozentliste sah sehr einfach aus:

„Stadlmann 5 %, Frau Pühringer 3 %, Manipulationsgeld 1%, macht zusammen 9 %. Die zur Verteilung übrigen 91 % sind auf die sieben Erbberechtigten aufzuteilen, jeder bekommt 13 %. Hoffentlich ist niemand abergläubisch", merkte er lächelnd an. „Aber es steht jedem frei, zu verzichten. Die sieben Erbberechtigten sind: Dr. Peter Gismayer, Dr. Alexander Gismayer, Annemarie Kandler, Prof. Dr. Gernot Gismayer, Brigitte Gismayer, Bernhard Gismayer und Sabine Gismayer."

Ludwig gab dem Notar auch noch die für die Testamentsabfassung nötigen Geburtsdaten, Adressen und so weiter, was der halt brauchte. Der Notar leitete alles Besprochene ein, Ludwig verließ sich voll auf ihn. Das Testament brachte der Notar zu Ludwig, der las es, unterschrieb es notariell beglaubigt – und fertig war die Sache.

Nun saß Ludwig allein in seinem Haus, das er im Testament zu erwähnen vergessen hatte. Das war ihm aber egal.

Dem Dr. Kreitner, der ihn regelmäßig daheim besuchte, sagte er: „Ich bin fertig!"

Sein gesundheitlicher Abstieg begann. Da eine Therapie wegen seiner Unheilbarkeit nicht nötig war, wollte er daheim sterben. Die Frau Pühringer versprach, bei ihm zu bleiben, bis – und dann schluchzte sie kurz. Dr. Kreitner kam mit einigen Helfern, die ihm ein modernes Krankenbett in das Wohnzimmer stellten.

„Ich will auch beim Sterben noch wohnen", scherzte Ludwig. Stadlmann richtete das Tischchen, das auf dem Bett angebracht war, so ein, dass sie genug Platz hatten für ihre Schnapspartien.

Dr. Peter Gismayer schaute mehrmals in der Woche vorbei, er war gleichsam der behandelnde Arzt und in stetem Kontakt mit dem Onkologen. Von Besuchen der anderen Verwandten bat Ludwig, Abstand zu nehmen.

„Ich möchte nicht, dass sie mich als Sterbenden in Erinnerung behalten, wenn überhaupt."

Er dachte allerdings, angesichts der Erbschaft würden sie ihn sehr wohl in Erinnerung behalten, den guten Onkel aus Amerika.

Er las noch immer an Thomas Manns Riesenroman „Der Zauberberg". Es passte gut zu seiner Situation, als er auf die Worte traf, die der behandelnde Arzt dem jungen Hans Castorp, der soeben einen guten Freund verloren hatte, als Trost sagte:

„Vom Tode wüsste keiner, wenn er wiederkäme, was Rechtes zu erzählen, denn man erlebt ihn nicht. Wir kommen aus dem Dunkel und gehen ins Dunkel, dazwischen liegen Erlebnisse, aber Anfang und Ende, Geburt und Tod werden von uns nicht erlebt, sie haben keinen subjektiven Charakter, sie fallen als Vorgänge ganz ins Gebiet des Objektiven, so ist es damit."

Ludwig nickte und sagte leise: „So ist es damit!"

INHALTSVERZEICHNIS

1. Jugend und Krieg 3

2. Nach Amerika 17

3. Frei in Amerika...26

4.Nach Hollywood 40

5. Ludwig der II. 43

6. Ludwig der II. steigt ein...86

7. Ludwig der II. ist Chef...97

8. Ludwig II. allein 126

9. Der Plan 149

10. In Wels...158

11. Die Ergebnisse des Ahnenforschers 176

12. Beschleunigung...216

13. Die Verwandtschaft 221

14. Das Testament...255

INHALTSVERZEICHNIS 268